講談社文庫

暗闇のアリア

真保裕一

講談社

目次

《暗闇のアリア　登場人物》

富川真佐子　週刊誌のライター　富川光範の妻
井岡登志雄　警視庁総務部広報課　警部補
門間　潔　警視庁捜査二課の刑事
羽山守弘　外務省　在ベファレシア連邦共和国大使館の一等書記官
後藤修二郎　広域指定暴力団・関東六道会の三代目組長
淵上賢誠　六道会の会計士
亀岡美玖　後藤修二郎の娘　淵上の元妻
コーラ・ナバロフ　ウクライナ出身の女性医師
梶尾　聡　元看護師
今宮　幸　梶尾聡のパートナー

暗闇のアリア

序章

フロントガラスが砂に埋まった。空が見えなくなった。

中央アフリカに吹く西風は灼熱の気流をまとい、爆発的な高気圧をあと押しする。連日の日照りが大地を焼き、摂氏五十度を超える風が国土の砂漠化を進める。

揺れる四駆車のフロアに足を踏ん張り、羽山守弘《はやまもりひろ》は吐息をついた。風を受けた砂にタイヤが取られた。車体が弾む。難破船よりひどい揺れだ。横転すれば、自分たちまでが難民キャンプの一員となる。

反乱軍のロケット砲はまだ国境を越えて飛来してはいなかった。が、武器を手にした民兵は勢い立ち、西五十キロの砂漠まで進攻した。一刻も早く仕事を片づけ、東部の安全地帯に戻りたかった。集めた情報の精度に問題があった。ろくな準備もなく動いた結果がこのザマだ。

「ガザル地区の難民キャンプへ向かってくれ。大至急だ。君のほかに任せられる者はいない」

大使館のコーナーオフィスで命じられた。霞が関が報告を求めている。キャリアとしての野心をまだ捨てていない大使は差し迫ったふうもなく言った。

昨年、隣国オビアニア人民共和国で内戦が勃発し、ベファレシア連邦共和国にも南から難民が押し寄せた。国連が停戦の仲介に乗り出したが、今も国境は混乱の中にある。

「ガザル地区の周辺には難民キャンプが設営されている。国連が監視軍を送る場所なので、反政府組織も迂闊《うかつ》に近づいてはこない。当面の安全は確保されている。念のために、こちらの軍や警察にも話を通してから出発してくれ」

治安に問題のない難民キャンプがあるなら教えてほしい。自国の軍と警察では混乱を治めきれないから、国連軍が派遣されたのだった。

「目的地はガザル第三キャンプだ。〝緑の医師団〟がスタッフを送り、日本人の男性看護師一名も働いている」

テーブルに履歴書のコピーが置かれた。医師団の本部から取り寄せたものだ。二十八歳。日本の看護学校を出て、アジアの最貧国でも働いてきた経験を持つ。ガザル地区での仕事は半年間の予定だった。

日本には、青年海外協力隊というボランティア活動の実績がある。JICA《ジャイカ》――国際協力機構――が事務管理と運営を任され、技能を持つ若者を途上国へ派遣してきた。誇るべき事業だが、監視の目が届きにくく、時に羽目を外す若者が出る。羽山はJICAに出向し、その尻ぬぐいに動いたことがあるため、貧乏くじを引かされたのだった。

「緑の医師団も調査に動くと言ったが、本部はパリだ。直ちに人を送ろうにも、時間がかかる。現地のスタッフは仕事に追われ、余裕がまったくない。うちからなら、二日でキャンプに到着できる」

情報を入手するのに手間取り、実際には三日が必要だった。

ベファレシア陸軍の責任者が、数日前に心臓発作を起こして死亡し、キャンプの指揮は国連軍に託されていた。現地軍のトップが倒れるほどに過酷な環境なのだ。そう情報を伝えても、上の指示は変わらなかった。

「国連軍に話を通しておいた。警護についてくれるはずだ。向こうの状況をよく見て、慎重に判断してくれたまえよ」

不運を呪いながら、出発した。大使館で雇った通訳と運転手も同じ気持ちだったろう。仮眠を取り合い、三十五時間の道のりを走破してきた。

第三キャンプに到着して、羽山は途方に暮れた。

見渡す限りの赤茶けた地に、万を超えるバラックが建てこんでいた。ビニールシートで囲った、とても小屋とは言えないものも多かった。第三キャンプだけで三万人の難民が暮らす。

緑の医師団は独自のテント村を設営していた。新たに掘った井戸の北に、ドーム型テントが十二基。診察を待つ何千人もの難民が十重《とえ》二十重《はたえ》に囲み、辺りは立錐《りっすい》の余地もなかった。軍の車両が近づくと、半裸の難民が群がってきた。痩せた赤子を抱いた女が泣き、虚ろな目の老人が路上に横たわる。国連軍の助けがなければ、車外に出られなかった。

「日本の協力が得られれば、我々も心強い限りです。いい知らせを待っています」

羽山をテント村に案内した国連軍の兵士は言った。支援の方向性を探るための現地調査だと、表向きには伝えてあった。大使も汚い嘘をついたものだ。

羽山はまず情報元である現地の医師から話を聞いた。

「わたしは日本人を信じている。だが、薬品庫の鍵を管理していたのは彼だ。先週からこのキャンプでは次々と重症患者が息を引き取っている。その数は五十名にのぼる」

ありえない数ではなかった。銃撃戦に巻きこまれて怪我を負った難民が多い。薬は不足し、破傷風や赤痢などの感染症も広がっていた。

「ここの団長はイギリス人の医師なので、わたしの話など信じようとしない。彼が言うように、リストと実数は合っているからだ。でも、わたしは見た。もうひと箱、筋弛緩剤が薬品庫にあったのを。何者かがリストを書き換えたんだ」

ざっと二百人分の致死量に当たる薬品だ、と彼は力説した。

「国連軍のMPも、わたしの話を聞こうとしない。医師の資格を持とうと、ベファレシア人は未開の遅れた人種だと彼らは思っている。冗談じゃない」

これほど頼りない情報だったとは……。

　羽山は当惑した。証拠はどこにもないのだ。もちろん、揺るぎない裏づけがあれば、国連も動いたろう。しかし、この程度の怪しげな話で、なぜ大使は確認を取れと言ったのか。

　ベファレシアでは今、外務省と経産省の肝煎りで、レアメタル鉱山の開発が進められていた。希少金属のニオブとハフニウムが、国境沿いの山岳地帯で発見された。援助を申し出た多くの日本企業が、人材と資金を投入しつつある。ボランティアの一員とはいえ、現地で日本人が問題を起こせば、採掘権を競うライバル国に弱みを握られてしまう。

「わたしは地元の医師だから、難民たちが教えてくれた。日本人の若者に頼めば、苦しまずにすむ。そう言われれば、彼が何をしたのか、誰でも想像がつく。そうだろ、日本の外交官」

　この医師は大げさに考えすぎなのだ。難民は食糧と薬を絶えず求めている。根拠のない噂は広がりやすい。

「彼は今もこのテント村で働いているのですね」

「いや、昨日から休んでいる。町から日本人が来る。そう聞いたからだろう。早く彼を捕まえて、真実を訊き出すべきだ。君らであれば、国連軍の兵士も動かせる」

　心配性の医師に礼を告げて、テントを出た。通訳の若者も災難を嘆く目を向けてきた。

信憑性がどこまであるのか、確かに疑わしい話だった。

走って車に戻ると、国連軍の兵士が近づいた。

「反乱軍の一部が、北部の町を占領したもようです」

その言葉が終わらないうちに、警報サイレンが響き渡った。群れなす難民が動きを止め、互いの顔を見交わした。

「分裂した同盟側の民兵が、こちらへ接近しています。念のため、重症患者から第一キャンプへ移送せよとの命令が出ました」

「医療チームも撤収なのか」

「そう聞きました。あなたがたも直ちに第一キャンプへ退いてください。さあ、早く」

サイレン音が高鳴る中、軍の車両がテント村に集まりだした。難民たちはまだ医療チームのテントから離れようとはしていない。

浮き足立つ通訳と運転手を言いふくめて、日本人看護師が寝泊まりするテントへ急いだ。ドームの壁に書かれた数字を見て、車を降りた。

日本人の簡易ベッドはもぬけの殻だった。着替えもなくなっていた。荷物をまとめに戻ってきた同室の現地人看護師から話が聞けた。

「あいつは反乱軍が迫っているのを知ってたんだ。難民の連中が来て、荷物をまとめていったからな。白人の医者より、あいつは難民から慕われてた。毎日あいつの顔を拝みにくる連中までいた。おれは気づいていたさ。あいつはこっそり薬の横流しをしてたんだよ」

「しかし、難民たちに便宜を図ったところで、得るものは何もないと思うが」

浮かんだ疑問を放つと、褐色の頬に卑しい笑みが広がった。

「ここは地獄に一番近い場所さ。命が助かるなら、難民どもは何だってする。特に女どもときたら、ガキまでが白人医師のテントに通ってる」

「この部屋にも難民の若い女性が来ていた、というのかね」

「当たり前だろ。老人から子どもまで、男も女も集まってきてた。あいつと顔つなぎをするために、だ」

老人も男も……。性的なサービスではなく、薬を求める者たちだったように思えてくる。

「君の意見を聞かせてくれ。先週からこのキャンプで次々と五十人もの重症者が息を引き取っているというが――」

「だから言ったろ。ここは地獄の入り口なんだ。ほら、邪魔しないでくれ。じきに爆撃が始まるぞ。反乱軍はこのキャンプの近くに基地を作る気なんだ。国連軍がいるから、政府軍も空爆を仕掛けてはこない。けど、政権を手放したくない軍の幹部どもは、何するかわかるものか。いよいよここも危なくなった。さあ、どいてくれ」

通訳の同胞をつき飛ばし、男はザックを抱えてテントから出ていった。

難民が荷物をまとめていった……。反乱軍が近づいていると聞き、先に逃げ出したか。それとも日本の外交官が来ると知ったためか。彼はボランティア組織の一員だった。出国の際には、ベファレシア外務省に情報が入る。手配をしておくべきだった。

遠く爆音が響いてきた。散発的な戦闘が国境近くで始まったらしい。もはや猶予《ゆうよ》はならなかった。国連の職員までが内戦の犠牲になった事例は多い。

「急ぎましょう。見てください」

通訳の若者が英語で叫んだ。東の丘陵地帯を指さした。夥《おびただ》しい黒煙が赤茶けた丘の先からわき出していた。国境とは逆の方角だ。反乱軍の砲撃とは思いにくい。

無線に向かっていた兵士が振り返った。

「死体を焼く煙だそうです。地元の警官の話では、東洋人の男が朝から難民の手伝いをしているとか……」

このキャンプで何人の東洋人が働くのか。軍や警官に問い合わせている暇はなかった。羽山は助手席に乗りこんだ。

「頼む。あの煙の下を目指してくれ」

現地の運転手が真顔で見返してきた。あの方角であれば、ひとまず国境からは遠くなる。確認したあと、急いで撤退にかかればいい。運転手は仕方なさそうに肩をすくめ、ギアをつないだ。

気づいた難民が車を囲もうと寄ってきた。クラクションが連打された。通訳も窓から叫んだ。警察の広報車も来て、ハンドマイクで難民への呼びかけを始めた。

「急いで第一キャンプへ避難しなさい。国連軍から指示が出ている。まもなく軍用トラックも到着する」

英語に続いて現地の言葉がくり返された。荷物を抱えた難民がゲートへ急ぎ始める。その合間を縫うように、四駆車を走らせた。

空を覆う黒煙はさらに広がっていた。今日もまた多くの難民が命を落としたのだ。運に見放された者は焼かれて灰になり、生まれ育った大地の砂に変わり果てる。

ゲートを出て一キロ近くは走ったろうか。枯れたブッシュの先に小高い丘があった。その一角に難民が集まっていた。五十人は超えていそうだ。誰もが祈りを捧げるかのように手を胸に当て、うつむいている。

車に気づいた難民が振り返った。一人の男が険しい顔で丘を駆け下りてきた。痩せてはいたが、鋼《はがね》のような体軀《たいく》だった。男が手を振り回し、大声で叫んだ。

「葬儀の邪魔をするな、と言ってます」

「そこに日本人がいるか、訊いてくれ」

歩み寄る男の前で四駆車を停めた。国連軍の車両が、警護のために羽山たちの横へ回りこんだ。男が両手を広げて声を上げた。

「弔《とむら》う心がないのか、と言ってます」

丘の上からも、抗議と非難の眼差しが向けられた。男も女も子どもも、神聖な儀式に水を差す外国人に、侮蔑《ぶべつ》と怒りの目をぶつけてくる。

通訳の若者が静かに語りかけた。男が大きく首を横に振った。

「日本人は消えた。あの男も外国人だ。そう言ってます」

「難民が彼の荷物をまとめていったという話もある。何か聞いてはいないだろうか」

通訳を介して呼びかけた。男がまた首を振った。短く言葉を返すと、こちらに背を向け、仲間たちのもとへ歩きだした。

「現地の女と第一キャンプに逃げたそうです」

男の声には冷たい響きが伴っていた。善意のボランティアとはいえ、先に女と逃げだすとは……。失望を感じさせる態度に見えた。が、地元の警官が言っていた。死体の焼却を朝から東洋人が手伝っていた、と。今の男の話とは矛盾を感じた。彼らを手伝っていたのは、別の東洋人だったわけか。

混乱の中、どこまで真実を突きとめられるか。すでに医師団の撤退は決定された。国連軍もキャンプを離れる。医薬品をすべて持ち出せる保証はなかった。おそらく証拠物件は砂漠の中に取り残される。逃げた看護師を捜し出せても、追及する手立てはなさそうだった。

これ以上は危険だ。あとは上の判断になる。踏ん切りをつけて羽山は言った。

「我々も第一キャンプに避難だ。急ごう」

†

準備は終えた。今日までミスはなかった。この先も油断はしない。

エスプレッソを飲みほし、コンピューターの前に座った。三台を連結させて、チャネルも補強した手製のマシンだ。目的にそって選んだ〝単語〟を変換ソフトに入力していく。

ここまで三週間を費やした。尾行を重ねてターゲットの行動パターンは洗い出せた。その先々に盗聴器を仕掛け、あらゆる言葉を採取した。録音時間はのべ二十五時間に及ぶ。ガスの点検と偽ってチャイムを押せば、ドアは開く。盗聴器の設置は苦もない。

仕事に励む男は家ですごす時間が短い。家族との会話は型通りになる。が、真面目を絵に描いた男でも、息ぬきの時間はあった。つけ入る隙が生まれる。彼は会員制スポーツジムに通っていた。更衣室とドリンク・カウンターに盗聴器を置いた。家では見せない一面がつかめた。陽気で多弁。女好き。

知り合いに紹介されたと偽って、電話もかけた。使えそうな単語をさらに採取した。保険関連の話となれば、「死」や「悩み」という単語は引き出しやすい。

――もしもし。お父さん。だ。

――もしもし。おれ。だ。

――迷惑を。かけて。すまない。

――もう。生きて。いけない。

ぶつ切りの単語を一定の波長に整える。音は、鼓膜の音響抵抗の変化として脳に届く。人は十六ヘルツから二万ヘルツの振動数を知覚する。すべての単語をフーリエ解析のソフトに通した。どの振動数の波が、いかなる割合でふくまれているか。それぞれ詳細な分析結果を導きだす。

各単語を細かく分けたので、語尾の波は切断されている。その細部を波形として表示させ、足りない波長を補う必要があった。次の単語と自然につながるよう、振動数に手を加えていく。

語りの速度も調整が必要だった。

スピードを速めれば、振動数は増える。音は高くなる。千ヘルツ以上になると、音の高さは振動数の対数に比例する。分解した波長ごとに振動数を抑えることで、より自然な口調に近づく。カラオケの変調やスピード調節の機能と似た計算式だ。細部を整え、微調整をくり返す。単語の積み木を重ねて、〝語り〟を作り出していく。

――あとのこと。は。頼む。本当に。ごめん。

――お父さん。を。許して。くれ。

　十秒に満たない単語の連なりでも、作業は三時間に及んだ。電話回線を通せば、微妙な声の変化に気づかれにくい。信号数値のブレによる差異だと、人は感じる。

　厄介なのは、肉親の直感だった。わずかな声の質の変化に気づく者が、時にいる。予想外の質問に備えた言葉も用意しておく。

——今まで。言えなく。て。すまない。

——あの子の。ことを。頼む。

　仕上げた台詞《せりふ》を何度も聞き直した。そのうえに、電話回線で生じやすい電気信号のノイズを加えた。細部を波長スライドでまた調整する。

　完成した台詞をＩＣレコーダーに録音した。番号ボタンを押すごとに、声が流れ出す。シナリオにそって配置し、確認していく。万一の事態に備えて、サブ機にも録音を終えた。作業開始から八時間が経過した。

　納得のできる仕事だった。仕上げは明日。睡眠不足と疲れはミスを誘発する。

　ベッドに横たわった。仕事の手順が脳裏に浮かんだ。予定地に通じる道の防犯カメラは確認ずみだ。車のナンバーはつけ替えてある。足取りを追われる心配はなかった。明日はルート上での夜間工事と交通規制をまず調べる。慣れた仕事でも、万全を期す。

　呼吸数は平常通り。高ぶりも過剰な使命感もない。すべてを終えるまで、自分にミスは許されなかった。

第一章　天から降る一本の糸

1

ありえなかった。誰が何を言おうと、認めがたい。不自然すぎる。

「……お母さん。どうしてそんなこと言うのよ」

振りしぼるような声をかけられ、振り返った。目を赤くした真澄美《ますみ》がハンカチを固く握っていた。娘に言われて、胸の疑問をつい口に出していたと知った。肌寒い霊安室。もっと冷たい眼差しが身に刺さる。

「もう何度も言ったじゃない。あたしがお父さんの最期の声を聞いたのよ。もう生きていけない。迷惑かけて、ごめん。あとは頼む。そう苦しそうに言ったのよ……」

「真澄美……」

義母が横から孫娘の肩を抱いた。夫の兄夫婦に義父の妹、刑事たちもすべて真佐子《まさこ》を見ていた。いたわしそうな顔で。とがめ立てる目で。自分は何を言ったのだろう。

「お母さんも警察の人から聞いたでしょ。お父さんが恥ずかしいことをしてたって……」

「もうやめて。お願い、真澄美。悪いことをしたとわかってたから、こんなことになったの。大切な命と引き替えにして責任を取ったのよ。これ以上責めたら……あの子、天国でも苦しむ」

義母は当初、真佐子の話を信じなかった。光範《みつのり》が汚職に手を染めていたらしい。警察が証拠を探すために動きだした。そう知らせても、頑《がん》として首を横に振り続けた。息子が悪事に手を染めるわけがない。あんたは自分の選んだ夫を疑う気か。

刑事の前でも、義母は泣き叫んだ。我が子を信じるのが母の務めだとばかりに。あれほど息子を信じると言ったくせに、今は責任を取ったのだから許されていいと口走る。

「お母さん、ずっとあたしの話、信じようとしなかったよね。何度も同じこと訊いて……。嘘言うわけないでしょ。お父さんの苦しそうな声がまだ耳の奥に残ってる……」

また修羅場がくり返されるのだ。警官たちが居並ぶ前で。親戚が立ち会う中で。自宅ではずっと義母と娘が代わる代わる真佐子を責め立てた。

見かねた義父の妹が、涙ながらに進み出た。

「わかるわよ、真澄美ちゃん。でも、あなたのお母さんは、お父さんの最期の声を聞いてないの。だから、まだ信じられずにいるの……」

そうではなかった。違うのだ。誰に言っても、わかってもらえなかった。夫は死んだ。首を吊って。事実は否定できない。充分すぎるほど理解していた。目の前には、冷たくなった夫の姿がある。でも……。

曲がりなりにも、二十四年をともに暮らしてきた。夫の性格は嫌というほど知っていた。お腹を痛めてあの人を産み、育ててきた人よりも。どれほど出来のいい息子でも、親の前では見せない顔があるのだ。長く連れそった女の前ではつい油断して、迂闊《うかつ》にも見せてしまう本当の顔が――。

夫は、深夜の庭先で子猫が鳴いても、背筋を張りつめさせた。幼いころに飼っていた猫が目の前で車に轢《ひ》かれたから。そう言うが、もっと人の資質の底に触れる、生まれついた死生観と結びついている。ともに暮らした真佐子だから実感できるものがあった。

部下を使い捨てにしても、顔色を変えずにいられる。仕事上の決断は冷徹に下せる。ところが、父親に余命を告げる勇気は持てない人だった。大した出血でもないのに、我が身の怪我には恥ずかしいほどうろたえた。そのくせ人前で体面を取り繕うのはうまかった。富川《とみかわ》光範という男の心根には、絶えず死への恐怖が雨に濡れたコートのようにじっとりと重く張りついていた。

怯えがあるから仕事に自分の生きる価値を見出したい、と懸命になる。生きる証《あかし》のひとつだと言い訳を作り、若い女に近づきたがる。どこにでもいる男の一人と言えば、そうなのだろう。男の中には、名誉が命より優先するとのゆがんだ英雄願望を持つ者がいる。

けれど、違うのだった。

富川光範という男が、犯した罪を贖《あがな》うため、何より大切な命を犠牲にする。人知れず、山の中で一人淋しく、ロープに首を通してぶら下がる。断じてありえないことだった。この気持ちは、たとえ名ばかりでも妻であった者でなければわからないものなのだ。

命を絶った夫を前に、一滴の涙もこぼさずにいる。冷静に死への疑問を語る。その姿は、世間の罪なき人たちの目には異様に映る。だから真佐子はハンカチを手にうつむいた。泣き真似を見せることが妻たる者の務めだった。少なくとも、今は。

「お母さん、おかしいよ。何でそんなことばかり……信じられない」

真澄美がまだ言っていた。血肉を分けた娘を見つめた。罪を犯した父より、もっと責めるべき者を見る目が、そこにはあった。

まだ二十歳。恋人ぐらいはいるようだったが、心を通わせずに夫婦として長く暮らしてきた母の本音は知るよしもない。母親の冷めた態度を恨めるだけ、この子は幸せに生きてきた。光範と二人、味気なさを隠してきた甲斐はあった。その意において、今は夫であった男に感謝すべきだった。

「今日まで、ありがとう……」

演技ではなく、真佐子は語りかけた。白い布に包まれ、冷たくなって横たわる夫に。悼《いた》む気持ちは持てても、今は胸にそれほどの痛みはなかった。

夫が家に電話をかけてきたのは、二日前の午後十時すぎだった。

真佐子はその時刻、仕事で編集部にいた。電話での父の様子がおかしかった。取り乱した真澄美から電話が入った。自殺をほのめかすようなことを言った。折り返し発信をしてもつながらない。嗚咽《おえつ》を呑むように娘は声をつまらせた。

真佐子も光範の携帯に電話をかけた。やはり通じなかった。当惑しながら、経済産業省に電話を入れた。通商政策局調査課の者はすべて帰宅しており、夫が職場を出た時刻はわからなかった。

事情を告げると、二分後に上司から電話がきた。彼は今日も普段どおりに仕事をこなしていた。何かの間違いではないのか。反対に最近の家での様子を訊かれて、真佐子は言葉につまった。すれ違いの日がずっと続いていたからだった。

警察に相談したほうがいい。上司は当然のアドバイスをしてきた。編集部の仲間も同じ意見だった。心は離れていたにせよ、夫の身は案じられた。

真佐子はタクシーで自宅近くの警察署へ急いだ。彼らが気にしたのは、「死ぬ」との明確な意思表明があったとは言いにくい点だった。自殺の動機に心当たりがない現状では、動きようがない、と言われた。そもそも警察は事件が起きたあとでなければ動かないものだった。

　朝になっても夫は帰宅しなかった。霞が関の庁舎にも姿を見せなかった。胸騒ぎが続く中、警察から予想もしない知らせが届いた。夫のことで話を聞きたい。相談した地元の目《め》黒《ぐろ》署ではなく、警視庁の刑事部捜査二課からだった。

「実は本日、うちに一通の手紙が届きました」

　刑事は事務的に言った。夫からの遺書――を連想した。けれど、刑事はさらに意外なことを口にした。

「富川光範さんが、仕事で知りえた秘匿すべき情報を外部に流し、なにがしかの金を得ていた。証拠は銀行口座にある。そういう内容でした」

　言われて気づいた。捜査二課は、贈収賄事件を手がける部署でもあった。

「我々のもとには、事実とは言えない情報も時に寄せられます。しかし、念のためにと、うちの者が経済産業省に問い合わせの電話を入れました」

　光範が欠勤し、前夜に自殺をほのめかす電話があったと知らされたのだった。

　午後四時すぎ、二人の刑事が自宅に来た。正式な聴取のためだった。

「では、奥さんも娘さんも、まったく心当たりはない、と言われるのですね」

「はい。苛《いら》立《だ》ったり、落ちこんでいたりしたら、気づけたはずです。ただ、娘が大学生になったのを機に、わたしも仕事を始めたので、夫とすごす時間が減っていたのは確かでした」

ものは言いようだった。事実は家庭内別居と言ってよかった。娘が大学に入学する八年も前から寝室は分けていた。夕食をともにすることもまれだった。

——お母さんは、家より仕事が大切なのよね。

真澄美は批判的な目で言っていた。たとえ女同士でも、夫の女癖が悪いと娘に愚痴をこぼすのは嫌だった。あの子も薄々は勘づいていたかもしれない。

横に娘がいたが、刑事に問われて正直に告げた。

「……主人とは、あまりうまくいっているとは言えない状態でした」

刑事は興味を覚えたような顔は見せず、だがその点をしつこく訊いてきた。原因は何か。いつごろからか。離婚の話は出ていたか。彼らは娘に席を外させ、質問を続けた。

「長く暮らしていれば、いろいろとあります。少しずつ気持ちがすれ違ってきたというか……。子どもも大きくなってきましたし、それぞれの時間を大切にしよう、と話し合いました。でも、離婚の話は出ていませんでした」

刑事は真佐子の仕事についても質問した。かつて出版社に勤めていたので、結婚後も原稿をまとめる仕事を手伝っていた。編集兼ライターの仕事に復帰して二年になる。

「夫婦それぞれ仕事をされていたなら、財布も別々——つまり互いの銀行口座を確認し合うようなこともなかったのでしょうか」

質問の意図が読めず、刑事たちを見比べた。年配の刑事が手帳に視線を落として言った。

「光範さんの口座に昨日の午後、インドネシアのクワンタン・コーポレーションという会社から四千五百ドルが振り込まれていました」

聞いたこともない会社だった。日本円にして五十万円弱。さほどの大金ではない。

「ご主人から、役所に内緒でアルバイトをしているといった話は聞いていなかったでしょうか」

「主人はかなり忙しく働いておりました。アルバイトをする時間があったとは思えません。その会社はどうして主人の口座に……」

「確認はまだ取れていません。ただ、該当する住所にそういう名前の会社は入っていないようでした」

幽霊会社……。何者かが金をプールし、送金に利用するため、作っておいた口座なのだろう。

「夫は、どういう情報を流していたというのでしょうか」

「手紙にそこまでは書いてありませんでした」

あなたに何を訊いても無駄のようですね。刑事の質問は、それで終わった。すれ違いの続く妻に、夫が仕事の悩みを話しているわけはない。そうあきらめている顔だった。

刑事たちが帰ったあと、夫の母が駆けつけてきた。どうして妻が夫の変化に気づけなかったのだ。真佐子一人を声高になじり続けた。反論する気も起こらなかった。ただ自分の小さな掌《てのひら》を見つめていた。

まぶたを閉じても、夫の笑顔は浮かばなかった。初めて浮気がわかり、懸命にごまかそうとしたあと、仕方なさそうに頭を下げた時の姿が思い出された。子どもみたいな謝り方に怒りが薄れ、許してしまったのがいけなかった。あの場でもっと闘う姿勢を見せていれば、少しは何かが変わっていたかもしれない。

小心な光範が汚職に手を染める。違和感がぬぐえなかった。五十歳が近づき、そろそろ省内での先行が見えてくるころだった。同期の者に後《おく》れを取ったと、焦る気持ちがあったのだろうか。お互い仕事の話はさけていた。光範の省内での働きぶりを、真佐子はまったく知らずにいた。

午後八時に電話が鳴った。予感はあった。娘と義母も固唾《かたず》を吞んだ。

神奈川県秦野《はだの》市内の山中で夫が発見されたという知らせだった。

2

警察に相談したい。

この仕事に就いていれば、人から頼られることは多かった。大半が金のトラブルだ。隣にただ座っていてくれ。こちらには現役の警官がついている。虎の威を借りたい。中には堂々と、交通違反のもみ消しを依頼してくる者もいた。

警察官は公僕だ。市民のために汗を流すべき。そう考える連中は、地元の政治家にも便宜を図れと臆面もなく言うのだろう。時に、政治家の秘書から内密の相談もくる。警官も公務員で、利益供与の見返りに謝礼をもらえば収賄罪に問われるのだ。そう断ると、建て前はやめてくれと懇願される。コネさえあれば運は開ける。他力本願でうまい汁を吸ったもん勝ち。浅ましき亡者が世にはびこっている。

だから、今回の話も断りたかった。

おまえだから相談に乗れる。勝手な押しつけだった。話を聞くだけ聞き、無難な解決策をぼんやり示せば義理は果たせる。そう自分を納得させて、待ち合わせたホテルへ向かった。

暇は腐り果てるほどにあった。上司は自分を持てあましていた。ありあまる時間は、不幸を呼ぶ。己の不実と不甲斐なさを嫌でも反芻《はんすう》させる。酒を飲んでも悪夢は消えない。自分の愚かさと向き合うのはつらい。

相談主は四十すぎの女だった。化粧はほとんどしていなかった。深い悩みがある。我が身の置かれた状況を、深刻そうな顔で訴えていた。そのくせ、ダークブラウンに染めた髪は艶《つや》めき、ひざに置いたバッグもブランドものだ。焦げ茶のパンプスもよく磨かれていた。

砂山光樹《さやまみつき》が席を立った。礼儀として頭を下げてきた。女も腰を深く折った。

「お時間を取っていただき、ありがとうございます」

女が名刺を差し出した。誰もが知る週刊誌の名があった。携帯電話の番号も書かれていた。編集・ライター。海千山千の女だった。

「電話でも言ったように、彼女の勤め先とは関係のない相談だ。安心してくれ」

砂山が言った。鵜呑《うの》みにはできなかった。井岡登志雄《いおかとしお》は本心を悟ってもらうため、無言で女の前に腰を下ろした。

「実はおれも、彼女の上司に当たる者から頼まれたんだ。おまえのほかに相談できる者が見つからなかった。というより、おまえなら、おれよりもっと彼女の気持ちが理解できるだろうと思った。迷惑な話かもしれない。でも、おまえにも何かのきっかけになれば――そう考えた。余計なお世話で本当にすまない。最初に謝っておくよ」

悩める者を前にすれば、人は助言を与えたがる。仕事を忘れて、ゆっくりと休め。いいや、忙しく働いていたほうがいい。一人を忘れられる趣味を持て。気晴らしなら、いつでもつき合う。迷惑な話だった。

女が背筋を伸ばした。目をすえてきた。

井岡は察した。この女は相手を見つめながら、実は何も見てはいなかった。焦点が合っているようで、見当ちがいの暗がりを見るような目だった。女の薄い唇が動いた。

「警視庁捜査二課のかたも目黒署の刑事さんも、わたしの話を聞いてはくださいました。でも、考えすぎだと……。あなたは夫の死を受け止めきれずにいる。気持ちはわかる。そう言うばかりで、相手にしてくれませんでした」

二課と目黒署への苦情か……。砂山に目を転じて本音を語りかけた。が、彼は女に優しく諭すように語りかけた。

「富川さん。最初から話を進めていきましょう。井岡が戸惑っている」

戸惑いではない。迷惑なのだ。女が身を引き、頭を下げた。

「三ヵ月前に、経済産業省のキャリア官僚が自殺し、ニュースになったのをご記憶なさってますでしょうか」

どこの誰が自殺しようと興味はなかった。その種のニュースからは目を背けてきた。

「自殺した官僚というのが、わたしの夫でした」

自慢でもするように胸を張って言った。どうだ、同情してくれ。気負った決意のオーラが、背筋を伸ばしたポーズから放たれていた。

「ご記憶にないのであれば、これをご覧ください」

バッグから新聞の切れ端が取り出された。経産省課長が自殺。銀行口座に不可解な振り込み。警視庁捜査二課が収賄容疑で話を聞こうとした矢先の自殺。たった七行の短い記事だった。キャリア官僚というが、その行数が彼の省内での実績と将来性を物語っていた。

「夫には一見、自殺すべき動機があったように思われます。姿を消す直前、自殺をほのめかす電話を家にかけてもきました。二十歳の娘が夫と話しています。そのふたつの事実があるため、自殺と断定されました」

無論、それだけではない。遺体は解剖に回されたはずだ。発見された状況に不審な点も見つからなかった。多くの論拠をもとに自殺と断定された。軽々しく決めつけはしない。呼び出された理由が読めてきた。

「自殺と断定するには、不審な点がありすぎます」

女が自信に満ちた声で言った。井岡が表情を変えもしないのを見て、女は頰にかかった髪を払った。

「その後、捜査二課が動いたにもかかわらず、夫の口座に現金を振り込んだ相手先はいまだ特定されていません。送金元の会社はジャカルタの住所に存在せず、登記簿に載っていた取締役は名ばかりで、会社を経営できる人物ではなかったといいます。要するに幽霊会社のネット口座が利用されたんです。捜査二課に届いた密告の手紙には、銀行口座に収賄の証拠があると指摘しておきながら、肝心の相手が何者かは書いてありませんでした」

そら見ろ。どこに収賄の証拠があるのだ。女の声に気合いが満ちた。

「怪しげな入金は、その一度しかないんです。夫の金遣いが荒くなっていた、と証言する同僚もいません」

金の使い道はいくらでもある。女、酒、博打……。仕事の情報を外部へ流しておきながら、同僚に金遣いの荒さを見せる馬鹿な官僚はいない。

「夫の私物も徹底的に調べました。腕時計、アクセサリー、絵画。値の張る品物は見つかっていません。株や相場に手を出していた形跡もなし。ただ女がいたのは確かだったと思いますので、その方面の調査は今も続けています」

捜査会議で被害者の交友関係を報告する女刑事より落ち着いた口調だった。

「怪しげな海外企業から振り込まれた金額は、たったの五十万円弱なんです。口はばったい言い方になりますが、キャリア官僚だった夫の年収からは、雀の涙と言えます。その程度の額を一方的に振り込まれたからといって、収賄の証拠になるとは思えませんし、ましてや死を選ぶ理由になるはずもありません」

「わかりました。二課の者に少し話を聞いてみましょう」

早く立ち去りたいので、井岡は言った。腰を浮かすと、女が目で待ったをかけてきた。

「誤解しないでください。刑事さんたちを信じていないわけではないんです。彼らは何も隠していないと思われます。要するに、警察が捜査したにもかかわらず、夫の周辺に命で償うほど多額の現金が動いていた形跡はない、というわけなんです」

重症だ。この女は何も見えなくなっている。夫は殺されたのだ。収賄に手を染める人ではない。現実を受け止めきれず、憶測を積み上げて家族の名誉を守ろうと懸命だった。妻に死なれて悔やむ井岡登志雄より、深く暗い穴の底でもがき苦しんでいる。

おまえなら理解できる。冗談じゃない。ここまでイカれてはいないつもりだった。

「待ってくれよ、井岡」

砂山が中腰になり、腕をつかんできた。

「彼女の話はまだ終わってないんだ。最後まで聞いてくれないか」

女は身じろぎひとつしていなかった。あなたには聞く義務がある。そう信じきっている顔だった。女が声に力をこめた。

「夫には、自分で命を絶つ勇気などはありません。妻であったわたしにはわかります」

この女こそ、何もわかってはいなかった。

長く暮らしたので、連れ合いの性格を理解できた気でいるのだ。日常の些細な場面に、その人物の気質が表れる。だが、人は追いつめられた時、自分でさえ考えもしなかった行動を取る。その実例を、警官は多くの事件を通じて嫌でも見てきている。

「人は追いつめられた時、思いがけない行動を取る。その顕著な例が犯罪だ。とても大それた罪を犯す人には見えなかった。犯人の周囲にいる多くの人が必ず口にする言葉です」

女の目に見下しの色が帯びた。

刑事だったと聞いたので期待したが、この男も世間にごまんといる罪なき凡人なのだ。けれど、今すがりつけそうな糸は、ひとまず目の前の頼りない男だけ。女が無表情に続けた。

「追いつめられると、人は意外な行動を取るものなのでしょう。でも、夫は死を選ぶ前日にも、取り乱した様子はまったく見せていませんでした。家でも職場でも。あの日まで乱れのない端正な文字でノートにメモを取り、仕上げた書類にミスひとつなかったのです」

そういった事例は少なくなかった。人は発作的に駅のホームから電車に飛びこみ、ビルの非常階段からジャンプする。親に叱られた。女にふられた。仕事で重大なミスを犯した。生きる目的が見つからない。ただむなしくなった。

人から見れば些末な動機から、死を選ぶ。多くの家族が戸惑い、自死にいたった原因を突きとめたいと考え、苦しみもがく。

「もしまだ発見できていない理由から、夫が追いつめられていたのであれば……どうして最後に電話をしてくる先が自宅だったのか。それもわかりません」

女はまだ頑《かたく》なに持論を振りかざしていた。

「わたしたち夫婦はとうに終わっていました。十年以上も前から寝室は別でしたし、二人で外出したのは娘の卒業式ぐらいのものです。最後に家へ電話すれば、わたしが出たかもしれない。誰も出なかったかもしれない。なぜ娘の携帯に電話をしなかったのか……。娘を苦しませることになる。そこまで考えがいたらず、最後に娘の声を聞きたくなったのだとしたら、娘の携帯に電話すべきだったはずなんです。追いつめられ、気持ちのゆとりがなく、単に指が番号を押していた。そうも考えられるでしょう。でも、夫の携帯のアドレス帳には、一番最初に娘の携帯が登録されていました。その番号を選ばず、心の通わない妻がいるかもしれない家に最後の電話を入れる。不自然すぎます」

人は納得ずくで行動するのではない。手を出してはならないと自覚しながらも、薬物を服用してしまう。酒や博打をやめられず、気の迷いから罪を犯す。なぜあんなことをしたのかわからない。被疑者の何人もがそう語る。信念が崩れ去った時、人は死を選ぶし、犯罪へと安易に走る。

「警察に期待はしていません。ただ警察でしか知りえない情報が何かあったのなら、教えていただきたいのです。ご協力いただけないでしょうか」

「おまえも言ってたよな。納得できないって……」

確かに口走った。担当してくれた署の刑事に食ってかかりもした。血迷っていたのだ。罪の自覚があったために。

「おれは公務員なんだよ」

井岡は建て前を口にした。上の許可なく情報を漏らすわけにはいかない。誰にでもわかる言い訳だった。

「秘密を漏らせと言ってるんじゃない。わかるだろ」

「あの人たちはあくまで補足の捜査だと考えて、動いたと思うんです。夫は秦野市表丹沢《おもてたんざわ》の山中まで、どの交通機関を使ったのか。付近の主要街道に設置された防犯カメラの映像は、本当に調べてみたのか。あの人たちは自殺だという先入観を最初から抱いていたと思われます」

女の視線は揺るがなかった。井岡ではなく、そうあってほしい望みだけを見つめ、言っていた。

「娘さんが、ご主人の最期の声を聞いているんですよね」

反論されるのを承知で、井岡は告げた。

「はい。ですけど、電話回線を通してなのです。録音した夫の言葉を編集して流すことは不可能ではないと思います」

初めて井岡はうなずいた。納得ではなく、同情の意を示すために。

不可能ではないかもしれない。だが、簡単でもない。よく似た声の男を探して演技をさせる。もしくは、本人の声を集めて編集する。ずいぶんと手のこんだ仕事だった。

「くり返すようですが、わたしは公務員で、守秘義務があります」

「井岡……」

「担当した者に話は聞いてみましょう。しかし、それ以上のことは期待しないでください」

女が横を向いた。失望をあからさまに表してみせていた。横ですまなそうな顔をする砂山に、女が言った。

「わざわざ連絡を取っていただき、ありがとうございました。でも、この人は納得できないというポーズをしていただけのようですね。身内の死に今も思い悩んでいるのなら、似た境遇にあるわたしに憐れみの目を向けるはずはありませんから」

そのとおりだ。反論の余地はなかった。所詮はポーズにすぎなかった。上げた拳《こぶし》の下ろしどころがわからず、人に嚙みつくことでごまかしたのだ。

同僚は理解ある態度を見せた。多くの犯罪者と向き合い、幾重《いくえ》にも塗り固めた嘘を突き崩してきた刑事たちの目は、幸運にも欺《あざむ》けた。彼らは仲間を疑ったりはしないからだ。でも、目の前の女には通じなかった。

この女は、先を危ぶみたくなるほどの重症だった。二課の刑事に跳ね返されても、まだ闘う気でいた。結果は見えているのに。望んでいた光は天から届かず、さらに彼女自身を苦しめる。どこかで見切りをつけない限り、救われはしない。底知れぬ闇に落ちていく。彼女は自分で苦難の道を選びたがっていた。

井岡は腰を上げた。

「何かわかれば、連絡しますよ」

「これだけはわかってくれないか、井岡。何かのきっかけになってほしかったんだよ。まだ先は長い。投げやりになるのは早すぎる歳だろ」

「気持ちは受け取っておく」

口先で礼を告げた。砂山の視線が落ちた。女が敵意を感じさせる目で見上げてきた。

「あなたも、わたしと同じなんですね」

「……は？」

「あなたたちの仲もとっくに終わっていた。でも、周りはやたらと気遣ってくれる。人の厚意を無駄にしては悪い。だからといって、なぐさめの言葉は聞きたくない。なので、見当ちがいの怒りを周囲にぶつけて、我が身を守ろうとした。自分の不甲斐なさをごまかすため、やたらと反発してみせたがる中学生と同じですよね」

砂山が驚き顔で手を振り回した。この女は、あえて喧嘩を売っていた。

「夫婦としては終わっていても、娘にとってあの人は大切な、たった一人の父親なんです。親に絶望したまま人生を歩ませるのではつらすぎます。だから、夫の死を娘と一緒に納得したい。それだけなんです」

今はまだ気丈でいられた。いつまで続くか、見てみたかった。が、彼女にとって、自分という男はすでに用なしだった。

「頑張ってください。応援しますよ」

本心を告げた。二人を振り返らずに、ホテルのラウンジを出た。

最寄りの駅まで歩いた。自宅のほかに帰るところはなかった。自らを罰するためにも、妻の遺品の中で暮らしていく。

中央線の車内で、宣伝用のモニター画面が無言のニュースを流していた。自殺、の文字が目に飛びこんできた。また誰かが自分に見切りをつけたのだった。

なぜ簡単に死を選びたがるのか。体の奥底に閉じこめていた怒りが再びわいた。

今が生きにくい世だとは思えなかった。重税によって稼ぎを為政者に奪われ、食うに困る状況があるわけではない。隣国との戦争に駆り出される心配はなし。平均寿命が延びたのは、日本の医療が充実しているからだ。いい時代じゃないか。多くの途上国より遥かに恵まれている。が、未来に希望を持てない、そう大声で嘆く者ばかりだ。人はどこまで欲深いのか。

画面のニュース映像に目が吸い寄せられた。巨額の経営赤字と使途不明金で話題になった若き実業家の顔写真が映し出された。ネット通販から仕事を広げて、マスコミの寵児《ちょうじ》となった若者だった。彼は命と引き替えに何を守ったのだろう。使途不明金の裏には、闇の世界との黒い交際があったという。これで金の流れはつかめなくなる。

我欲から後ろ暗い行為に手を染める。その果てに追いつめられて死を選ぶ。欲が満たされないと、生きている価値が見えなくなって死に急ぐ。我慢を重ねて慎ましく生きていったところで、待っているゴールはひとつ。

守るべき家族はいなかった。職場も井岡登志雄という男を求めてはいない。時間を忘れられる趣味はなく、もはや夢を見ていられる歳でもなかった。それでも生きていくしかない。うそ寒い自覚に足取りが重い。また今日も酒の力を借りるしかなさそうだった。

3

どこで声をかけるかが問題だった。

夫の死から三ヵ月。ようやく一人の女を絞りこめた。

山沼綾乃《やまぬまあやの》。二十九歳。離婚歴あり。携帯電話のアドレスに登録はなし。発信、着信の履歴もなし。夫は慎重にことを運んでいたのだった。

登録先にはすべて電話を入れた。女性が出ることはなく、「失礼しました」と言って通話を終えた。隠れて七十五人に電話をかけ続けたが、迷いはなかった。人が見れば、嫉妬に狂った女と映っただろう。この三ヵ月、考えぬいた末に導き出した結論なのだ。夫は自殺するような人ではない。何かおかしい。納得できない。たとえ自殺であったにしても、深い裏事情が存在する。

光範の書斎は入念に調べた。蔵書もすべてページの間を確認した。女につながりそうなメモ一枚、出てこなかった。パソコンに詳しい女友達にアドバイスをもらい、隠しファイルも探した。ディスクやメモリーも隈無くチェックした。すべて空振りだった。富川光範という男の周到さに感心させられた。いかがわしい画像一枚出てこなかった。

完璧な夫、有能な官僚、よき父親……。理想と掲げる男の姿を演じきっていた。そこまで体裁を気にして自分を律せられる男が、汚職に手を染めるものか。断じてありえなかった。自殺ではない。日ごとに確信は深く根を広げていった。なぜ死に追いつめられたか。どこかに手がかりがある。なければおかしい。

経産省と書斎のデスクに大量の名刺が残されていた。仕事をふくめて、すべての交友関係がここにあると考えられた。無駄にはできなかった。床に一枚ずつ名刺を並べ、名前と仕事先を見ていった。女のものは数えるほどしかなかった。そして——見つけた。

七箱目の名刺を並べていき、ふと違和感に襲われた。色あせた紙片の中に、白さを失っていない角の丸い名刺が挟まれていた。

なぜこの一枚だけ……。前後の名刺を見ても、職種に関連はなかった。この一枚だけを隠そうという意図が感じられた。

これではないのか。手にした名刺から女の匂いが漂ってくる気がした。

木場《きば》重工業広報二課。重機やプラント設備で名を知られた一部上場企業だった。

経産省に勤める光範には、何かしらの縁があってもおかしくはなかった。が、肩書きのない女性の名刺は珍しい。夫の役職を知った企業が、その女を近づけてきた可能性はある。それがきっかけとなり……。

真佐子は光範の上司に電話で訊いた。この女性に心当たりはないか、と。わざわざ時間を取ってくれた部長は記憶にないと言い、いたわしげな目を向けた。

「気持ちはわかります。ですが、もう彼を許してやってはどうでしょうか。彼は自分の命で償ったのですから」

違うのだ。まだ多くの者が誤解していた。

「警察が捜査したのに、相手の素性がつかめていないのは確かに気になりますよね。ご家族としては、もしかしたらと考えたくなっても仕方ないと思います。でも、これ以上は富川君をさらに貶《おとし》める結果にしかならない気がするんです」

違うのだ。夫の無実を信じたいのではない。

この三ヵ月、夫を知る多くの人に会って話を聞いた。その先々で必ず似た言い方をされた。真佐子の友人たちも優しげな声で言った。

「旦那さんを許せない気持ちはわかるわよ。あなたと真澄美ちゃんを残して死ぬなんて、卑怯だものね」

違う。光範を恨んでなどいなかった。彼が手を染めていた罪を今さらほじくり返そうというのでもない。

「どうかしているよ、お母さん……」

娘からも言われた。でも、違うのだ。

「お父さんの友だちに片っぱしから電話してたでしょ。心配して、わたしに教えてくれた人がいるの。わざわざ駅の公衆電話からかけてたのよね。自分の番号を知られたくないから……。お向かいの斎藤《さいとう》さんに見られてたのよ。怖い顔して、ずっと電話をかけてたって。ちょっと心配になったって。そう言われたのよ」

世間の目は怖い。だが、違うのだった。

「お父さんに女の人がいたって、しょうがないじゃない……。もう忘れようよ。二人でしっかり生きていこうよ」

娘はのどを嗄《か》らして言った。血を吐くような声で苛立ちをぶつけた。夫の死を信じたくないがため、いまだ悪あがきを続けている。そう娘に見られていた。

「お母さんは自分のプライドを守りたいのよ。みっともないこと、もうやめてよ」

ごめんね、真澄美。父親の最期の声を聞いたあの子からすれば、その死を認めようとしない母は、娘である自分までを軽んじていると見えたろう。でも、違うのだ。

真佐子は冷静に本心を語った。あなたはお父さんの声を間違いなく聞いた。でも、声を聞いただけ。本当にその時お父さんの口から出た言葉だったのかどうか。それが問題だ、とお母さんは思うの。

「お父さんの声を聞き間違えるわけないでしょ。今も苦しそうなお父さんの声が耳の中でずっと聞こえてる……。お母さん、もう病気だよ。病院、行ったほうがいいよ」

どう言葉を換えても、わかってもらえなかった。自殺ではない。では、殺人なのか。自分でも絵空事に思えてくる。精神を病んだ者は必ず狂っていないと言い張る。真澄美はもう口をろくに利いてもくれなくなっていた。気持ちを整理するために真佐子は手紙を書いた。いまだあの子は返事をくれない。

もうすぎたこと。早く忘れてしまいたい。あの子なりに乗り越えようともがいている。でも、光範の死を家族が受け入れてはならない。世界に誇れる日本の警察が捜査しても、金を振り込んだ者が判明していないのだ。何かがおかしい。納得がいかない。悪あがきと言われようが、調査を続ける先にしか真実は見出せなかった。

一本の細い糸。夫には女がいたはず。

ようやく怪しい女の影が見えてきた。

山沼綾乃。最近の若い女は私生活をSNSで自慢したがる。誰にのぞかれるか知れないのに。彼女も例外ではなかった。一流企業に勤めようと、人としての底が知れている。流行のレストラン、仲間とのBBQ、ビーズ教室……。浪費でしかない余暇を誰に伝えたいのか。この手の女に騙される男は多い。

おかげで顔はわかった。会社の出口で待ち受けた。昨日は、同僚の女性二人と恵比寿《えびす》のワインバーに入っていった。帰りはタクシーになるだろう。残念だが、尾行は断念した。今日こそは……。香水の匂いを誇らしげに振りまく女のあとをつけた。会社を出て地下鉄に乗った。渋谷で乗り換えず、地上へ出た。今日も無駄足に終わるかと思った。が、コスメを買ってドラッグストアを出ると、女は駅に戻った。

狙いどおりに、女は自宅の最寄り駅で私鉄を降りた。改札を出たところで呼び止めた。

「失礼ですが、山沼綾乃さんですよね」

女が振り返った。近くで見ると肌が艶めき、若さが際立つ。離婚歴を持つ者には見えなかった。

「あ、はい……。ごめんなさい。どちら様でしょう」

「初めてお目にかかります。富川光範の妻だった者です」

過去形で言った。戸籍はともかく、精神的には妻の立場になかった。そう伝えるために。

女の目が大きくなった。まばたきがくり返された。

「ああ……富川さんの。これは失礼いたしました。うちのマキタともども、ご主人様にはお世話になりました」

完璧な一礼だった。眉の端を下げて弔意《ちょうい》を表し、深々と腰を折った。充分な間ののち、頭をゆっくりと上げる。目でひかえめに、どういう用なのだと問いかけていた。訝《いぶか》しく思いつつも相手を不快にさせない。人あしらいのうまい女なのだ。

「主人とのことを、少しお聞かせいただきたいのです」

敵意はない。誤解はしないでほしい。そう受け取ってもらえるよう心がけて言った。

女がまた目をまたたかせた。笑みが広がり、うなずきが返された。

「もしかすると、マキタ課長がおかしなことを奥様にお伝えしたのでしょうか」

「いえ。マキタさんとは会っていません」

「では、どういうことでしょう。うちの課長、あれでけっこう疑い深いし、あちこち火のないところに煙を立てたがる癖もあるんです。でも、課長じゃないとすると――」

「主人の机の抽出《ひきだし》に、あなたの名刺が大切そうにしまわれていました」

信じられない。驚き顔で訴えてきた。演技だとすれば、非の打ちどころがなかった。真佐子も似た表情になっていただろう。この女の態度に不自然さはまるでなかった。

「おかしな誤解を解くためにも、少し話を聞かせていただきたいのです」

「信じていただきたいのですが、わたしがしつこく富川さんから誘われていたのは事実です。でも、男女の誘いではありませんでした」

山沼綾乃は駅近くの喫茶店に真佐子を案内した。豆を入れた缶とサイホンが棚に並び、静かにジャズの流れる店だった。

「実はわたし、富川さんも在籍していたゼミの後輩なんです。どうも富川さんは大学時代のつてを頼って、わたしの名前を聞き出されたようなんです」

彼女の口調は落ち着いていた。話の先が見えてこなかった。

「富川さんは、うちの会社の情報を知りたがっていました」

大学のゼミ仲間が集まると聞いて飲み会に出席し、そこで光範と初めて会ったのだという。

「あとで二年上の先輩を問いつめて口を割らせました。その飲み会は、富川さんに頼まれてセッティングしたものだったんです。目的はわたしと知り合うためとしか思えませんでした」

夫には、この女と知り合う必要があったらしい。事実であればだが。

「最初は何ひとつ疑っていませんでした。先輩ですし、経産省のキャリア官僚さんですから。うちの会社の仕事に興味を覚え、好奇心から話を聞きたがっている、そう思いました。でも、おかしな質問が多くなって……」

「何を訊かれたんです」

「海外事業の責任者は誰か。できれば、過去の責任者を知りたい。直接そう訊かれたわけではありません。実に回りくどい言い方でしたが、君は海外での仕事に興味はあるかとか、英語はできるかとか、最初はわたしの仕事への気持ちを確かめるような訊き方をされました。でもそのうち、古い知り合いの消息を知りたい。そう言いだしたんです」

「その知人の名前を覚えていますか」

「いえ、名前は出されませんでした。わたしも訊いたんですが、言葉をにごされて……。そのうち、昔の名簿があれば手っ取り早い、そう話が変わってきたのでおかしいなと思いました」

昔と違って今は、企業も役所も情報管理が徹底されている。だから、名簿は金にもなる。が、光範は経産省の役人だった。管轄する業界内であれば、正規のルートで名簿を手に入れることはできた気がする。

木場重工業に就職した後輩を探し、接触する機会を作る。名簿をほしがった理由を隠しておきたいという動機が感じられる。

「いくら先輩の頼みでも、社の幹部から情報管理については口うるさく言われてます。なので、まず課長に相談しました。すると、経産省の動きに興味があるので名簿を渡せと……」

「では、夫に渡したのですね」

「はい。コピーを取って……」

「何年前の名簿でしょうか」

「十年ほど前だとちょうどいい。そう言われたので、昔の組織図と一緒に」

「先ほど、しつこく誘われたと言いましたよね」

「ゆくゆくは君の会社のためにもなるから、今後も協力を願えないか。そう言われてました」

「何を協力しろ、と?」

真佐子が訊くと、山沼綾乃の視線が落ちた。

「……課長が、会社じゃなくて君のほうに興味があるんじゃないか。役人からのアプローチにしては少しおかしい。そう言うもので、言葉をにごしているうちに……」

自殺のニュースが伝わってきたのだ。

冷めたコーヒーを口にふくんだ。愛人が本妻に迫られたあげくの作り話とは思えなかった。そのマキタとかいう課長に問い合わせれば、裏づけは取れるのだ。

「主人は、何者かから現金を受け取り、自殺したと言われています。ご存じですよね」

「はい……」

「その件で、あなたの会社に刑事が来たことはなかったでしょうか」

「残念ながら、わたしは役職にないので何も聞いてはいません。社内に噂が立ったという話も耳に届いては……」

だからといって、なかった——とは言えない。口ぶりから彼女も、自分の会社が富川光範の汚職と関係していたのでは、と疑ったことがあるようだった。

「主人に見せたという名簿を、わたしにも見せていただけないでしょうか」

「それは……」

官僚でもないただの女に社の情報を渡すわけにはいかない。当然だろう。真佐子は言った。

「わたしは主人が自ら命を絶ったとは考えていません。主人の死には不可解な点が多すぎます」

山沼綾乃がはっきりと身を引いた。真意を問う目が返された。世間の反応はいつも同じだ。その目にうなずき、頭を下げた。

「ご迷惑はおかけしません。あなたの名前は絶対に出さないと約束します。どうか協力していただけないでしょうか」

4

自分を責めるな。自殺は精神を病んだ末に引き起こされる。病を治すのは医師の仕事で、家族は被害者も同じだ。心を病む身内に絶えず視線をそそぎながら暮らしていくのは無理なのだから。

多くの隣人が慈悲に満ちた目を向けてくれた。なぐさめの言葉がくり返された。偽善と決めつけて相手の軽々しさを見下し、自分をごまかすことはできた。臆病な犬となって人に噛みついてみせれば、余計な気遣いを遠ざけられた。

元刑事であろうと覇気の欠片《かけら》もない男は、プライドを傷つけてやればいい。きっと密かな反発心を燃やし、鼻を明かしてやろうと考える。あの女の計算は透けて見えた。

夫は自ら命を絶てる人ではない。連れそった伴侶《はんりよ》の臆病さを打ち明けて胸を張る。真相を突きとめるには警官の協力がいる。同じ立場の迷える者に手を貸す気がないとは、器が小さい。週刊誌という男所帯で奮闘してきた女らしい底の浅い決めつけだった。

翌日、砂山光樹から詫びの電話が入った。

「悪かったな。でも、彼女の話を聞くうちに、もしかしたらと思えてきた。事件を掘り下げられたくない何者かが手を打った。密告の手紙も捏造《ねつぞう》だった。その可能性は本当にないのか、と……」

「ゴシップ週刊誌の読みすぎだ」

「警察がどこまで本気で捜査をしたのか。その点が気になるんだよ。できれば探りを入れてみてくれないか。あとはおれたちで動く」

「最近の新聞は、火のないところにも煙を立てたがるからな」

「何とでも言ってくれ。おまえなら、あの人の気持ちを理解できるとおれは思った。いつも上への不満をこぼしてたじゃないか」

オフレコだぞ。絶対に書くなよ。酒を酌み交わすたび挨拶代わりに愚痴ってきた。砂山は笑ってうなずき、井岡が大きな事件の捜査に加わろうと、電話はかけてこなかった。欲がないから、いまだ出世できずにいる。だから馬が合ったのだった。

「おまえこそ、本気なのか」

「正直言えば、まだ半信半疑だ。彼女の熱意に押されたところはある」

「あの手の女が好みだったか」

「こんな時に下手な冗談は言うな。ただのネタ元と見てるわけじゃない。身近におまえがいたから、彼女の話をまともに聞けた。信憑性が感じられた。何とかおまえや彼女にも手を貸してやりたい、そう考えたのは本当だよ。信じろ」

「やめてくれ。こっちは……おれのアホみたいな浮気が原因だった」

砂山は五秒ほど黙ってから、言った。

「薄々勘づいてたと言ったら、驚くか」

「いや。訊かれたくなかったから、おれも少し演技のすぎたところはある」

「うちのやつからは、もう修復は難しそうだと聞かされてた。どうせ家でも下手な演技をしてたんだよな」

「どんな演技も通じやしないよ。女の前じゃ」

「まさか奥さんのこと、自分で調べてみたのか」

世間にはよく転がっている話だ。嫌になるほど実例を見てきた。どちらが先だったかは関係ない。結果として加奈子《かなこ》を追いつめた。向こうの相手にも責任の一端はあった。だが、最初の一歩がなければ、結果は違っていた。

捜査の仕事に就いて十年。殺人や傷害事件を扱う強行犯担当が長かった。愚かな犯罪者による目も当てられない事件に囲まれてきた。凄惨な現場を直視せねば、犯人にはたどりつけない。切り裂かれた皮膚。腐乱した顔。切断された腕。幼子の全身に残る痣《あざ》……。

いつしか病んでいたのだ。そう自分を正当化する気はなかった。多くの同僚が家族とうまくやっていた。たまたま加奈子とそりが合わなくなった。狂気や死に囲まれた仕事より、家にいることのほうが息苦しく感じられた。

犯罪者を蔑《さげす》み、人の品性を低く見積もる癖がついていたと思う。きっと妻にも似た目を向けていたのだろう。井岡は断言できる。本気ではなく、出来心だった。長く引きずるつもりはなかった。加奈子の態度がおかしいとわかり、だから簡単に手を切ることができた。

友人たちが言うように、加奈子は病気だったのだ。正気であれば、刑事の妻が万引きをくり返しはしない。知らせを受けて駆けつけた夫に、罪の意識を感じさせない笑みを見せたのが、何よりの証だった。

井岡は加奈子を見放した。正式に別れを切り出していればよかったのだろう。男は仕事に逃げられる。加奈子は酒と男へ逃げた。

三ヵ月後に、井岡は連絡を受けて、高島平《たかしまだいら》署の霊安室に駆けつけた。仲間からその住所を聞いて、戦慄した。加奈子が飛んだ場所は、男の住まいがあるマンションだった。だから、病気だ。あいつはおかしくなっていたのだ。そう何度も胸に言い聞かせた。

加奈子の両親は泣いて井岡を責めた。真実は語れなかった。高島平署の警官たちは動機の一端を探り出していた。が、仲間の男に真実を告げはしなかった。本当はあんたもわかっているだろ。上の者が出てきて、やんわりと匂わせてみせた。これ以上、奥さんの周辺を探るのはやめにしよう、と。

荒れるに任せた井岡を、仲間は受け止めてくれた。警官は身内に優しい。噂など聞かなかったような顔を向けられた。なぐさめの目が苦痛だった。

「……話は聞いてみる。二課に、昔ちょっと面倒を見てやった後輩がいる」

「おれは余計なことをしてるのかな」

「まず何も出てこないだろうな。あの女とは距離を置いたほうがいい。心の病ってのは強い伝染性を持つ。わかるだろ」

憎まれ口を返して電話を切った。

翌日、仕事の合間に捜査二課のフロアへ寄った。三度目に、門間潔《もんまきよし》を呼び出すことができた。生まれたばかりの娘の写真を肌身離さず持ち歩く、刑事の風上にも置けない男だった。

「ああ……。三係が追ってた件ですね。でもまた、どうしてです」

問い返してから、門間は慌てたように口をつぐんだ。自殺がからんでいたと思い出したからだろう。心優しき後輩に微笑みかけた。

「自殺した官僚を知る人が近くにいてね。まだ気にしているようだった。いろいろ不透明な部分も残ってると聞いた」

「三係の連中、かなり落胆してましたね。なので、ほぼ動かしがたい状況だったかと」

「つまり、サンズイ（汚職）方面の糸口はなし、ってわけだな」

「ぷっつり、だったらしいですね。だから密告はガセ、目的は口封じじゃないか。――ほら、あそこの係長、点取り屋でしょ。かなり所轄の尻も蹴飛ばしたらしいんです」

すでに二課では終わった事件なのだとわかる。

「知り合いがいたなんて聞いたら、聴取させろって言いだすかもしれませんよ」

「そこまで、入れ揚げてたか」

「何でしたら、三係の者を連れてきましょうか」

知り合いがいたなんて嘘ですよね。何かつかんでいるなら協力はしましょう。代わりに洗いざらい話してください。言わずもがなの目配せが語る。

わざと睨みつけて井岡は言った。

「安酒でいいなら一杯おごってやるよ」


午後十時。ガード下の喧《やかま》しい居酒屋で落ち合った。たとえ横のテーブルに上司がいても、話を聞かれる心配はせずにすむ店だった。

門間は同期の男を連れてきた。宮垣武利《みやがきたけとし》。刑事になってまだ三年。井岡が所轄から本庁に呼ばれたのは五年目だった。今は刑事を嫌がらないだけでも見こみはある。

宮垣は酒にはほとんど口をつけずに語った。

二課に密告の手紙が届き、念のために確認しろと命じられた。すると、名指しされた官僚が役所を休み、自殺をほのめかす電話を自宅にかけていたと判明した。遺体を発見したのは、山菜採りに山へ入った老女だった。当然、解剖は行われていた。ロープで首を吊っての縊死《いし》。爪の間に、繊維も人の皮膚片も見つかってはいない。血中アルコール濃度は高かったが、死への恐怖心から酒を飲む者はいた。縊死を疑うべき状況はなかった。

「うちのボスが気にしてたのは、現場までの足取りがつかめなかったことです」

所轄が地元のタクシー会社を回っていた。現場近くで客を降ろした記録は出てこなかった。ただ、林道から三キロ離れた街道を路線バスが通っている。一時間におおよそ一便。

運転手に写真を見せたが、一人一人の客の顔までは覚えていないと言われた。現場近くにレンタカーや盗難車も残されてはいなかった。

「だとすると、その官僚は酒を飲みながら三キロ近くの道を歩いたというのか」

「東京近辺からタクシーを使った可能性もあります。ですが、足元はかなり汚れてました。雨上がりで山の下草は茂ってましたが、歩けない距離じゃないですね」

現金を振り込んできたインドネシアの会社はダミーだった。密告の手紙から指紋は出てきていない。ほかに怪しい金の動きもなし。振り込みはたったの一度なのだ。

六月の異動で同期の二名が局長補佐に昇進していたという。先を越されたことにショックを受けていたとの証言があった。もう自分の目はなくなった。悔しげに語る現場を見た者もいた。落胆が汚職の引き金になったのかもしれない。娘が父親の最期の声を聞いていた。肉親の証言は何よりも重い。

「疑わしく思いたくなるのは、わからなくもないですね。でも、疑問の余地はまずありません。我々や地検はもっと悔しい思いを散々してきてますし……」

そう言い終えて宮垣は苦そうに酒を口に運んだ。

井岡にも経験はあった。捜査に数ヵ月を費やしながら証拠を挙げられず、泣く泣く立件を見送ったケースは幾度もあった。そのたびにメディアは二課と地検を無能呼ばわりした。が、疑わしいだけで起訴はできなかった。裁判は証拠があってこそ成立する。強引に起訴して無罪となれば、検察官の経歴に傷がつく。マスコミにもたたかれる。百パーセント有罪にできる――その確証もなく、篤《あつ》き正義感から政治家や官僚を法廷に引き出す無謀な検察官はいなかった。

「富川光範のどこをつついても、ホコリひとつ落ちてきませんでした。頭のいい人だから、罪に手を染めるわけがない。多くの者が言ったそうです。でも、口座に金が振り込まれ、家族に詫びる電話をかけてきた。その事実は動きません」

「よくあるケースじゃないですかね。高輪《たかなわ》署にいた時、もっと後味の悪い経験をしました」

門間が横から言った。彼が手がけたのは地方銀行幹部の自殺だった。

頭取をふくめた役員会議の席で、あるノンバンクへの融資が決定された。ところが、貸しつけた金の大半が暴力団と関係の深い不動産会社に迂回融資された、との報道が出た。直後に一人の行員が自殺した。すべての罪は自分にある。そう家族に告げたうえで。

「融資を担当した部下は、口をそろえて言ってましたよ。頭取も承知していた案件だった、と。死んだ行員一人の責任であるわけがない。責任を取れと追いつめられて自殺するしかなかった。部下を切り捨てたのだ、と。でも、幹部が口裏を合わせて一人に責任を負わせたのだとしても、殺人罪で彼らを罰することはできませんからね」

いじめと同じ構図だ。同級生から執拗ないじめを受けた子が自殺する。が、直接には手を下していない。刑事罰には問えそうにない。子を亡くした親が民事で賠償を求めるしか、責任を取らせる方法はない。

「あの時も家族はずっと言ってました。うちの人が独断で迂回融資を決められるはずがない。責任を押しつけられて、命を奪われたんだって」

「どういう自殺だ。遺書はあったのか」

宮垣が吐息とともに訊いた。

「練炭自殺だったよ。車のドアの内側からガムテープが貼ってあった」

「本当に自殺かな」

同期の問いかけに、門間が表情を硬くした。

「よく聞くだろ。ガムテープを貼りめぐらせておいてドアを閉める。すると、練炭によって暖められた空気が膨張する。自然とテープが密着して中から貼られたようになる。どうせ睡眠薬を飲んでいたんだよな」

「当然、同じ意見は出たさ。けど、ドアを開ける際、ガムテープは絶対にはがれてしまう。念のためにテープの指紋は調べてみたさ。本人のものしか出てこなかった。自殺を覆す状況は見つからなかった」

「むきになるな。よくあるケースだって言いたかっただけだ。何しろ一時期、日本の自殺者は年に三万人を超えていたんだ。そのすべてに万全の裏づけを取ってる時間も人員も、我々にはありゃしないんだからな」

遺書がある。家族が最期の声を聞いている。悩みがあった。理由が存在し、死因に不審な点がなければ、まず自殺と見なされる。殺人の件数は年に一千件ほど。自殺者の数とは比較にもならない。病院ではない場所で死亡した遺体は、すべて警察が処理する決まりだ。日本の警官たちは、殺人の捜査よりも自殺の処理に追われている。

日本の自殺はピーク時で年に三万人を超えた。一日およそ八十二人。今なお二万人を超えている。とてつもない数だ。首都圏でマグニチュード8クラスの地震が発生した場合、二万人の死者が出るとの予測がある。ほぼ毎年、人々の心の中で震災が起きているようなものだった。今日もどこかで誰かが自分を見限り、死に急いでいる。

「井岡さん。何かおかしなこと考えてるわけじゃないですよね」

門間がグラスを置いた。宮垣がよせと言うかのように目配せを送った。

「心配しなくていい。うちのやつは間違いなく自殺だった。あいつはおれへの当てつけに、死んでみせた。そのことを認めたくないから、納得できないと言い続けて、ごまかしてたわけだ」

すみませんと後輩の頭が下がった。井岡はグラスの安酒を飲みほした。のどに痛い。

「知り合いがいると言ったのは嘘じゃない。詳しくは話せないがな」

「その人に伝えてください」

宮垣が居住まいを正した。

「死んだ富川光範の奥さんも、自殺ではないと言い続けてました。何かに取り憑《つ》かれでもしたような顔で。我々は無能呼ばわりをされました。でも、先入観は持たずに捜査したつもりです。あれは自殺でした。間違いありません」

「わかった。必ず伝える」

あの女は絶対に納得しないだろうが。

富川真佐子に連絡する踏ん切りをつけられないまま週が明けた。

その週刊誌が気になったのは当然だった。あの女と会った日に、一人の若い実業家が自殺していた。連日テレビや新聞は彼の死にまつわる報道を続けた。使途不明金の額は五億円。ある政党への多額の献金も発覚していた。監査役の弁護士が社長の銀行口座を調べた矢先の自殺だった。カリスマ社長を失った企業は早くも支援先を探している。トップの独断で融資した先の企業は、すでに倒産。多額の金が消えている。ワンマン経営者にはよくある話だった。

たまたま新聞を開いて週刊誌の広告に気づいた。派手な見出しに目が吸い寄せられた。自殺の前夜、家族が本人から罪を認める電話を受けていたのだ。

コンビニへ走った。週刊誌を開いた。一読してレジで購入した。再び読み直してから、金曜日に会った三係の若い刑事に電話を入れた。

「おい。週刊誌の記事を見たか」

「もちろんです。門間からも電話をもらったところです」

刑事でなくとも疑問に思う。家族と交わした電話の内容が酷似していた。

――迷惑をかけてすまない。あとのことは頼む。今まで言えなくて申し訳ない。

「似てることは似てますね。でも、犯した罪を認めて死ぬという状況が同じなんです。似たフレーズになっても不思議はないでしょう。それに今回は、遺書もあったそうですし」

「二課も動いていたんだな」

「はい、隣の四係でした。けれど、遺書の筆跡鑑定も行いました。本人が書いたものに間違いないと大学教授によるお墨付きも出てたはずです」

勢いこんだ自分がまぬけに思えた。時の人とも言える有名人の自殺だった。マスコミも注目するので、入念な裏づけ捜査に動く。世に偶然というものは起こりうる。

だが、あまりに似ていた。神の悪戯《いたずら》がすぎるほどに。

あの女が知れば、また騒ぎたがる。この件は聞かなかったことにして、ありきたりな報告ですませるほかはなかった。

電話をかけても出なかった。相手はキャリア官僚で忙しいとわかっていた。席を外しています。返事はいつも同じだった。伝言を託しても折り返しの電話はこない。

5

光範の同僚からはすでに話を聞いていた。

「いえ……ぼくにはわかりません。富川さんは以前から一人で準備を進めておき、あとをぼくらに任せることがありましたから」

独断専行の嫌いがあった。オブラートに包みながらも本音が言葉尻に表れていた。

自殺から三ヵ月。当初は同情心から接してくれた。時が経てば、態度や言葉を飾る気遣いは薄くなる。そのほうがありがたくもあった。富川光範という男の真の姿が見えてくる。その先に真相が隠されている。

あの同僚から上司に報告が上げられたのだろう。富川の女房がまだおかしなことを訊いてくる。いまだ死を受け止められず、悪あがきがはなはだしい。だから局長補佐は居留守を決めこんでいる。

「お母さん、お願いだから、もうやめようよ……」

「気持ちはわかるわよ、真佐子さん。でもね、真澄美のことをもっと考えなさい。母親がいつまでも立ち直れずにいたら、あの子だって苦しむのよ」

娘も義母も見放したような目で言った。

「おい、大丈夫かよ。まったく眠れてないだろ、その顔じゃ。医者に相談するのもひとつの手だ。少しは気が軽くなる」

編集長も気遣ってくれた。周囲の目があるので、楽な原稿起こしから仕事を再開した。

真っ当な者であれば、少しずつ立ち直っていく。いまだ乗り越えられずにいるのは、甘えがあるからなのだ。罪なき世間の決めつけが痛いほどに感じられた。

夫が自殺するとは思えない。言葉をつくして語るほどに正気かと疑われる。何百遍も何千遍も胸に問い直したが、導き出される答えは変わらなかった。単なる女の勘ではない。不仲だったがゆえに、光範という男の人間性は冷静に見つめていた。どう考えても納得がいかない。

井岡という元刑事からは電話がきた。ひとまず約束は守ったぞ。そう言いたげな覇気のない声で淡々と説明された。

「……残念ですが、自殺を疑う状況にはないと見られます。あなたは納得しないでしょうが、地元署と二課は入念な捜査をしていたんです。三週間を費やして関係先を当たったにもかかわらず、何も出てこなかった。軽々しく自殺と断定したのではありません。誰が見ても、やることはやったと言えます」

義理は果たした。警察も仕事はした。あとはあなたの心の問題だ。

ホテルで会った時も、あの元刑事は迷惑げな顔を作ってみせた。仲間はいつも全力をつくしている。身内をかばうことで、自分を守りたがっているようなものだった。警察という揺るぎない組織に守られているから、危険な仕事にも向き合える。

官僚だった光範も同じだった。国民のために働いている。周囲が敬意を払って当然。自負があるから激務をこなせる。家族を顧みる余裕はない。女が家庭をおろそかにすれば貶《けな》される。仕事をあきらめて家に入った女たちも叩く側に回る。

「わかりました。自殺を否定できる材料を見つけます。夫の行動は不自然すぎますから」

「もし何か見つかった時はぜひとも教えてください。犯人の特定にいたらなかった事件を、家族が奔走して解決に導いたケースも過去には存在します。我々警察は、残念ながら万能ではない。本心から期待しています」

解説者めいた物言いが鼻についた。期待しています。軽々しく口にできるのは、女に何ができるとの見下しがあるからだった。

結婚までの七年間、真佐子は週刊誌の編集部で働いていた。政治家や財界人には、取材に来たのが女だとわかり、子ども扱いしたがる不遜《ふそん》な連中が多かった。光範の上司が居留守を続けているのも、単に迷惑がっているのではない気がした。部下の妻に仕事の話をしようと無駄。真佐子への軽視は、すなわち死んだ夫にも向けられている。そういう自覚を局長補佐はたぶん持ってもいない。

男社会の中を笑顔で渡り歩いていけばいいのだろう。仕事のできる女は皆そうしている。だが、夫の死を調べるのに媚《こび》は売れない。実力行使に出るまでだった。アルバイトのライターを自費で雇った。取材を名目に車の運転を依頼した。会ってもくれない対象者から話を聞くため、今まで何度も車中で張りこんできた。

午後九時三十二分。神田久寿《かんだひさとし》がコートの襟を立て、庁舎の通用口から出てきた。夫も帰宅は遅かった。彼らの献身的な働きぶりには素直に頭が下がる。真佐子は車を降りた。声をかけるタイミングは地元の駅と決めていた。さほど尾行に気を遣うことはなかった。

「神田久寿さんですよね。突然、失礼いたします」

改札を出たところで呼びかけた。神田久寿が振り向いた。真佐子を認めて、驚きよりも恐怖に近い感情が顔を走りぬけた。

「驚かせてしまい、申し訳ありません。でも、お話を聞かせていただくにはこうするほかありませんでした」

「何を考えてるんだ、あんたは――」

自宅近くの駅前なので、人目がある。声をひそめて言うなり、神田は夜道を足早に歩きだした。

「五分でいいんです。あるリストを見ていただけませんか」

「警察に任せるべきだ」

「何度も相談しています。でも、家族が動くしかないこともあるんです」

「富川さん、あなたは病院へ行くべきだ」

神田がふいに歩みを止めた。首だけひねって真佐子を見つめた。商店街の中ほどで街灯の数は多い。ここでならリストを見てもらえる。真佐子はバッグに手を入れた。

「お願いです。夫は死の直前、大学の後輩を頼ってある企業に接触を図りました。その会社でかつて海外との交渉役に当たった責任者を探していたんです。仕事で必要だったのなら、正規のルートを使えばよかった。なぜそうしなかったのか。もしかすると夫は何かに気づいたのではないでしょうか。経産省でいくつか海外との交渉事が進んでいた。その中のある案件に疑問を抱き、独自に調べてみようと考えた。あの人には独断専行の嫌いがあったと部下の人も言ってました」

ひと息に告げた。リストを差し出した。

「警察や我々より、まず医者に相談したほうがいい。あなたはかなり疲れておられる」

「見てください。夫はこのリストを木場重工業の社員から手に入れていたんです。木場重工業がかかわる海外事業はなかったでしょうか。十年ほど前の案件だったと思います」

「富川君のいた調査課は、企業統計を集めて整理し直す部署で、海外事業とは関係がない」

「夫は何かに気づいたんです。だから木場重工業の社員に近づき、このリストを手に入れた」

「冷静になりましょう。わたしは地域経済の政策を扱う部署を任されてきました。通商政策局には三年ほどしかいなかった。富川君も似たような経歴でしたよね」

「……はい」

「わたしも富川君も日本企業の海外実績をまとめる仕事にすらかかわってきてはいない。具体的な企業名を出されても無駄なんだ。お役に立てず、申し訳ない」

話を切り上げられた。しつこく横に並んで歩いた。

「では、省内で海外事業に詳しいかたを教えてください」

大きく首を振られた。知らないのではなく、かかわりたくないとの意思表示だった。

「海外事業を扱う部署に夫と親しい人がいたのではないでしょうか。その人と話をするうち、木場重工業に関する何かに気づき、調査を始めた。そう考えないと、不可解なんです」

また首を振られた。あとを追い、訴えるしかない。

「夫が木場重工業に接触して金を受け取っていたのであれば、納得はできます。でも、八月にリストを調べて接触し、その一週間後にはもう現金が振り込まれて命を絶つ。そんなことがあるでしょうか」

「木場重工業の人に訊いてください」

「もちろん話は聞きました。木場重工業でも社内調査をしたというんです。でも、夫と関係があったという者は出てきていません。その人物が隠し事をしているにしても、残念ながら追及する材料がありません。夫はなぜ木場重工業に関心を抱いたのか。その接点を見つけ出さないことには調査を進めていく手立てがないんです」

神田が歩みを止めた。踏切に近い交番の前だった。照明は灯っていたが、中に警官はいなかった。机に黒電話が置かれていた。何かあった時はこの電話で連絡してくれ。住宅街の交番は、深夜になると人がいなくなる。

神田は交番の中の黒電話を見ていた。これ以上つきまとうのであれば連絡するしかない。

「お願いです。協力してください。上司であった神田さんなら、夫の省内での人間関係もよくご存じだと思います。ようやくひとつの手がかりが出てきたんです。木場重工業にまつわる何かを調べ始めていた矢先に、自殺などするものでしょうか。我々家族には納得ができません。海外事業に詳しいかたを教えてください。たとえ経産省から正式にクレームがこようと、この調査をやめることはできません。お願いします」

神田は真佐子を見ずに交番の中へ歩んだ。黒電話の受話器を手にした。

「……夜分にすみません。実は今おかしな女性につきまとわれています。……はい、今わたしの横に立ってます。いえ、危害を加えようという意図はないようですが、駅からつきまとわれています。実は仕事先にも来て、会ってくれとしつこく言われてました」

　真佐子は意地でも動かなかった。


　五分も経たずにパトカーが到着した。真佐子一人が警官に囲まれ、住所氏名を確認された。神田久寿はすぐ解放され、真佐子を一瞥《いちべつ》もせず自宅へ帰っていった。

　パトカーで世田谷《せたがや》警察署に連れていかれた。恥ずかしいことはしていなかった。事実を打ち明けた。協力を求めたにすぎない。警察にも相談はしている。

　話を聞いた警官たちは目を見交わした。厄介な女だぞ。注意しようものなら、警察が不甲斐ないからだと責め立てる気だ。手に負えないカルト信者を見るような目が集まった。

　あなたの気持ちはわかる。でも、人に迷惑をかけてはならない。つきまとい行為は罪になる。ありがちな説教が続いた。神田久寿と経産省に近づいてはならない。念押しされた。

　おとなしく同意すべきだった。うなずきさえすれば解放される。真佐子は言った。

「警察による捜査が不十分で犯人が挙げられず、被害者の家族が独自に調査したケースは過去にもあったはずです。そのたびに警察は、何もするなと忠告を与えてきたのでしょうか」

「あんたは留置場で一晩頭を冷やしていきたいのかね」

「わたしは冷静です。頭を冷やす必要はありません。この先も夫の同僚だった人たちに協力を求めたいと考えています」

「あんた、ねえ。我々だって暇じゃないんだ。経産省の役人が関係してるから、わざわざ上の者が目黒署に確認も入れたよ。どう見たって、あんたの旦那さんは自殺だったそうじゃないか。娘さんだって最期の声を聞いてるんだろ。違うかな」

「声は聞いていますが、長く話をしたわけではありません。相手が一方的に語った言葉を娘は聞いたんです」

「警察を馬鹿にしてるのか、あんたは」

安っぽい木のテーブルを警官が掌でたたきつけた。実に薄っぺらな演技だった。

「目黒署の者も迷惑してると言ってたよ。もう認めるしかないだろ。あんたの旦那は罪を犯していたんだよ。信じたくなくても証拠がある。金を受け取っていたろうが」

「銀行口座に金を振り込まれたにすぎません。口座番号がわかれば、誰でも送金できます」

「これ以上、我々警察や経産省に迷惑かけるなら、本当に逮捕するしかないんだよ、わかってるのか。脅しじゃないぞ。あんたがやってることは立派な威力業務妨害罪に該当する」

目黒署の刑事にも言われた。口先の脅しにすぎなかった。逮捕したのでは騒ぎが大きくなる。真佐子は週刊誌の記者で、出版社の後ろ盾がある。そう見ているから目黒署の刑事も最初は大人の対応をしてくれた。が、経産省の者が動けば事情は変わる。警察へ圧力をかけようとするかもしれない。

「わたしも多くの人に迷惑をかけたくありません。ですが、調査は続けます。あなたがたの家族が同じような状況で死んだ時のことを考えてください。警察が捜査を打ち切ったため、刑事罰に問えなくなり、民事で争う人たちがいる現実をどうか忘れないでもらいたいと思います」

「あんた、我々警察に喧嘩を売る気か」

男という者らは、なぜこうも単純なのか。自分に従わない者は不満分子だと決めつける。主義主張が違うことを認められず、ひとつの物差しでしか相手を測れない。例の井岡という元刑事も同じだ。硬直した男社会の弊害が世のあちこちに多くのきしみを生んでいる。

「なに笑ってんだよ、あんたは！」

年配の警官がいきり立って、またテーブルを叩いた。悲しくても笑うしかない時がある、と想像もできない。仕事に打ちこむ自分に疑問を持たずに生きてこられた幸福な人たちだった。心底から羨ましく思えた。

いきり立つ警官が憤然と部屋を出ていった。もう一人も気づまりなのを嫌うように席を立った。

一時間以上も放っておかれた。逮捕できる理由はないのだ。嫌がらせの意味もあったろう。

やがて初老の制服警官が現れた。席にはつかず、ドアの横から話しかけてきた。

「うちの上も目黒署も、かなり頭に血を上らせてる。次はないと思ったほうがいい」

「ご忠告ありがとうございます」

「おれが突然、拳銃で頭を撃ったら、家内のやつ、少しは悲しむだろうけど、署で何かあったんじゃないかって本気で考えてくれるか、ちょっと心配になってきたよ」

思いのほか情のこもった声だった。

真佐子は本心を語った。

「本当にご心配なら、普段から署であったことを奥様に話してください。でもその時には、奥様の話にも耳を傾けないといけませんが」

初老の警官は肩を揺らして笑った。わかっているけどできないのだ、と言いたげに。

「もう帰っていいそうだよ。最後に言いふくめておけと言われたけど、おれは陰ながら健闘を祈ってる。でも、次はないというのは本当だ。わかるね」

たっぷり頭を冷やさせたあと、理解ある態度を示して諭す。策のうちにも思えたが、真佐子は礼を言って世田谷署を出た。

深夜二時。寒さが身を取り巻いた。この三ヵ月で徒労感には慣れていた。経産省の上司に近づけないとなれば、光範の友人を訪ねて回るしかない。タクシーを探しに歩きながら、明日から何をすべきか。手順を頭の中で練り始めた。

翌日は、光範が卒業した名門大学を訪ねた。山沼綾乃と知り合うきっかけになった飲み会を企画した後輩から話を聞くためだった。

「山沼君にいろいろ訊かれて、腑に落ちたのは確かでした」

大学で講師を務める後輩は、悔やみの言葉を口にしてから答えてくれた。

「富川先輩から電話があるなんて珍しくて。しかも、棚橋《たなはし》教授には声をかけなくてもいいから、ゼミの後輩を集めて飲もう、なんて変な話でしたから」

光範はその飲み会の代金を二次会まですべて一人で支払ったという。そう聞かされて、夫の金遣いを調べていなかったと後悔した。すでにカードは止めていたが、信販会社に問い合わせれば、支払い明細は手に入る。

「夫は山沼さんの都合を優先させろと言ったんですね」

「ええ、木場重工業で活躍中の女の子がいるはずだから、と。何か仕事で噂を聞きつけたとか、言われてました」

「ゼミの後輩に山沼さんがいると、誰から聞いたのでしょうか」

「さあ、そこまでは……」

「では、後輩の動向に詳しいかたで、夫が連絡を取りそうな相手に心当たりはないでしょうか」

後輩はさして考えるでもなく、一人の男の名前を挙げた。

前原伸治《まえはらしんじ》。光範と同じ学部の二年後輩だった。学園祭を一人で仕切り、仲間を束ねてきた。その経験を買われて大手広告代理店に入り、数年前に独立した。人脈作りには長けた者として有名だという。

連絡先を聞き、大学の構内から電話をかけた。

前原伸治はつかまらなかった。伝言を残した。駅へ向かうバスを待つ間に、早くも向こうから電話をもらえた。

「突然のことで、お悔やみの言葉もありません。先輩にはずいぶんお世話になりました。何があったんだろうって、後輩たちとも話していたんです」

用意してあったような滑らかさで、前原伸治は言った。

「……ええ、そうでした、富川先輩から電話があったんです、久しぶりに。で、うちの大学から木場重工業に入ったやつがいないか、って訊かれたんです」

「なぜその会社の人を探しているのか、何か言ってなかったでしょうか」

「仕事関係だと思いますけど。あと、アエロスカイ社とのコネも探してました」

どこかで聞いた覚えのある会社だった。日本の企業ではなかった気がする。

「航空関連とはあまり縁がなかったんで、先輩のリクエストには応《こた》えられませんでした」

礼を言って電話を切った。バスを一本見送って深く息を吸った。

スマートフォンを使い、ネット検索した。アエロスカイ・コーポレーション。本社はテキサス州ダラス。第一次大戦後に自家用小型飛行機の製造会社としてスタート。今では中型旅客機とヘリコプターを生産する大手だった。AI技術に長け、高性能大型ヘリを世界各国の軍に納入する実績も持つ。

アドレス帳を表示させて山沼綾乃に電話を入れた。コール音が続いた。伝言を残そうと考え始めた時、電話がつながった。

「いつもお忙しいところを申し訳ありません」

「いいえ。お伝えしたと思いますけど、うちの課長は策士なんです。富川さんには協力してさしあげろと言われてます」

何が幸いするかわからない。野心ある上司に感謝しながら訊いた。

「夫の口から、アエロスカイという会社名が出たことはなかったでしょうか」

「いいえ……先日もお話ししたように、わたしは名簿のために使われたんだと思います。海外企業との仕事を任せてもらえるような立場にはありませんので」

「では、そちらでアエロスカイとの仕事が進んでいたりはしなかったでしょうか」

返事が遅れた。曰《いわ》くありげな間のあと、お待ちください、と言われた。上司の許可を得ているのだろう。

「……お待たせいたしました。すでに記者発表もされていますのでご存じかもしれません。うちとエアユニオン社で技術提携し、航空自衛隊の次期多用途ヘリコプターを共同開発するプロジェクトが進行中です。その受注を最後まで争った企業の中に、実はアエロスカイ社がふくまれておりました」

6

形ばかりのむなしい会議が淡々と続く。

交通安全週間に配布するポスターの色校が上がった。印刷会社と代理店の男が納期と費用をくだくだ説明している。課長が急な病欠で、代理は警察庁での会議に向かった。補佐とは名ばかりの井岡にお鉢が回ってきた。

仕事はすべて担当の若手と事務員に任せればいい。誰からも求められていない職場で静かに復帰の日を待つ。あと半年もすれば、所轄の似たような部署が待っている。このまま総務をたらい回しにされる可能性はあった。

暇な部署のほうが昇任試験に備えられるぞ。そう仲間には励まされた。が、ペーパーで点を取ろうと、現場の勤務評定で落とされる。よその部署と悶着を起こした者が警部に上がった例など聞かない。綺麗事の励ましは、今の部署で問題を起こすな、との忠告だった。

置物の小芥子《こけし》さながら黙して時がすぎるのを待つ。事務員の差し出す書類に、言われるがまま確認の判子を押す。リハビリ終了と誰かが決めるまで、給料泥棒の日々をすごす。

「では、これでよろしいですね」

ポスターの色校が目の前で丸められた。会議が終わったらしい。何ひとつ話をまともに聞いていなかった。いつものことだ。

「予算が限られているのはわかります。でも、毎回トップアイドルが引き受けてくれてるんですから、少しもったいない気はしますね」

「たまにはグラビア印刷なんてどうでしょうか。発色が断然違います。あちこちでファンに盗まれたりして、評判になると思うんですよね」

「そうそう。警視庁のポスターが大評判で盗難続き、なんてなったらテレビ局も食いついてきますよ、絶対。話題作りには持ってこいじゃないですかね」

代理店と印刷会社の男が笑い合っていた。井岡は書類をまとめて席を立った。

「グラビア印刷だと、そんなに仕上がりが違いますか」

担当の警部補が話に加わった。人の顔色を見るのが得意な若手だった。

「もちろんですよ。オフセットは点描を重ねて色合いに差をつけてるんです。でも、グラビアは、版に凹《へこ》みをつけてインクの濃度に差を出すから、色調の違いは一目瞭然なんです」

「特にグラビアは美術関連の印刷に最適でしてね」

「色の濃淡を重ねて刷るため、絵画の微妙な筆づかいまで実によく表現できます。アイドルの愛くるしい笑顔もばっちりですよ」

ドアへ歩きかけた足が止まった。振り返ると、代理店の男が下手な愛想笑いを浮かべた。

「あ、本気で考えていただけますか」

井岡は印刷会社の男に目を転じた。

「筆づかいを表現できる、と言ったね」

「はい、もちろんです」

「たとえば、万年筆の筆跡をそっくり写し取って印刷することも可能なんだろうか」

若い技術者が目を白黒させた。

「……そうですね。濃淡だけでいうなら、かなりのものが印刷できると思います。よく水墨画などの美術品で、印刷物を本物と偽って売りつける悪徳商法がありますよね。そういった精巧な刷り物はまずグラビア印刷なんです。素人目には本物と見えるんでしょう」

「つまり、文字のかすれ具合や力加減、筆づかいの勢いなども、そっくり表現できると」

「描かれた線の形と濃淡に限られます。力加減などは筆圧もかかわってくるでしょうから」

「井岡さん――」

若い警部補が質問の意図に気づいて言った。

黙っていろと目で伝え、さらに問いかける。

「先ほど、オフセット印刷は点描で表現すると言いましたよね。昔の新聞の写真が小さな点で描写されていたと思うんですが……」

「はい。今も新聞はオフセット印刷なので、よく見れば細かい点描になってます。その小さな点――ドットと言うんですが――その細かさで印刷の仕上がり具合が変わってくるんです。最近の新聞は見栄えを意識して、かなり細かいドットで印刷するようになってますね」

「グラビア印刷は、点描ではない、と」

「ええ、セルと呼ばれる小さな……0・1ミリほどの穴にインクを入れて、その深さで濃度を表していきます。オフセットは色の濃度に変化はなく、色の重ね合わせのみで色調を変えていくので、グラビア印刷よりはやや滑らかな階調に欠けると言えます。その代わりに版を作りやすいので、大量印刷が安価にできるというメリットがあるんです」

0・1ミリ。肉眼では難しくとも、拡大鏡でなら印刷物かどうかの判別はつきそうだった。

井岡は質問の方向性を変えた。

「念のために訊きますが、一色だけの印刷でも、セルがあるかどうかの判別は素人目にもつけられるのでしょうか」

若い技術者は丸めたポスターに目を落とした。井岡に視線を戻して言った。

「今は独自の性質を持つインクが多く開発されています。浸透性の高いインクに、そのインクと相性のいい用紙を使った場合、色がより馴染むでしょう。独特な淡い印刷効果を出すため、特殊なインクや用紙を使うケースもあります。でも、専門家が科学的な検証をすれば、印刷物か実際に書かれたものかの判別は、すぐにつきます」

専門家であれば――。つまり素人では見分けがつきにくい。現に骨董《こっとう》の愛好者でも騙されるほどの印刷物が存在するという。

井岡は会議室を飛び出した。電話をかけるのももどかしく、階段を駆け下りた。捜査課のフロアで顔を探した。

昼日中に刑事が暇を持てあましているはずはなかった。結局、携帯電話を頼った。宮垣武利の番号を押した。通じなかった。となれば、次は門間潔だった。

「何かありましたか」

誰かと外に出ているらしい。門間は声を低めて言った。

「ほら、例の自殺した実業家の件だ。遺書があったんだよな。鑑定は誰に頼んだ。印刷物かどうかのチェックはしたか。四係に確認したい」

「井岡さん……。印刷物かどうかなんて、見ればわかるに決まってるじゃないですか」

「どうしておまえが言える。骨董の愛好家が騙されるほど精巧な印刷物が今はあるんだぞ。枕元に筆記用具と並んで遺書が置いてあってみろ。誰も印刷物だなんて思うものか。ぱっと見で本物と判断するのが普通だろうが」

「でも、正式な鑑定結果が出てるんです」

「鑑定に出した経験なら、おれにもある。でも、当時から筆跡鑑定は百パーセントの証拠能力があるとは言えなかった。裁判の場で問題になることがないよう、何人かの専門家に鑑定を依頼したケースもあった」

「冷静になってください、井岡さん。筆跡鑑定にはいくつか方法がありますけど、その中には筆圧鑑定も入ってるんです。印刷物だと筆圧の変化は生じませんよね。すぐに偽物と鑑定結果が出されますよ」

門間の声に憂いが帯びた。同情心から声が沈んだように感じられた。

「待てよ。インクかどうか、科学的な分析まではしていないよな」

「そうでしょうね。でも、プロの目を欺けるはずはありませんよ。今移動中なんで、またあとでかけ直させてください」

井岡の返事を待たずに電話は切れた。

昼時を待って鑑識課のフロアに立ち寄った。顔馴染みの課員を強引につかまえて話を聞いた。

「そりゃ無理ですよ……」

村本譲《むらもとゆずる》は廊下の奥へ歩いて苦笑した。

「昔と違って、今の筆圧鑑定はコンピューター解析で一字ずつ丹念に行ってますからね。昔みたいに目視で字体や筆圧の特徴を見てたのとはわけが違うんです」

「でも、印刷物かどうか、インクの鑑定まではしてないよな」

食い下がると、同情的な目を返された。妻の自殺と関係があるのだろう。この男も門間と同じで余計な早とちりをしていた。

「印刷物では、筆圧から百パーセント偽造だと判定されます。間違いありません」

「いいから、聞け。たとえば……上からそっくりなぞっていけば、筆圧を巧みに偽造することも可能になるんじゃないか」

村本は微笑んでうなずく優しさを見せた。

「見事になぞることができれば、圧の痕跡は作り出せるでしょう。でも、人の筆圧には独自の特徴が出ます。一字一字、撥《は》ね、止め、払いの筆づかいに圧力の差が出て、その違いを指紋みたいに検出して比較検討のうえに判別がつけられるんです」

「参考のために聞かせてくれ。コンピューター解析といったが、どうやって筆圧を測定する」

村本は鑑識のフロアに井岡を誘った。コンピューターの並ぶデスクに歩み、一枚のコピー用紙を手にした。ボールペンで大きく「大」の文字を書いた。

「よく見てください。この真ん中の交差した箇所です。筆圧を強めに書いたので、紙に微妙な凹みができてますよね」

確かにできていた。斜めにすると、黒い線の部分が凹み、その周囲が少しだが盛り上がったように見える。

「拡大すれば、線のすべてに凹みができてるのがわかります。で――この払いの部分は、その凹みが徐々に浅くなり、線が終わっている。その微妙な差をわかりやすくするため、細いレーザー線を真上から照射してやります」

村本は「大」の文字の横棒にそって紙を谷折りにした。それを広げてデスクに置くと、抽出《ひきだし》から輪ゴムを取り出した。

「これがレーザーの線だと思ってください」

輪ゴムの一ヵ所を指先で切断した。一本の線のようにして紙の上に置いた。

「いいですか。凹んだ部分に真っ直ぐの線を照射すると、その凹みに影響されて、直線に歪みが出ます」

真上から見れば真っ直ぐなゴムでも、視線を移動させると、紙の歪みにそって微妙に曲がっているのがわかる。

「モアレ法といって、測定する物の上に等間隔の平行な格子のレーザー線を照射してやります。すると、歪みによって格子線の間隔にわずかな差が出て、縞《しま》模様を作る。この微妙な模様をモアレ縞といいます。一字ずつこの格子線の変化——つまりモアレ縞を比較していけば、筆圧の特徴が縞模様となって現れ、その差を判別できるわけです」

「要するに、細かいレーザーの格子線を、それぞれ鑑定したい文字に当てていくわけだな」

「そうです。筆圧が同じであれば、その字の周辺にできるモアレ縞もそっくり同じになる。たとえ別人が似せて文字を書いても、筆圧には微妙な差が生まれるものです。よって周辺のモアレ縞にも微妙な差ができる」

紙に生じる微細な歪みをコンピューターで解析して、筆圧を鑑定する。その特徴が、そっくり同じになることはまずありえないのだという。

理屈はわかった。井岡は言った。

「つまりコンピューターが感知するのはあくまで紙の歪みであって、筆圧そのものではないわけだよな」

「まあ、そういうことになりますかね。でも、筆圧による歪みを測定するんですから、筆圧を鑑定してるのとまったく同じ理屈になりますよね」

「まあ、待てって。そう簡単に決めつけて言うな。で――そのモアレ法のほかに筆圧を鑑定する方法はあるのか」

何を考えているのかと目で問われた。井岡も同じく目で催促する。村本が口をへの字に結んでから言った。

「……コンピューター解析なので、かなりの精度になります。目視とは比べようもなく――」

「だから、他に方法があるのかを訊いてるんだよ」

「いえ……今のところはないと思います。少なくともぼくは聞いたことがありません」

結論は出た。どこの有名な大学教授に鑑定を依頼しようと、ほぼ百パーセント、モアレ法による筆圧鑑定になるのだった。もちろん目視より精度は高い。しかし……。

井岡は手を振ってうなずき、廊下へ走り出た。

夕方の捜査会議に合わせて、門間潔は戻ってきた。会議室前の廊下に立つ井岡を見て、優しき後輩は驚いた顔を見せなかった。

一時間にわたる会議が終わり、電話がきた。鑑識の村本から仕入れた情報を手短に告げた。

「えーと、確認させてください。ひょっとすると井岡さんは、そのモアレ法による鑑定方法を詳しく知る人物が筆圧を巧みに偽造した——そう言いたいわけですか」

「わかってるなら、確認などするな」

「できますかね、本当に」

「レーザーによる格子線を照射すれば、筆圧の違いを目視することが可能になるんだ。偽造したい文字のモアレ縞を拡大して映し出し、その上にグラビア印刷で偽造した文字を重ね、下のモアレ縞と同じ模様になるよう、筆跡を巧みになぞっていけばいい。それにだぞ、同じ人物の同じ文字を選ぶにしても、大きさまでそっくり同じにはならないはずだろ」

「どうですかね、そうなりますかね」

「なるんだよ。だから、モアレ縞がまったく重なるということはありえない。モアレ縞の特徴を比較して、似てる点が多いから、同じ人物が書いた文字だと判定してるんだ。つまり、特徴さえ似ていれば、鑑定をごまかせる。不可能ではない気がしないか」

深い吐息が鼓膜を打った。疑問を口にされる前に言った。

「御託《ごたく》はいいから、遺書の現物を手に入れろ。とにかく当たってみるんだ。印刷物かどうか、専門家なら見分けがつく。というより、専門家じゃないと見分けられない印刷物があるんだ」

「しかし……すでに終わった事件ですよ」

もし犯罪の痕跡が見つかれば、担当した署と検察官の面目は丸つぶれとなる。経歴に傷がつくとは思いにくいが、真相を見ぬけなかったとの悪評は広まる。

「何言ってんだ。例の若い実業家の自殺なら、まだひと月ぐらいしか経ってないだろが。今になって気になる情報が入った。そう言えば、遺族の協力は得られるはずだ」

「問題になるのは、遺族よりも我々の身内ですよ」

上の許可を得ずに遺族から手紙を預かり、不審な点を見つけられたとしても、証拠能力は認められない。自分の経歴を汚したくない者が証拠潰しに動いたという話はなくもなかった。終わった事件を掘り返すのは難しい。

「弱気なことを言うな。班長を説得すればいいんだよ。富川光範という経産省の官僚が自殺したと言われているが、家族は納得してない。その富川と例の実業家、二人が家族にかけてきた電話の中身が似すぎてる。もちろん実業家のほうには遺書が残されていた。でも、遺書の偽造も不可能ではないと言う印刷技術者がいる。いいか、富川光範の妻は週刊誌のライターだぞ。すでに彼女は気づいてる。先に手を打たれて、もし遺書が偽物だったとわかれば、警視庁の恥になる。だから先に遺書を押さえておくべきだ。そう説得しろ」

強引な論法を承知で言った。が、もし富川光範の妻が知れば、事態は同じになる。

「待ってくださいよ……。ぼくが上に言うんですか」

「他に誰がいる。偽造が突きとめられれば、すべておまえの手柄だぞ。もし断るなら、三係の宮垣に知らせるだけだ」

「はいはい、わかりましたよ、やってみます。でも、期待はしないでくださいよ」

門間は歳に似合わず、なかなかの戦略家だった。若き実業家の自殺を担当した品川《しながわ》署の刑事課長に相談したのだ。そちらが動かなければ、本庁で動くことになる。手柄の奪い合いや責任の押しつけ合いに発展させたくない。確認だけはしたほうがいい。

井岡は後輩の手口に感心した。これからの警察官は、人を操る術を持たねば出世はしない。

二日後の夕方に、早くも結果は出た。

「井岡さん……」

気落ちした声を聞き、暗い廊下で棒立ちになった。門間の声が沈んだ。

「正式な鑑定とは言えませんが、印刷会社の技術者に見てもらいました」

「偽造じゃなかったのか」

「ええ。あっさり言われました。セルとかいう製版の上にできる小さな穴の痕跡はまったくなかったんです。印刷物じゃありえません」

足元が揺らいだ。壁に手をついて体を支えた。そんなはずはない。モアレ縞を知る者が偽造したのだ。でなければ、最期の会話が瓜ふたつになるものか……。

「じゃあ家族への電話はどうなる……。ただの偶然なんてことがあるかよ」

「そっちも確認しました。富川光範のケースとは少し違いがあったんです。自殺した実業家は、一分近く妻と会話をしてました」

目の前の壁を拳でたたきつけた。痛みは感じなかった。週刊誌の記事に問題があったのだ。首を吊る前にかかってきた電話の一部の言葉だけを抜き出して記事にまとめたらしい……。

「遺書は本物でした。何も不可解な点は出てきていません。もう納得していただけましたか」

「……すまん」

唇を噛み、無理して顔を上げて言った。

「おれの名前を出していいぞ。いや、品川署の刑事課長に、おれが謝りに行ってもいい」

「そうしていただけると助かります」

切れた電話を手に、しばらくその場を動けなかった。

自殺ではない。殺されたのだ。そう確信があるのに、夫は夢枕に立つこともなかった。この世に未練があって当然なのに。やはり死後の世界など存在しない。

朝を迎えて目を醒ますたび、同じ煩悶《はんもん》に襲われる。今日も一日、光範のことを考える。出会いから死の前日まで。悪あがきを続けた先に、きっと見えてくるものがある。そう信じるしかない。夫の裏の顔と真実を見出してみせる。

薄く口紅だけ引いた。二階に声をかけて家を出た。また今日も返事はなかった。真澄美もいつかはわかってくれる。

7

午前中の目的地は、航空業界誌の編集部だった。つてを頼って記者を紹介してもらえた。地下鉄の車内で手帳を開き、質問を細かく書きとめた。見落としはないか。記者の仕事と同じだった。入念な準備が必ず結果につながる。

「今になって週刊誌の記者さんが興味を持つとは、何か訳ありみたいですね」

編集部の片隅で話を聞いた。若手の編集部員は好奇心に満ちた目で見つめてきた。

航空自衛隊の次期多用途ヘリコプターの開発は、表向きには入札制度が採られていたが、国内企業の参加が優先事項だったという。

木場重工業は建設重機の製造販売で世界トップクラスにある。自衛隊用の特殊車両の納入もしている。戦闘ヘリの開発力を持つエアユニオン社と組むことで、小型軍用ヘリの分野に進出したいとの狙いがあった。

「開発費をふくめて総額八千億円に上る契約ですから、受注競争は激しかったようです。アメリカやフランスの外交筋から熱心なアプローチがあったのは報道されたとおりです」

軍用ヘリの売りこみが海外からあったのだった。防衛省は、海に取り巻かれた日本の立地と、専守防衛の理念に適した新型ヘリコプターが理想だと主張し、譲らなかった。

日本の航空機産業は世界に後れを取っている。民間航空機の開発は進み、次はヘリコプターに乗り出すべき。軍事転用もできるヘリであれば、世界のマーケットで勝負ができる。政府肝煎りの計画だった。

「アエロスカイ社は三峯《みつみね》重工の支援という形で、受注に参加していました。同盟国アメリカの面目を立てつつ、日本の製造技術力を世界に発信する意味も持つわけなので、受注を射止めた木場重工業の責任は重くなるでしょうね」

概略は各紙誌の記事を集め、仕入れてあった。問題は光範との関係だった。

「記者発表されたとおりに、三年前の入札募集時からスタートした話だったのでしょうか」

木場重工業は入札の一年ほど前に防衛省の計画を知り、エアユニオン社との技術提携に動いた、と会見で認めていた。が、光範は十年ほど前の名簿を調べていたのだ。四年と十年。時間に開きがありすぎた。

「当然、水面下での動きはあったと思います。新型ヘリの開発となれば、防衛予算にも直結してきます。早めに見通しをつけておかないと、財務省を説得できないですからね」

「政府主導ともいえる海外企業との一大プロジェクトですから、今回の入札には経済産業省も関係していたのでしょうね」

「いや……聞いてませんね。すべて防衛省が仕切っていたはずですが」

質問の方向性を変えたが、経産省の関与は考えられないと断言された。では、光範はなぜ木場重工業とアエロスカイ社に強い関心を抱くにいたったのか。しかも両社は、受注競争のライバルでもあったのだ。

収穫もなく編集部をあとにした。次に話を聞くべきは、同期の官僚仲間だ。

大学時代の友人が国土交通省に勤めていた。光範への年賀状で名前と連絡先を確認してある。編集部から電話を入れた。不在だったが、二時間後に電話をもらえた。ありきたりな悔やみの言葉を聞いてから、真佐子は本題に入った。

「遺品を整理していたところ、自衛隊の次期多用途ヘリコプターに関する資料が出てきて、驚いたんです。お仲間に、防衛省と仕事をされていたかたがいらしたでしょうか」

「いいえ、いなかったと思いますが」

「では、航空機やヘリコプター関連の会社に就職されたかたは――」

「我々の同期は、役人や商社とか堅い仕事に就いた者が多いですね」

「主人は木場重工業とアエロスカイに勤める人を探していたようなんです」

「そうでしたか。でも、おかしいですね。航空業界は、うちの省の管轄ですから。ぼくも二年ほど担当したことがあって、富川もよく知ってたはずなのに……」

またも疑問が出てきた。友人が航空業界を担当していた。なのに光範は相談してもいなかった。わざわざ後輩の人脈を頼り、山沼綾乃に接触した。友人を頼ったのではまずい理由があったわけか。

防衛省に近い職に就いた者は同期の中にいなかったという。謎だ。光範はなぜ木場重工業とアエロスカイ社に興味を抱いたのか。どこかに接点がなくてはおかしい。

心ここにあらずで、特集記事の原稿をまとめた。簡単な仕事とはいえ、集中できずにミスが多くなった。トイレに立っても光範の行動を考え続けた。

昼すぎに電話が鳴った。木場重工業の山沼綾乃からだった。

「遅くなりました。とりあえず十二年ほど前からの海外事業をリストアップしてみました。もし何か気になるものがあれば、詳しい事情も関係者から聞けると思います」

「本当にありがとうございます」

すぐにメールが送られてきた。リストは四ページに及ぶ。

建設重機の大手とあって、世界各地に営業所が設けられていた。その数、二十一。昨年、新たにサンパウロとデリーにも進出。メキシコと中国には大型トラックの製造工場があり、インドネシアでも新工場設置の準備室が開設された。将来のマーケット開発を当てこんだ途上国支援もあり、多くの国に建設機械や車両を提供していた。

このほかに社内でも極秘に近い案件もあるだろう。現地関係者の身内企業とパイプを作るため、援助に名を借りた投資を行うケースはあった。あくまで外部の者に見せられるリストなのだ。

光範はどの事業に興味を抱いたのか。当然ながら、アエロスカイとの共同事業は過去に存在しない。夫の仕事と関連がありそうな案件もなかった。

画面に表示させたリストを最初からまた眺めていく。一見、縁遠いようでありながら、夫の目に留まった事業がどこかにあったと思われる……。

「——あれ、富川さん、木場重工業のこと調べてるんですか」

後ろから声がかかった。振り返ると、マグカップを手にした若い編集者が立っていた。

「何をまた嗅ぎつけたんです、教えてくださいよ」

気さくな笑みとともに言われた。調査の狙いを正直に話そうものなら、また憐れみの目が向けられる。わざと怒った振りをしてみせた。

「失礼ね。人の仕事をのぞき見しないでくれる」

「通りかかっただけですよ。マークが見えたんで、何を調べてるのかなって。誰だって興味がわくじゃないスか」

言われてディスプレイに目を戻した。もらったリストの最上部に、サーベルタイガーの横顔をスタンプのようにあしらったトレードマークがあった。木場と牙《きば》を引っかけた、日本人にしかわからない商標だった。そういえば……。

似たような話を、この編集部内でした記憶が甦《よみがえ》る。いくら目立つマークであっても、日本人にしか意味はわからない。海外で販売する重機やトラックにもマークは描かれているが、日本語の駄洒落を説明したところで理解は得られないだろう……。

確か、記事に見合った写真を選びながら、その話題になったのだった。過去に木場重工業の記事を書いた記憶はない。取材した経験があれば、山沼綾乃の勤務先がわかった時点で、その仕事を思い出したはずだ。

「どうしたんです、富川さん」

若い編集者が見つめてきた。彼に答えず、席を立った。特集班のデスクを探して見回した。

「岩佐《いわさ》デスク。いつだったか、木場重工業のマークを話題にしたことがありましたよね」

いきなり何の話だ。振り向いたデスクの頬に苦笑があった。

「んー、覚えてないな……」

「思い出してくださいよ。岩佐さん、見下したような言い方してました。こんなマークは外国人に説明できない。日本人は言葉遊びが好きすぎるって」

「ああ……。そういや、言ったかもな。何だよ、急に」

「うちの編集部で木場重工業の記事を載せたことがあったわけですよね」

「何言ってんだよ。富ちゃんが書いた記事だろが」

笑顔を見せられて、真佐子は首を振った。岩佐デスクの勘違いだ。木場重工業の記事など書いていない。

「ほらほら……。製薬会社とのタイアップだよ。こんなおべっか記事、あたしは嫌だって、ずいぶんごねたろ」

言葉が出てこなかった。立っていられず、椅子に腰を落とした。耳元で記憶の巻き起こす風音が鳴り響いていた。

「な、思い出したろ。あの時、製薬会社から借りてきた写真が話題になったんだよ。こんなアフリカの国まで日本のトラックが進出してるって」

そうだった……。極東《きょくとう》薬品から持ちこまれた企画で提灯《ちょうちん》記事を書いたのだった。海外への支援事業を手がけた役員から話を聞き、美談にまとめ上げて掲載した。その役員はアフリカの途上国に自社製品を提供したと自慢げに語った。大量の医薬品を、内戦に苦しむ国の難民キャンプへ届けた。その際、反政府ゲリラの爆撃に遭った。そう聞かされたのだ。

何てことだ……。はっきりと記憶が呼び起こされた。真佐子が書いた記事だったのだ。たまたま光範が目にして、珍しく向こうから話題にしてきた。

――なあ、この記事、ベファレシアに難民が押し寄せた時のことだよな。

あら、よく知ってるわね。夫が真佐子の記事を見て話しかけてくることは滅多になかった。どういう風の吹き回しかと驚いた。あの時、光範は言ったはずだ。

――向こうでレアメタルの開発話があって、うちでも動いた経緯がある。

でも、あなたがアフリカの案件を担当していたなんて、聞いたことはなかったけど。

――まあな。おれは何もしてないよ。省内で話題になって、ちょっと話を聞いたんだ。

あの記事を書いたのはいつだったか……。春先に取材をした記憶がある。咲き始めた桜の前で役員の写真を撮った。とすれば……五月か六月の号に掲載されたはずだ。

光範はなぜ真佐子の記事を見て話を振ってきたのだろう……。

今になって疑問が浮かぶ。あの時は何も思わなかった。夫の仕事にも、夫そのものにも、関心がなくなっていた。なぜあの記事に興味を覚えたわけなのか。

パソコンのキーボードに手をかけた。ベファレシアの難民、でネット検索をかけた。いくつもサイトが見つかった。素早く目を通していく。動悸が速まった。予感が的中した。

隣国オビアニアで内戦が勃発し、北のベファレシアに多くの難民が押し寄せた。今から九年前のことだった。夫は山沼綾乃と知り合い、十年ほど前に海外事業を手がけた者を探していた。

もしかすると……。

胸に痛みが走りぬけた。自分の書いた記事が発端になっていたのではなかったか。若い時分の夫の笑顔までが脳裏をよぎった。荒く息をつき、送られてきたファイルを再び表示した。最初から見直していった。

だが――なかった。

木場重工業が手がけた海外事業にベファレシアとオビアニアは登場しない。

そんなはずはない。必ず木場重工業が関係している。だから夫は山沼綾乃という後輩に接触したのだ。

あるいは……極東薬品と同じように営業活動ではなく、途上国への支援だったかもしれない。そうであればこのリストに載ってこない可能性はあった。

再度ネット検索を試みた。もし援助であれば、会社が自慢げに発表していそうなものだ。

予測は当たった。苦もなくヒットした。

木場重工業のホームページに載っていた。十年前、国際機関の呼びかけに応じて、ベファレシアに自社の大型トラックと四駆車を八台ずつ無償で提供した、と。

新聞社のサイトで検索すると、小さな囲み記事も見つかった。レアメタルの開発に日本だ。

企業が名乗りを上げた。もし共同開発が決まれば、ベファレシア国内に重機のマーケットが広がる。そのためのPRも兼ねた援助、と経済面に出ていた。

夫は真佐子の書いた記事に登場した写真を見て、木場重工業のトラックに気づいたのだ。

動悸が速まる。息が苦しくなった。もう間違いはない。

目の前が暗転しかける。懸命に呼吸を整え、キーボードで別の検索ワードを打ちこんだ。アエロスカイ、ベファレシア。

めぼしいヒットはなかった。出てくるのは、アエロスカイ社のヘリコプターを紹介するサイトばかりだった。ベファレシアに納入されたとの記述は見つからない。検索サイトでは、アエロスカイという社名のみ優先して候補を挙げたと見える。

念のために、五十近くのサイトの見出しを確認した。少なくともベファレシア連邦共和国とアエロスカイ社を結びつけるページは見つからなかった。アメリカ本社のホームページも閲覧してみた。が、アフリカ諸国へ自社製品を提供したとの記載はなかった。

次に、隣のオビアニア人民共和国で検索をかけた。

最初に表示されたのは、アメリカ在住の軍事オタクと思われる男性のサイトだった。目を通して指先が震えた。英文を三度にわたって読み直した。

——オビアニアの共産ゲリラはいいスポンサーを持っている。型落ちだけど高性能の攻撃ヘリを使っているからだ。ミル28N。反乱軍のほうはアエロスカイ社のBB4F。こっちは夜間自動航行装置も備えているので政府軍も大変だ。ロシアとアメリカ、二大国の代理戦争がスタートしたのだろう。

見つけた。これだ。アエロスカイ社のヘリが内戦に使われていたのだ。

この事実を、光範は知っていたと考えられる。妻が書いた記事の写真に、木場重工業のトラックが写っていた。アエロスカイ社と木場重工業。その両社が航空自衛隊の次期多用途ヘリコプターの開発でライバル関係にあった。

防衛省がヘリの開発を正式発表したのは三年前。その一年前に木場重工業は計画を知り、入札の準備を進めた。どういう偶然か、オビアニアで内戦が勃発した九年前、両社の製品が難民キャンプの近くで活躍していた。その接点に夫は強い興味を抱いたと思われる。

真佐子はスマホを持って廊下に出て電話を入れた。コール音が聞こえる前に、また心臓が締めつけられた。待て。このまま山沼綾乃に連絡を取っていいものか……。

慌てて通話を切った。

恐ろしい疑問が目の前を暗く覆った。

夫が自殺したとは考えられない。何者かに命を奪われた可能性が高い。真佐子が書いた記事から、夫は木場重工業とアエロスカイ社の関連に興味を覚えた。おそらくベファレシアで始まっていたレアメタル鉱山の開発が関係している。だから夫は海外事業の関係者を探そうとした。その結果――命を奪われるにいたった。その推測が当たっているとすれば……。

夫は何かを探り当てた。もしくは、探られてはならない何かに接近した。

この調査を続けていった先に、光範と同じ運命が待っているかもしれない。

スマホを手に呼吸を整えた。光範と木場重工業をつなぐ糸が見えてきている。この先は危険な調査になる。山沼綾乃たちを巻き込むわけにはいかない……。

深く息を吸い、非常階段の前まで歩いた。登録した名前を表示する。ろくに仕事のない部署にいると聞いた。まだ息が弾んでいる。電話がつながり、迷惑そうな声が聞こえた。

「何かありましたかね……」

「少し見えてきたものがあります。夫はわたしが週刊誌に書いた記事から、木場重工業とアエロスカイ社に強い関心を抱いていました」

詳しく説明した。井岡という元刑事は言葉をはさまなかった。警官なら興味を持ちそうなものなのに、真佐子が話を終えても彼は黙ったままだった。

「夫は何かに気づいた。だから命を奪われた。そうとしか思えません」

「……少し冷静になりましょう」

声が醒めていた。冷や水を浴びせようという意図が感じられた。が、焼けた鋼《はがね》に水をかければ、さらに硬度は増すのだった。

「誰が見たって――」

「いいですか、富川さん。旦那さんが生前、木場重工業とアエロスカイ社に興味を抱いていた。だとすれば……その何かしらの興味から関係者と連絡を取り、金銭を手にできそうだと思いついた。そう考えるのが筋でしょうね」

「最初からお金が目当てだった。だから木場重工業の担当者を探したと……」

「断定はしません。しかし、よからぬ企みを胸に秘めていたから後輩を頼り、同期の友人や同僚に知られないよう警戒した。筋は通りますよね」

悔しさに身が震えた。刑事としては当然の読みなのだろう。人は腐敗する。罪に走る。

真佐子が集めた材料は自殺の動機を補足するにすぎない。

「あの人は何のためにお金を……賄賂をほしがったんでしょうか。どう考えてもわかりません。それなりの給料は得ていた。株や相場で大損した形跡はなし。博打の趣味もなかった」

「女がいたはずと言ってましたよね。違いますか」

「……まだ調べはついていません」

「どこだったか地方の役人が、外国人のホステスに呆れるほどの大金をつぎこんでいた事件がありましたよね」

編集部でも記事にした。でも、あの光範に限って、女に金を貢ぐわけはなかった。警察は富川光範という男をよく知らない。男という生き物は若い女に弱い。見栄を張って大金を使いこんでも当然、と考えたがる。

「恐喝で得た金を慈善団体に寄付していた男もいましたね。恐喝相手への復讐が動機で、儲けるのが目的ではなかった。法廷でもそう証言して、ニュースにもなったと思う。家族の想像を超える予想外の動機というのは存在するんですよ」

「わかりました。わたしが直接、木場重工業とアエロスカイ社に乗りこんで、オビアニア支援の話を聞いてきます。しつこく食い下がって、わたしの身に何かあれば、警察も動いてくれるわけですよね」

「なかなか素晴らしいアイディアだ」

どこまで人を小馬鹿にすれば気がすむのか。多くの警官がきっと、こうして被害者の身内に疑問を投げかけ、高みに立った接し方を恥とも思わずにいるのだった。反論の言葉を探していると、井岡が言った。

「――ただし、あなた一人を行かせたのでは、あとで何を言われるかわからない。わたしも同行しましょう、友人として。警察手帳を振りかざせなくとも、警察官の肩書きはそこそこものを言う時もありますからね」

8

レーザーでモアレ縞を検出する装置は、主に精密機械の鋼材に歪みや罅《ひび》がないかを調べるために作られていた。その装置を筆圧鑑定に使うのだという。

井岡は製造元をリストアップした。その購入者から犯人をたどる道があった。ところが、モアレ縞の解析装置は海外メーカーがシェアの大半を占めていた。日本の警官が資料の提供を求めるには、動かしがたい証拠を提示し、インターポールを通じて地元警察に協力を依頼するほか手がないのだった。

「無理ですよ、井岡さん……」

刑事部から離れた廊下の端で、門間潔はお手上げのポーズを見せた。

「ぼやくな。刑事があきらめたら、野放しになった犯人が喜ぶだけだ」

「犯人はもう死んでるんですよ。自分で自分を殺したわけだから」

「実は、例の官僚の身内から耳寄りな情報が入った。あのエリートさんは死の直前まで、ある企業に接触を図ってたらしい」

餌をぶら下げてやった。現金にも目つきが変わった。

「その相手先が、金を振り込んできた、と……」

「早まるなって。あやふやな密告をされたくらいで、エリート官僚がどうして首をくくりたくなったのか疑問は残るだろ。どっぷりずぶずぶの関係だったら、もっと証拠が出てきてもいいのに何も見つけられずに終わってるんだ。よほどの裏があると思わないで、どうする」

「ひょっとして、インドネシアでも商売をしてる企業なんですか」

その点は、井岡も確認ずみだ。木場重工業はジャカルタに営業所を置いていた。インドネシア空軍はアエロスカイ社のヘリを購入している。幽霊会社を使って富川光範の口座に送金することは、両社とも難しくなかったろう。

自殺を覆す材料とまでは言えそうにない。しかし、贈収賄の臭いも薄い。密告の手紙と送金などは、誰にでもできるのだ。

「教えてくださいよ。名のある企業ですかね」

「悪いが、おれは早退するぞ」

「ちょっと待ってくださいよ。どこ行くんです。一人で乗りこもうっていうんじゃ……」

「当たらずとも遠からずだ。親戚の法事だと上には言っておいたけどな」

門間に手を振り、井岡は階段を駆け下りた。

木場重工業の本社は大手町《おおてまち》の一等地にあった。地下鉄の改札を出ると、すでに富川真佐子が待っていた。上着もタイトスカートも黒。夫の仇討ちに向かう気概が伝わってくる。

井岡が近づくそばから先に歩きだした。

「サイトは見ていただけましたか」

「英文なんで意味をすべて理解できたとは言いがたい。けど、貴重な指摘だと思う」

「残念ですが、アエロスカイ社には門前払いを食らわされました」

「取材の動機を疑われたわけか」

「経済紙の名前を使って、別方向から申し入れてもみましたが、社員個人への取材には応じていないと、同じ断り文句を返されました」

「だから警察手帳を使えないものか、と言いたいらしい」

軽口で返すと、富川真佐子は前を見つめたままうなずいた。

「今日のインタビューの結果次第かもしれません」

「週刊誌の記者というのは、いつも喧嘩腰でインタビューに挑むのかな」

富川真佐子が振り向いた。嚙みつかれるかと思ったが、口元は微笑んでいた。

「相手によります。自慢が好きそうな財界人は、おだてるに限る。覇気の欠片《かけら》もない元刑事さんには、正面から文句を言ったほうが振り向いてもらえるかもしれない。いくつものパターンを想定して使い分けるのが普通です」

「なら安心したよ。君の狙いは間違っちゃいない。少なくとも元刑事は、こうしてのこのこ出しゃばって来たわけだからね」

「ご協力いただきまして、本当にありがとうございます」

高層ビルの受付で話を通すと、二十八階の応接室に通された。窓を透《とお》して眼下に皇居の緑が広がっている。

秘書らしき女性をともない、六十歳前後の紳士が現れた。伏見喜之《ふしみよしゆき》。名刺には取締役第二局長執行役員とあった。一介の公務員には、どういう役職なのか見当もつかなかった。

「わざわざお時間を取っていただき、ありがとうございます。お電話を差し上げた長谷川ではなく、本日はわたくし、富川がインタビューをさせていただきます」

富川真佐子が名刺を手に名乗りを上げた。名前を聞いても、伏見の表情に変化はなかった。井岡は彼女の後ろで一礼して、名前のみを告げた。取材を申し入れた者の同僚だと思ってくれれば、幸いだった。最初から警官と名乗ったのでは警戒心を抱かれる。

伏見という役員は名刺を出さない井岡を見て、怪訝そうな顔になった。が、富川真佐子が雑誌を開きながら話を進めた。

「この記事はわたしが書かせていただきました。極東薬品さんが途上国支援に力を入れていると聞き、会社の取り組みを中心にお話をうかがい、まとめたものです」

記事に目を落とすなり、伏見が言った。

「ほう。これもベファレシアだね」

すぐ本題に入りたかったたろう。が、彼女は途上国支援を行う狙いから話を聞いていった。

役員は自分の手柄のように、途上国での援助がマーケットの拡大に寄与すると語った。会社と経営陣の姿勢を、背中がむず痒《がゆ》くなるほどに誉め上げてから彼女は言った。

「御社もベファレシアに援助をなさってますが、やはり地下資源の開発に日本政府と商社が取り組む地域だという意味合いが大きかったのでしょうか」

特定の開発事業に興味があったわけではない。インフラ整備の遅れる国にこそ市場がある。十年先を見越し、多くの種を蒔《ま》いている。ありきたりな理想論がまた自慢げに語られた。

「経産省が旗振り役を務めて、レアメタル鉱山の開発が進んでいたと思いますが」

「わたしがベファレシアにかかわっていた時は、まだ試験採掘の段階でしたね。途上国では開発のスピードもゆるやかなので、結果を求めすぎてはならないものなんです。地道にマーケットを開拓していく。長期にわたって取り組む必要があります」

「レアメタルの件で、経産省のかたと情報交換などはなさっていたのでしょうか」

「力を持ってるのは現地の役人ですよ。経産省は日本企業が下手な競い合いをしないよう、意見交換のできる勉強会を開催してたぐらいでした。現地と交渉を進めるためにも、もう少し外務省と組んだ積極的な取り組みを期待したいものです」

富川真佐子は質問の方向性を変え、探りを入れた。返ってきたのは、ありがちな一般論ばかりだった。井岡は横から初めて話に加わった。

「実は、この富川さんのご主人も経産省で働いていました」

強引な切り出しように、彼女がちらりと横目で見てきた。

井岡は役員の表情から目を離さなかった。

「ほう、そうでしたか。ご主人にも、積極的な関与を企業は望んでいると伝えてください。我々の活躍できそうな範囲も広がっていくでしょうから」

「……残念ながら、主人はもう亡くなりました」

伏見という役員の表情が固まった。だが、前置きなく死を知らされて、悼みの気持ちを表したようにしか見えなかった。演技であれば完璧だった。この役員は富川光範と会ってはいない。そう考えるしかなさそうだった。

一緒に海外事業を担当した者がいれば教えてもらいたい。彼女がしつこく食い下がった。二人の名前が出てきた。うち一人がアメリカ支社長に就き、日本を離れていた。もう一人は事業推進本部のセンター長を務め、今も社内にいるという。

女性秘書が連絡を取ってくれた。しばらくまた役員の手柄話を聞かされた。やがてドアがノックされ、五十代とおぼしき男が顔を見せた。このセンター長も、富川という彼女の名前を聞いても顔色ひとつ変えなかった。

「つかぬことをおうかがいしますが、ここ最近、経産省の官僚から何かしらの接触がなかったでしょうか」

単刀直入に彼女が訊いた。するど、実にあっさりとうなずきが返された。

「ええ、電話をもらいましたね。どうして経産省のお役人が昔の話を聞きたがるのか、ちょっと不思議に思いました」

富川真佐子が前のめりになる。

「何を訊かれたのでしょう」

「九年ほど前、オビアニアで内戦があった時、うちの社員が隣のベファレシア国内で仕事をしていなかったろうか。レアメタルの開発案件があるものの、地元の役人との折衝がはかどっていない。現地で仕事をした経験を持つ者を探している。そう言われました」

「そんなことがあったのか、初耳だな」

役員が目を見張り、言葉をはさんだ。センター長が軽く頭を下げて応じた。

「ヤマクラ副社長には報告を入れておきました」

「で、どなたか現地で仕事をされていたのでしょうか」

井岡は話を戻して訊いた。

「それがですね……。車両を提供した際、一度は現地事務所を設けましたが、あまり仕事にならず、すぐに閉鎖してしまい、あのころはカイロ支店の者が担当していたと思います」

当時のカイロ支店はヨーロッパ法人の下部組織に当たり、日本人は一人も在籍していなかった。詳しい経緯はカイロ支店の者ならわかるだろうという。

「その問い合わせをしてきた経産省の役人の名前を覚えておられますでしょうか」

富川真佐子が答えを恐れでもするように、ためらいがちに訊いた。

センター長は躊躇《ちゅうちょ》することなく言った。

「はい。アフリカ担当のホンダさんとかいうかたでした」

そこで井岡は前に進み、富川真佐子に告げた。

「これで納得がいきましたかね、富川さん」

何の話だとばかりに、目をすえられた。井岡は二人の男に向かって言った。

「実はこの富川さんは、この一週間ほど何者かにあとをつけられたり、身辺で不可解な出来事が続き、それで我々警察に相談をされまして」

警察と聞き、男二人と秘書の女性が顔を見合わせた。

「それでも仕事を休むわけにはいかないと言われたため、ひとまず今日は本官が同行してまいりました。お邪魔はなかったと思いますが、どうかご理解ください」

警官が彼女のそばについている。防虫剤の効果ぐらいはある、と思いたかった。

彼女は井岡の真意に気づき、部屋を出ると小さく頭を下げてきた。名乗りを上げて大丈夫だったのか。目で問われた。今以上の閑職はそうあるものではない。僻地《へきち》の駐在に飛ばされるぐらいだ。加奈子の遺品が残る部屋で暮らすより、いくらかましと思えば損はなかった。

ロビーに降りると、彼女は携帯電話を手に壁際へ歩いた。一分ほど話したあとで井岡の前に戻ってきた。

「経産省に確認しました。中東アフリカ局にホンダという職員はいません」

最初から想像はできていた。富川光範が偽名を使って電話をかけたのだった。

「君のご主人は日本を離れていない。とすれば、電話で問い合わせるしかなかったろう」

日本とカイロの時差は七時間。向こうは午前九時だった。彼女はスマートフォンを操り、木場重工業ヨーロッパ法人のホームページを探り当てた。カイロ支社の連絡先をメモにひかえ、番号ボタンを押した。

英語のやり取りが続いた。彼女の表情が険しい。声も大きくなった。十分近くは粘っていた。が、ため息とともに電話は切られた。

「日本からの問い合わせはなかったそうです。偽名を使って当時の関係者を聞き出しておきながら、現地に電話をしていないはずはないのに……」

「君のご主人は、英語に堪能だったかな」

「日常会話程度であれば」

「だとすると、もっと話せる者に依頼したことも考えられる。たとえば外国人だ。心当たりはないかな」

首を振られた。夫婦の仲は終わっていたという。夫の交友関係にも関心はなかったらしい。そのことを悔やむように、彼女は唇を嚙んだ。

「あるいは……経産省の役人なんでアエロスカイ社に正面から乗りこんでいく手があったかもしれない」

「でも、そういった事実があっても、アエロスカイ社が部外者に教えるとは――」

情報の秘匿に目を光らせる企業が安易に回答はしない。その逆に、経産省という公的機関からの問い合わせには答えざるを得ないケースも出てくるだろう。

「誰でもいい。君の力でご主人の同僚をスカウトするんだ」

富川真佐子がうなずいた。目にわずかな力が戻っていた。

「わかりました。警視庁の刑事も協力してくれている。そう言えば、手伝ってくれる人が必ず見つけられると思います」

翌日の午後になっても、富川真佐子から連絡はこなかった。苦戦しているのだ。役人は危うい話に近づきたがらない。説得には時間がかかるだろう。

井岡は十七時になるのを待って警視庁を出た。埼玉に近い川ぞいに大手印刷会社の工場があった。その一角に技術研究所が併設されている。

インクの臭いが立ちこめる受付で名を告げた。現れた男はまだ二十代にしか見えない若者だった。受け取った名刺を見ると、技術課長主任研究員との肩書きが刷りこまれていた。

「話は新日印刷さんからうかがいました。要するに、印刷でありながら、筆記用具で書いたようにしか見えない技術がないかどうかに、関心を持たれてるわけですよね」

若い技術課長は半笑いのような表情で言った。警官を前にしながら、この緊張感のなさは何なのか。

「とっても面白いことを考えますね、警察のかたは。もしかして遺言が偽造されたとか、考えてたりするわけでしょうか」

技術課長の半笑いは変わらなかった。井岡は威嚇《いかく》もふくめて目に力をこめて言った。

「ありえない、というわけですかね」

「そりゃそうですよ。まず無理でしょうね。印刷物は、どんな種類であろうとインクを重ねた痕跡が刷った面に残るものだからです。技術者が拡大鏡でちょっと見れば、どれほど精巧でも、印刷だと普通は見ぬけます」

言葉尻が気になった。

「普通は、と言いましたよね、今」

技術課長の笑みが顔中に広がった。自慢でもするみたいに大きくうなずき返した。

「はい、その通りです。分析などしなくても普通はわかります。インクの表面を滑らかにならすための塗工剤を重ねてみても、痕跡は絶対に残りますから」

「普通ではない方法がもしあるなら、教えてもらいたいのです」

「では、こちらへ」

若い技術課長は笑顔のまま井岡を研究室に案内した。

自信に満ちた足取りを見て、わずかに期待がふくらんだ。暗い廊下の先に小さなドアが待っていた。第一研究室と書かれたプレートが貼りつけてある。

技術課長がドアを開けた。物置と見まがう散らかりようだった。床にまで書籍や資料の類が積まれる中、コンピューターと周辺機器が並ぶ。

棚から一冊の本がぬき取られた。さらさらとページをめくり、技術課長が差し出してきた。

「どうぞ、ご覧ください。この写真が、製紙会社で紙を仕上げていく際、表面を滑らかにするための機械で、カレンダーという名のつや出し機です」

金属の大きなローラーが上下二段に重なり、その間に紙が流れていく場面の写真が示された。

「こういった鉄鋼ロールの間を高速で流していき、加圧と加熱を一緒にして、均一な紙に仕上げていくわけです」

何を言いたいのか、まだ見えてこない。得意げな顔に視線を戻した。

「つまり、です。普通の紙はこうやって加圧してるので、さらなる加圧をされたとしても、その見極めはまずできません」

「待ってくれ。加圧と印刷の痕跡にどういう関係が……」

わかりませんか、と言いたげな笑顔が向けられた。

「よろしいですかね。つまり、加圧することで、そのインク面が均一化しやすい塗料を使って印刷してやるんです」

「――では、加圧すると、印刷の痕跡が消える塗料が存在すると……」

「塗料と言えるのかどうか」

半笑いのまま、技術課長が首をかしげた。苛々させる男だった。

「塗料じゃなければ何なんですか」

「まあ、ちょっと考えてもらえば想像できると思うんだけど……。炭素ですよ。元素記号、C。正式には、無定形炭素、黒鉛、ダイヤモンドという主に三つの同素体がありますけど」

「炭素塗料というものがあるんですね」

勢いこんで訊くと、即座に首を振られた。

「残念ながら、炭素のみを原料とする塗料は存在しません。けど、揮発性の高い有機溶剤に混ぜれば、塗料の代わりになるものができると思うんです」

「それを使って印刷すれば、印刷物だとはわからない?」

「可能性はあると思います。たとえセルやドットがあっても、加圧と加熱で複写された炭素がさらに細かく潰されて、表面が均一化される理屈になります。ただ、かすれの多い文字だと、かすれた部分に印刷の痕跡がわずかながら残りそうです。筆圧が特に強い、はっきりとした筆跡であれば、かなりのごまかしが利くかと」

問題はその精度なのだ。ごまかしが利く程度の仕上がり具合が、素人にはまったく想像がつかない。

「加圧と加熱で炭素が潰れるという理屈は、まあ、わかります。でも、たとえば分子レベルまで調べるとか、正式な化学分析を行っても、印刷物との見分けはつかないわけなんでしょうかね」

「実際に炭素を使って印刷した経験があるわけじゃないので、あくまで仮定の話になります。ですが、印刷物かどうかは普通、表面にセルやドットがあるかどうかで見極めます。それが潰れて判別できなくなってるとなれば、印刷物だとの断定がどこまでできるか……。拡大鏡レベルの確認であれば、かなりの確率でごまかせる気はしますね」

通常の筆跡鑑定に、インクを分子レベルまで拡大して見極める方法を採ってはいない。調べてみる価値はある。

「でもね、刑事さん。遺書の偽造は無理だと思いますよ」

技術課長がまた首をかしげながら井岡を見た。

この男は何を言っているのだ。印刷物の痕跡を消す方法があると語りながら、偽造には使えないと言ってくる。わけがわからず、見つめ返した。

「だって、そうじゃないですか。炭素を使った筆記用具といえば鉛筆ですよ。鉛筆やシャープペンで書かれた遺書だと、正式な文書として認められにくいですからね」

言われて納得できた。多少こすった程度で読めなくなる可能性のある筆記具で書かれた文書の場合、正式なものとして見なされるかどうかのリスクが生じてしまう。

だが、遺書の偽造を問題にしているのではなかった。井岡は確認した。

「では、炭素を使って印刷物を作り、加圧と加熱をしてしまえば、顕微鏡で観察しない限り、まず印刷物だと見ぬかれることはない。そうなのですね」

「もちろん、加圧や加熱の具合にもよるでしょうが、見極めは非常に難しくなると想像します。ただ鉛筆で書かれた文字は、止めや撥ねの部分に独自の圧力がかかるので、筆圧に変化が見られないとなれば、印刷物だと判断することは簡単にできるかと思います」

その心配はいらなかった。犯人はモアレ縞にも詳しいのだ。加圧と加熱をしてから筆圧を偽造すればいいのだった。

「いいか、よく聞けよ。過去の自殺をリストアップして、鉛筆やシャープペンで書かれた遺書がなかったかどうかを探せ。偽造は不可能じゃない」

研究所を出ると、携帯電話を手に受け売りを語った。

門間の口ぶりは警戒心に満ちていた。

「本当に本当なんでしょうね。もし偽造が確認できたら大事になりますよ」

「何をぶるってるんだ。思い当たることでもあるのか」

返事が遅れた。息を呑むような間のあと、門間が低く言った。

「覚えてませんか、井岡さん。去年の暮れに、指定暴力団との黒い交際が噂になった代議士がいたじゃないですか」

記憶はあった。静岡辺りで選出された議員だった気がする。暴力団幹部との記念写真が週刊誌にスクープされた。折しも政治資金収支報告書にミスが見つかり、離党に追いこまれた。そのあげくに都内のホテルで首を吊った。その死によって、暴力団との関係も不透明な政治資金についても追及はストップされた。

「てことは……おい、まさか鉛筆書きの遺書だったなんて言うんじゃないだろうな」

「直ちに動きます」

門間は係長を通して一課長に相談を上げた。遺書の偽造は不可能ではない。雲をつかむにも似た話に思われても仕方はなかった。が、課長は刑事部長の席へ飛んでいったという。

刑事部を離れた井岡が個人的な調査を続けている。妻が自殺したこともあって、この先どう動くか不安だ。週刊誌の記者とも通じている。下手をすれば記事になる。責任を井岡一人にかぶせて、門間は上司を脅したのだ。

若いながら感心するほどの汚いやり口だった。それでこそ刑事といえた。別件逮捕は朝飯前で、時には非合法の情報屋を使い、裏街道の噂を集める刑事が手柄と出世を手に入れる。

「やりましたよ、井岡さん。成功ですよ。今の部長は警視総監を狙ってるほどの人ですからね。厄介事の芽は摘んでおきたいはずなんです。遺書の分析を急がせろ、と課長に指示を出してくれました」

「またずいぶんと素晴らしい策を使ってくれたらしいな」

「細かいことは言いっこなしですよ」

「空振りに終わった時は、せいぜい賑やかな送別会を開いてくれよな」

「出ますよ、クロの証拠が。ぼくは信じてますから、井岡さんを」

可愛いことを言ってくれる。その言葉を頭から真に受けるつもりはなかった。知恵の回る男は人づき合いもうまい。

「手口はともかく、まあ、よくやってくれたよ。おれは結果が出るまで、ズル休みをしてるぞ」

「絶対に上から呼び出しがかかりますから、シロでもクロでも。あとはよろしく頼みます」

勝手な理由をでっち上げて早退し、亀戸《かめいど》のマンションに帰った。加奈子の写真が飾られた部屋で缶ビールを飲みながら時間をつぶした。

翌日も電話はこなかった。富川真佐子からの連絡もない。カイロ支店への確認にまだ手こずっているらしい。

今日は何もなさそうだった。風呂に入ろうとした時、電話が鳴った。着信表示を見ると、懐かしい名前があった。捜査一課にいた時、世話になった高槻《たかつき》警視からだった。

今は捜一を離れ、警察庁に出向していたはずだ。警視正へ昇進するには、警察庁や管区警察局への出向経験がなくてはならない。警視庁を出た高槻から電話がくるとは興味深い。

「しばらくぶりだね」

「その節は大変お世話になりました」

「ずっと気にしていたんだ。だいぶ気落ちしてると聞いたからね。でも、余計な心配だったようだ。かなりの奮戦ぶりらしい」

「何かお耳に入りましたでしょうか」

「今から警察庁に来てくれるか。まだ二十二時前だ。眠いから嫌だなんて言わないでくれよ。監察官をパトカーで向かわせないといけなくなる。意味はわかるね」

結果が出るにしては早すぎた。先に聴取をしておくべき。上層部で意見がまとまったらしい。相手は偏屈者で通っている。ごねられても困る。心配性の幹部がいたに違いなかった。

「警視の顔を見に、今からうかがわせていただきます」

二十二時四十分。警視庁の南にある中央合同庁舎二号館に警察庁は入っている。

通用口で名前を告げた。二名の厳《いか》つい制服警官が現れた。彼らは井岡の腕を取ることまではしなかった。前後をはさまれるVIP待遇で、警察庁のフロアに連行された。第三会議室と書かれたドアを警官がノックした。

「入りなさい」

高槻警視の声が出迎えた。中へ足を踏み入れて、圧倒された。制服姿の警視が直立不動で立っていた。中央に大きな円形テーブル。その窓側にずらりと男たちが座る。肩にあきれるほどの星を誇る階級章をつけた男もいた。

目を疑うとはこのことだ。警視総監と副総監が顔をそろえていたのだ。両脇を刑事部長と捜査一課長が固める。ほかは警察庁の幹部なのだろう。井岡風情ではお目にかかれない雲上人《うんじょうびと》たちだった。総勢十名。一介の警部補を裁く場にしては大げさすぎた。臨時の大法廷のつもりかもしれない。

「井岡警部補。呼ばれた理由はわかるね」

光栄にも警視総監が口火を切った。こんな遅くまで彼ら幹部が働いているとは知らなかった。

井岡はあえて姿勢を正さずに男たちを見回した。

「これまで調べた事実を誰にも話すな、というわけでしょうね」

勝手な調査を進めた跳ね返りを諭すのなら、直属の上司だけで事は足りる。階級を笠《かさ》に着て脅せば、子犬は尾を振る。そう見なされたのだ。

狙いが外れたとわかり、正直にも警視総監が横の刑事部長に目を寄せた。

弁護人としても呼ばれたとおぼしき高槻警視が進み出た。

「彼は家庭の問題から、今は刑事職を離れています。ですが、もともと見どころのある男なのです。お歴々が集まっているとなれば、呼び出された理由も想像はついてきます」

日本の治安を握る男たちが目を見交わした。高槻警視の説明をまだ信じられずにいるらしい。現場で経験を重ねてきた刑事の力を見くびっていたわけだ。

井岡は言った。

「警視庁が本腰を入れて捜査に当たるとなれば、彼女もしばらく見守ってはくれると考えます。わたし一人が調査した結果なのではなく、彼女の功績のほうが大きかったといえます」

「えー……彼女というのは富川真佐子さんだね」

副総監が確認しなくてもいいことを訊いた。黙っていると、刑事部長が目をすえた。

「どうして答えない。井岡君」

「彼女のほかに該当する女性がいるのか、ようく考えていたところです」

「井岡、少しは口を慎め」

刑事部長が顔色を変えたのを見て、高槻警視がたしなめてきた。多少の演技も入っていそうな声だった。

「お言葉ですが、高槻警視。今回の件をもしメディアが知れば、かつての警察庁長官狙撃事件なみの騒ぎになります。警察の面子《メンツ》のために口をつぐめと言ったところで、富川氏の家族が納得しないであろうことは皆さんにも予測はつけられると思いますが」

「おい、君は何を言いだすんだ」

またも副総監が訊くまでもないことを口にした。現場の人心掌握力に自信のない上司に見られがちな態度だ。キャリアによく見られる弱点でもある。

総監が手で待ったをかけた。あらたまるように井岡を見た。

「我々の出方ひとつで、この先も富川真佐子さんに協力を続ける、そう君は言いたいわけだね」

「はい。彼女は確信しています。夫は何者かに殺されたのだ、と。わたしはたとえ警察官の職を解かれたとしても、犯人が見つからずに苦しい毎日をすごされている被害者家族の助けになりたい、と考えます」

本音ではなかった。駆け引きのために言った。できれば警察という権力組織の中で仕事を続けていきたい。ここに居並ぶ幹部に認められてこそ捜査に参加ができる。井岡を手懐けねば、問題が表面化する。何とか鋏《はさみ》は使いよう。そう考えてくれることを期待しての言葉だった。

総監が副総監に額を寄せた。左端にいた髪の薄い男が席を立った。後ろから二人に近づいた。警察庁の官僚だろう。刑事部長の貧乏揺すりが激しくなった。捜査部門を率いる自分そっちのけで話が進められているからだった。

たっぷり三分は密談が続いた。髪の薄い男が席に戻った。総監が手を組み合わせた。

「井岡警部補。正直に言おう」

「はい……」

「ある工業大学の准教授に、君たちが目をつけた遺書の鑑定を依頼した。その結果は、印刷物ではないと言い切れない。つまり、偽造された可能性が残るという煮えきらないものだった」

事実かどうか、わかったものではなかった。遺書が偽物だと鑑定されれば、組織として認めがたい事実が浮かび上がる。警察が何者かに欺かれ、殺人を自殺と断定していた。ほかにも隠された殺人があるかもしれない。世界に冠たる日本警察には許されざる汚点だった。

「モアレ縞を拡大して投影し、そっくりなぞって筆圧を偽造する。技術的にはありえるのかもしれない。だが、本当に可能なのか、多くの疑問も出されている」

井岡は笑みを返した。無論モアレ縞だけでは、偽造の証拠にならなかった。筆圧を真似られても、上から何者かが文字をなぞった証拠があるわけではないからだ。

が、炭素を使った印刷物だと鑑定されれば、遺書の偽造は証明される。自殺ではなかった証拠となる。

「遺書の詳細な鑑定は引き続き別の専門家に依頼することが決定された。分子レベルの調査が必要と見なされたためだ。その結果を待ってからでも遅くはないという意見はあった。しかし、メディアに情報が流れて、騒ぎになる事態はさけたい。主要国首脳会議やオリンピックなど、警察の威信をかけて警備すべき多くのイベントが我々にはひかえているからだ」

単なる方便だった。メディアがいくら騒ごうと、警察はただ黙々と仕事をこなすほかはなかった。彼ら幹部は、自分に被害が及ぶことを恐れていた。現場に責任を押しつけて逃げる道を探っているのだ。

だから、別の専門家に遺書を鑑定させるという話も怪しい。結果を認めたくない者が引き延ばしを図っているのだろう。

「もし遺書が偽造であれば、由々しき事態が隠されていたといえる。富川光範氏の自殺に不審な点が残されていると家族が思いたがるのも理解はできる。ほかの遺書を調べるべきという君の意見も無視はしにくい」

「警視庁管内のみでなく、過去に警察が処理した自殺の再点検を、警察庁の権限において直ちに行うべきだと考えます」

井岡は当然のことを告げた。総監が深く息を吸った。

「そうだね、非常に貴重な意見だと思う。しかし、警察庁が動けば、よその県警が不審に思い、おかしな噂が広がりかねない。また我々警視庁のみで先に動こうにも、多くの事件を抱えているため、専従班を割くのは難しい状況にある」

「では、わたしに権限を与えてください」

話の流れは見えていた。そのために呼び出されたのだ。自信を持って井岡は言った。

総監が高槻警視に目を転じた。

「明日から君は、高槻警視の下に異動だ」

「わたしが警察庁に……？」

ありえない人事だと噂が広がる。本当に大丈夫か。おかしな尾ひれがつけば、仕事がやりにくくなる。

「君は刑事の経験が豊富だ。高槻君は今、刑事企画課長の職にある。君はその下で犯罪統計の任に当たるわけだ」

「つまり――過去の自殺を洗い出し、その特徴を詳細に調べ上げて、皆さんに報告すればいいわけですね」

総監が初めて笑った。

「そのとおりだよ。高槻君が言うとおり、君は実に物わかりの早い男のようだ」

「失礼ですが、わたしに部下はいるのでしょうか」

たった一人で過去の事件を洗い出すのでは、時間がいくらあっても足りなかった。野良猫の手でも借りたいところだ。

高槻警視が笑みを洩《も》らした。

「誰がほしい。言ってみなさい。ただし、部下は二名までだ」

「一人は門間潔をお願いします。彼はすでに多くを知っています」

「何とかしよう」

「もう一人は、あちこちの現場に脅しを利かすためにも、若い警察官僚をつけてください」

キャリアの出世は速い。将来の幹部を前にすれば、頭の硬い現場の刑事もおとなしくなる。資料をかき集めるには必須の人材だった。

「最適な者を用意しよう」

総監が言下に言った。使える駒は手の内にある。そう疑っていない口ぶりだった。派閥の若手が貧乏くじをつかまされるのだろう。

「井岡登志雄警部補。今日付で君に警察庁刑事企画課統計係長を命じる。しっかり働いてくれたまえ」

人生、何が起こるかわからなかった。二週間前には思いもしていなかった任務が与えられた。

第二章　過去をたぐる足跡

1

うなされて目が醒めた。いまだ光範は夢に現れてくれない。そこまで自分を嫌っていたか。死んだ夫をまた罵《ののし》ったあと、自己嫌悪に襲われた。カーテンを開けて、深呼吸をくり返した。朝陽が眩《まぶ》しくとも、朝が来た実感はない。にごった沼を泳ぐような、もどかしい一日がまた始まる。

「お早う」

声をかけたが、真澄美は返事をしなかった。一人で食器を片づけ、階段を上がっていった。崩れそうになる心を意地の漆喰《しっくい》で固めて、コーヒー一杯の朝食をすませた。

テーブルに置いたスマートフォンを見つめる。空回りを覚悟でひたすら考える。光範は死んだ。殺されたのだ。あの人は何を見つけ、死を招き寄せたのか。

元刑事のアドバイスを受けて、光範の友人に再び協力を求めた。泣き真似はわけもなかった。国土交通省の官僚が木場重工業カイロ支店にファクシミリで問い合わせてくれた。回答はその日のうちに来た。日本からの問い合わせはなかった。役人からも企業からも。

光範を思わせる人物が接触してきた形跡は皆無だった。

おかしい。ありえない。光範は偽名を使い、木場重工業の社員から話を聞いた。ところが、カイロ支店に問い合わせていない。

ふたつの可能性が考えられた。偽名を使って木場重工業に電話してきた者が光範ではなかった。もしくは、カイロ支店に連絡しようとした矢先、命を絶たれた……。

別の方面から調査を進めていた可能性も残されている。アエロスカイ社への接触だ。光範は大学の後輩につてを求めた。ほかの手段を探そうとしたかもしれない。幸いにも仕事と学歴には恵まれていた。友人のコネを最大限に使わない手はない。

真佐子は書斎の棚を漁った。再び年賀状を見ていった。大学の同窓と思われる男を選び出した。広告代理店に勤める後輩のほかにも相談を受けた者はいないか。手当たり次第にぶつかっていく。

「……突然のお電話で申し訳ありません。富川光範の妻です。夫が仕事の件で何かご相談をしていなかったでしょうか」

「実は遺品を整理していたところ、処理を要すると書かれたファイルが見つかり、その中にアエロスカイ社の資料が入っていました。アフリカのベファレシア、オビアニアという国名のメモも残されていまして……」

「経産省のかたにも訊きましたが、思い当たることはないと言われて。夫が生前どういった仕事に関心を抱いていたのか気になり、問い合わせをさせていただいております」

気落ちした声で言えば同情は得られた。が、期待した回答は得られなかった。富川君とはもう長く会っていませんでした。彼も忙しい男でしたから。三年前の同期会で飲んだのが最後になりました……。

年賀状を送り合う友人から話を聞くにつけ、光範がつまらない人生を歩んできた気にさせられた。彼らは皆、光範の死を知っていた。真佐子は知らせていない。新聞を見たか噂で聞くかしたのだろう。密葬のあと、家を訪ねてくれた者は数少ない。悔やみの葉書も届いていない。

仕事に打ちこむ男ほど、友人とは疎遠になる。毎年、光範は多くの年賀状を出していた。それなりの人脈はあったはずだ。が、彼の死を心から悼《いた》み、悔しがってくれた者は身内のほかにいなかった。

仕事に誇りを持っていたのはわかる。日本の産業振興策を熱く語る光範に、出会ったころの真佐子は心を打たれた。女性の社会進出にも理解があった。真実は違った。雇用機会は均等であるのが望ましい。当たり前の政策のひとつとして、光範は女性の仕事を見ていた。優秀な女性は働くべき。でも、育児と家事に追われて仕事を二の次にする者が、男と同じ権利を主張するのは論外と考えていた。

効率という数字が産業界では優先される。GDPに貢献できない社会人に価値はない。役人らしい割り切りが彼にはあった。けれど、家庭は効率で回っていくわけではない。

授業参観や運動会の日程を伝えると、夫は「またか」という表情を見せた。国のために貢献している。だから許されることがあっていい。本音を封じているつもりでも筒抜けだった。

多くを期待しなくなった。そのほうが痛手は少ない。家も回っていく。効率もいい。会話と笑顔が減った。ルーティーンワークの日常が続いた。

あの人は、何を動機に仕事をしてきたのだろう。

出世と金は男の仕事につきまとう。少なくない犠牲を払って、与えられた任務に励む。面目と言い訳は立つ。逃げる仕事に囲まれていたぶん、あの人は幸福だった。多くの者が貢献の実感もなく、日々の糧を得るために味気ない仕事をこなす。働く意味を見出せずにいる。

バカンスのために働く。家族と楽しくすごすために給料を得る。欧米風の考え方は通用しない。有休も育児休暇もまず取れない。自転車操業の兵隊蟻を強いられる。気がつけば友と呼べる仲間がいない。年齢からそろそろ出世のゴールが見えてくる。

あの人が人生に満足していたとは思いにくい。だが、絶対に自殺ではない。

人生に満足できていない男が逃げる先はまず、女と決まっていた。

女の存在は感じていた。光範が自殺したと知って、女は何を思ったろう。素直に信じたとは考えにくい。兆しはなかった。あまりに唐突すぎた。それとも、女にだけは自分の弱みを見せていたのだろうか……。

電話が鳴った。いつしか書斎の机に突っ伏していた。井岡登志雄からの着信だった。

「実は昨日、急に異動が決まりまして」

「刑事に戻るのですね」

「いや、そう簡単な話じゃなくて。警察庁刑事企画課統計係。相変わらずの事務職でね」

「警察庁への出向ですか」

栄転が決まった。もう調査は手伝えない。電話の趣旨が読めた。気落ちして息を継ぐと、井岡が笑った。

「あなたのせいでもある、と言ったら驚きますかね」

真佐子の調査に手を貸した事実が上に知られたのだ。が、もともと閑職でくすぶっていた男だ。警察庁への出向とは、意味がわからなかった。

「詳しい仕事の中身は口外するな、と上に言われましたよ。けど、あなたは例外だ。新たに与えられた仕事は——自殺の統計で」

「では、過去の自殺を洗い直してみろと……」

「今度は仕事として正式に、あなたのご主人が自殺した件で詳細を尋ねに行くことがあるかもしれない」

ついに警察が動いた。統計係は名目なのだ。聞こえのいい理由を作り、万一の事態に備えた捜査をスタートさせた。

「あくまで統計調査が仕事なんで、もどかしいところですがね。とはいえ、不自然、不可解な事実が出てくれれば、警視庁や各県警に報告していくことになるでしょう」

煮え切らない言い方だった。

おそらく警察幹部は井岡の指摘に信憑性を感じながらも、逃げ道を作っておいたのだろう。部下の暴走は見逃せない。が、もし手柄になりそうならば押さえておきたい。打算と駆け引きの天秤が釣り合い、統計調査という都合のいい職務が用意されたらしい。狡《ずる》い男たちの企みが透けて見えた。

「カイロ支店のほうは空振りでした」

「偽名を使っていたとなれば、調査をする気ではいたでしょうね。あるいは、別の方面からも並行して調査した過程で何か手がかりがあったか……」

井岡が急に声のトーンを落とした。

「充分に気をつけてください。何だったら毎日わたしに電話をくれませんか。この先は危険だと言っても、あなたは怯んだりあきらめたりしないでしょうから」

「わたしが夫と同じ末路をたどれば、警察は確かな手応《てごた》えを持てるじゃないですか」

「我々はそこまで腐っちゃいない」

「だったら教えてください。何か上を納得させるものが浮かび上がってきた。だから、あなたは異動を勝ち得た。わたしには聞かせてもらっていい理由があるように思えますが」

目当てがあるから連絡してきたのだ。警察という組織が、わけもなく外部に異動の内実を伝えはしない。何かしらの魂胆を彼らは胸に秘めている。

「仕方ない……。では、記事にしないと誓ってもらえますかね」

合点がいった。真佐子に期待をさせたうえで交換条件を持ちかける。見事な話の運び方だ。井岡という男の仕事ぶりが想像できた。誘導尋問を駆使して、多くの被疑者から自白を引き出してきたに違いなかった。

「誓えばいいんですね。言葉だけであっても」

「そう。誓ってほしい。わたしはあなたを信じますよ」

聖書に手を合わせて誓え。そう戒める響きは感じなかった。

「今ここであなたが誓う相手は、わたしや警察という組織に対してではない。わかりますよね」

富川光範に誓え。命を奪われたに違いない夫の前では嘘をつけないはずだ。本当に話の運びがうまい。この男はとことん狡い。

「では、あなたも誓っていただけますよね。わたしに隠し事はしない。亡くなった奥様がきっと雲の上から、あなたの仕事を見てるでしょうから」

砂山光樹が言っていた。彼の妻はマンションの非常階段から身を投げた。だからあなたの気持ちを理解できる。信頼に足る優秀な刑事だ、と。信頼に関しては未知数だが、そこそこ力のある男だと想像はできる。

「わかりました、誓いましょう。今も家ではずっと妻の写真に話しかけてるんだ。軽はずみな気持ちから浮気をして本当にすまなかった、とね」

「では――あなたの許可を得ずには記事にしません。夫に誓います」

「ありがとう。パートナーシップ協定の締結だ。では、説明しましょう。ただし録音はしないでくださいよ」

2

新たな任務を得られても、警察庁への足取りは重かった。自分に見切りをつけた者の死に様を一から見つめ直していく。その過程で多くの絶望をのぞき見る。借金苦、孤独、謂《いわ》れのない非難、失恋、病……。

人が抱える苦悩を利用し、自殺に見せかけて命を絶つ。怒りや恨みといった感情の発露とは無縁の冷徹さが感じられる。真っ当な人間にできることではなかった。

異常性格、精神病質、人格障害……。人の理解を超える罪を犯した者に世間は〝異様〟のレッテルを貼る。常人ではないから平然と非道に手を染められるのだ、と。けれど、人は追いつめられ、その窮状から逃れたい時、自分を殺すし、相手の命を奪いもする。惑い、血迷い、我をなくした末に見境もなく罪を犯す。

刑事として、いくつもの残忍な事件を見てきた。人の心を持てない非情な者が世の中にはいる。だが、今回は違った。計画性が尋常ではない。周到に準備を重ね、ミスを犯さずに人を殺し、二万を超える膨大な自殺者を隠れ蓑にする。

卑怯で狡猾な手口だ。が、単に殺害が目的なら、闇夜で襲ったほうが早かった。暴力団が似た手段を使う。この犯人は、被害者の声を加工して家族に聞かせている。モアレ縞《じま》の特性に着目し、手間暇かけて遺書を偽造する入念さを持つ。通常の粗暴犯は、ここまでのこだわりは持たない。

では、愉快犯なのか。

それも違う、と思えた。自分の持つ技術を自慢もせず、密かに犯行を重ねている。大量の落ち葉の下で息をつめて冬をすごす幼虫のように。その凝った手法には、犯行への揺るぎない信念が感じられてならない。人の運命を支配する立場に自分はある。己への存在証明と言っていいのかもしれない。強固な自負がなければ、ここまで凝った殺し方はしない。

どういう経歴を持つ犯人なのか。今まで見てきた犯罪者とは明らかに質の違いが感じられた。

経済のグローバル化にともない、犯罪の根も世界に広がっている。外国人のプロ、という見方はできた。だとすれば、前途は多難だ。日本警察の底力が試されることになる。

警察庁刑事企画課統計係。急ごしらえの部署は狭い会議室に形ばかりのデスクをそろえてスタートした。

チームは三人のみ。上が選んだキャリアは、沢渡一道《さわたりかずみち》という二十七歳の警部だった。有名私大の法学部卒。秋田県警の警備部で現場を学んだあと、警察庁情報通信局で運用管理係長の職にあった。席次は係長代理なので、降格に近い。が、刑事企画課の課長補佐という肩書きも与えられている。まさに苦肉の配置だった。

「興味深い仕事に参加できて光栄です」

沢渡一道は、部下とも言える井岡の前で姿勢を正した。スーツより制服が似合いそうな体の厚みがある。そこそこ押し出しは強そうな男で安心した。階級は気にせずに井岡は言った。

「しおらしい態度はここだけでいいぞ。君に来てもらったのは、あちこちに睨みを利かすためだ。過去の事件を掘り返されて快く思う現場の者はいない。キャリアの威厳をたっぷりと見せつけてくれ。もちろん、おれをあごで使う演技もしてもらう」

「承知しております」

「なら、結構だ。もっと目つき鋭く相手を睨めよな。損な役回りにはなるが、どうせ手柄は君一人のものだ。そのつもりで張り切ってくれ」

「全力をつくします」

「よろしく頼みますよ、沢渡警部」

門間潔は十歳下の上司に笑いながら握手を求めた。もとよりキャリアとは住む場も仕事の中身も違った。無用にへりくだる必要はない。

仕事始めに警視庁を訪ねた。新たな部署を知らしめ、便宜を得るための根回しだった。各県警でも自殺の統計はまとめていた。が、縊死《いし》や服毒死などの種別や、死にいたった動機を集計したものだ。個別の案件は資料をもらうほかはなかった。

挨拶回りを終えると、三人で刑事部の資料を漁った。

通常、自殺は所轄署が扱う。ただし状況によっては、本庁も捜査に動く。何らかの事件の渦中にあった者が自殺を遂げた場合だ。データ化された書面を閲覧し、当たりをつけていった。自殺の直前、家族に電話があったか。遺書の有無。口封じの可能性……。

うんざりするほどの量だった。自殺大国日本を実感できる。若年層から老人まで。希望が持てない。親に叱られた。何となく悲しい。ぼんやりとした不安がある。死の世界をのぞいてみたい……。極楽浄土や輪廻の思想が日本にはある。人は死ぬと生まれ変わる。新たな命を生きていく。たとえ虫や獣に生まれ変わろうと、今の苦しみからは救われる。

日本人は古くから、家や親族のために命を賭して働いてきた。武士が名誉のために腹を切るのは潔いとまで言われた。死者を鞭打ち、冒瀆《ぼうとく》してはならない。自殺を、自決と呼んで美化したがる風土もあった。死者は尊い。仏の概念も関係していそうだ。数百年にわたる不文律が、日本人の血の中に染みついている。

目に留まった事件のファイルはすべてコピーした。沢渡が所轄署へ電話を入れ、明日までに詳しい資料を届けろ、と高圧的な指示も出した。直近の五年に着目した。六十六件。

持ち帰った資料を手当たり次第に読んでいく。

「ずいぶんとまあ、律儀に遺書を残したがるもんだ、日本人てのは」

門間がファイルを手に愚痴をこぼした。

「当然ですよ。借金問題。失敗の責任。死を選ぶ者にも何かしらの言い分はあるでしょうから」

「家族に死ぬってメールを送ったやつまでいるぞ。こんなもの簡単に偽造できるな」

井岡は門間の手から資料を奪った。床に置いた段ボールの中に捨てた。

「あれ。早速、用なしですか」

「当然だろ。手書きの遺書でなけりゃ、調べる意味などあるものか」

「了解です」

翌日から、地道な捜査に移った。身内に連絡を取り、死の状況を確認する。遺書は今も残されているか。その筆記用具は何か。長い文面だったか。

遺書を偽造するにはモアレ縞を一文字ずつ作らねばならない。長文の遺書では、とてつもない労力が必要となる。

電話でふるい落とせなかったものは、関係者の自宅へ足を運んだ。身内を亡くした痛手の記憶を呼び起こすため、話は遠回りするし口も重くなる。親身に話を聞くほか早道はなかった。

四日を費やし、五件まで絞りこんだ。うち一件の遺書を預かり、鑑識経由で鑑定に回した。

あとの四件は直前に身内と電話で話をしていた。動転して記憶がはっきりしない、と二件の家族が語った。ずっと無言だったものの、のちに携帯電話のデータによって身内からの電話だったと判明したのが一件。残る一件の証言が——問題だった。

門間が訪問先から電話をかけてきた。

「いよいよ出ましたよ、井岡さん。誰が見たって似すぎてます。富川光範の電話とそっくり同じでした」

　迷惑をかけてすまない。許してほしい。本当にごめん。家族が呼びかけても、ぽつりぽつりと語るだけだったという。

　所轄の刑事課は通話記録を取り寄せていなかった。すでにデータ保存義務の期間はすぎていた。頼りは家族の証言のみ。

　その自殺者――水谷晋也《みずたにしんや》、四十二歳――には三千万円を超える借金があった。最初は十分の一ほどの額だったらしい。返済を滞らせて業者の言いなりに借り換えをくり返し、雪だるま式にふくれあがった。あげく、家族に迷惑をかけたくないと、ふたつの生命保険に加入して命を絶った。自殺の場合も保険金が支払われる商品だった。うちひとつの受取人が、勤務先の会社名義になっていた。

「微妙ですね。捜査本部はこの会社の社長から何度も話を聞いています。ですが最終的には、本人の意思による自殺と断定せざるをえなかったようです」

　水谷晋也が生保に加入する際、社長が保険会社を紹介していた。そのついでに会社を受取人にした別の契約も結ばせたのだ。ただし、同時に社長自身も同じ保険に加入した証書が残されていた。確かに、臭う。

　生保に入りたいと相談を受けたのでセールスレディーを紹介した。水谷に借金があるとは知らなかった。社長はあくまで善意の第三者だと主張していた。

門間が持ち帰った捜査資料を、井岡も読んだ。社長の周辺捜査は行われていた。過去に似た事例があれば、善意の第三者という主張は崩れる。保険会社の社員と組み、自殺による保険金の詐取を狙った可能性が出てくる。

「どこから見たって保険金詐欺じゃないですかね。何で立件しなかったのかわからない」

門間は探り出した事件に手応えを得ていた。が、社長とセールスレディーが共謀関係にあったと見なす証拠はなかった。社長が保険会社に電話を入れて、上司の指示でその女性が派遣されていたからだった。

水谷に借金があったことを社長が知っていたと示す証拠もなかった。ネットに求人広告を出し、たまたま水谷が履歴書持参で訪ねてきた。社長と役員による面接の結果、三ヵ月の試験採用が決まったのである。

「経理や総務の社員からも話を聞いて裏づけは取ってますね。疑わしい状況にはありながら、共謀を立証する証拠はどこからも出てこなかったわけです」

沢渡がコピーに赤線を引き、門間に提示した。本来であれば、所轄が処理して当然の事件だった。が、保険会社から通報が入り、捜査一課が確認に動いたという事情があった。

「もう少し追わせてください。関係者から話を聞いてみます。かまいませんよね」

会社が手にした保険金は一千万円。社長本人の口座に振り込まれたわけではなかった。会社の経営状態も順調だったとある。

「落ち着け、門間。この事件はちょっと筋が違いそうだ」

「灰色を通り越して、真っ黒に見えますけど」

「確かに疑わしさは残る。けど、本来おれたちが追うべきなのは、自殺に見せかけた巧妙な殺人だ。よくある手口の保険金詐欺じゃない」

「同じですよ。詐欺の目的で保険金をかけて自殺に見せかける」

「本当にそうかな。雇い入れた男の様子が少しおかしく思えてきた。で、社に不利益が出ては困ると、会社を受取人にした保険にも加入させた。そう考えれば矛盾はない。所轄の連中も少しは悩んだろうな」

「そりゃ無茶苦茶ですよ。たった三ヵ月の雇用契約なのに、入社してすぐ保険に入らせるなんて聞いたことがない。借金があると承知で雇い入れて、自殺に追いやった。もしくは、自殺に見せかけた。あるいは、死にたいと最初から相談されていた。いくらでも裏は読めます」

「可能性を問題にしてるんじゃない。自殺したがっていると承知しながら生保に加入させた場合、当然ながら保険金は支払われない。だから、保険会社も相談してきた。こんなわかりやすい詐欺を働こうとする犯罪者がいると思うのか。リスクがありすぎるだろ」

門間は引く気配をみせなかった。沢渡は意見をはさまず、成り行きを見守っていた。

井岡は門間を下がらせてから、人事課に電話を入れた。調べてもらうと、当時の係長が小岩《こいわ》署の刑事課長になっていた。警電で連絡を入れると、十五分後に電話をもらえた。

「……ええ、覚えてますよ。かなり疑わしいと睨んで動いたけど、自殺した男はそこそこ優秀だったようで、真面目に勤めてもいて……。なので同僚たちも、自殺しそうなやつには見えなかったと言ってましたね」

捜査に問題はない。なぜ警察庁が終わった事件をつつくのだ。言葉の端々に疑問と不服がちらついていた。

「何人を捜査に当てましたかね」

「二人か、四人だったか……」

あくまで補充の捜査なのだ。所轄の手助けに動いた程度だったと思われる。

「期間は？」

「――一週間はかけたと思いますよ」

「もちろん専従で、ですよね」

「いや……手伝い仕事の合間だったかと」

警視庁捜査課の一班が丸々手空《てあ》きになることはまれだ。専従の事件が決着すれば、未解決事件の応援に入る。刑事の中には、初動の感触から見こみをつけたがる者がいた。得点にならない仕事は早く終わらせるに限る。予測した結果を安易に受け入れてしまう。

「借金の出どころと社長の関係についても調べたわけですよね。捜査資料にはその辺りの記述が見当たりませんが」

門間がしつこく横から言った。その点を確認すると、急に返事が頼りなくなった。

「いや、どうだったか。なにぶん三年も前のことなので……」

彼らは裏があるとは読まず、ただ補足捜査をしたにすぎなかったらしい。捜一の態度がこれでは、所轄もろくな動きではなかったと思われる。

「だから言ったじゃないですか。あとは任せてください。いいですよね」

受話器を置くと、門間が早くもコートをつかんだ。

「当てはあるのか」

「会社の登記簿、親族の洗い直し。交友関係。当たり前の捜査を彼らはしていなかったわけですよね。調べてみる価値はあるかと」

沢渡までが門間の横に進み出た。

登記簿や戸籍の追跡であれば、今はネット経由で確認ができる。交友関係を調べ直すには過去をたぐらねばならず、時間がかかる。富川光範の自殺は収賄の密告から始まっていた。こちらは多額の借金。目的が違っているように思えてならない。

「保険金の総額は四千万。最初はたったの三百万なのに、ですよ。自殺に見せかけて殺すことができれば、儲けは大きいですよね。三日ください。必ず突きとめてみせます」

許可を出せ、と門間が視線をぶつけてきた。

新たな部署のスタート早々、部下の意欲を削ぐわけにはいかなかった。

法務上の記録をすべて集めた。門間と沢渡が関係先を訪ねて回った。その間に井岡は神奈川県警本部へ出向いた。東京に次ぐ人口を持ち、発生する事件も多い。自殺者も例外ではなかった。

警視庁と同じ手続きを踏んで資料を持ち帰った。二十九件。偽造が考えられる遺書や家族と交わした電話の中身について確認していく。

タイムリミットとした三日目の夕方だった。興奮する声で電話が入った。

「的中ですよ。見事につながりました」

空振り覚悟で命じた捜査だった。にわかには信じられなかった。

「例の社長、茨城の高校を出てました。同じ学校の一学年上に、被害者の借金をまとめてやった金融会社の専務がいたんです。真っ黒な関係をこうも簡単に見落とすなんて、警視庁の名折れもはなはだしい。違いますかね、井岡さん」

「今も親交はあるんだろうな」

「確認します。その前に上を説得してください。沢渡も同じ意見です」

「任せろ」

直ちに刑事局長へ話を上げた。

会議室に呼ばれると、警視庁捜査一課長と管理官も待っていた。ともに表情が険しい。井岡は二人を見ずに説明した。なぜ現場を預かる者まで呼ばれたのか。嫌な予感があった。

話を終えると、一課長が切り出した。向こうも井岡の目を見ようとしなかった。

「これほど早く結果が出るとは思わなかった。専従班を捜一に設けさせた。あとは任せて、君たちはほかの洗い直しを続けてくれ。いいね」

「我々は捜査に参加させていただけないのですか」

見すえて言った。局長が武装するかのように表情を固めた。

「わかってると思うが、君らの仕事はあくまで統計を取ることにある」

餅は餅屋に限る。そもそも井岡は警部補にすぎず、現場を率いる立場になかった。沢渡も刑事課での経験がない。鉱脈を探るのが任務で、土を掘り返すのは現場が担う。最初から予想できたことだった。

せめてもの抵抗に無言で会議室を出た。二人にどう報告するか。携帯電話を手に言葉が見つからなかった。

翌日の午後、早くも専従班の管理官から電話が入った。

「君たちが睨んだとおりだった」

当然だ。人手に恵まれていれば、井岡たちで結果は出せた。誇らしげに言われたくはなかった。

彼らは電話の通話記録を取り寄せた。すると、社長と金融会社の役員が今なお連絡を取り合っていたのだった。さらに、自殺した水谷晋也は、遠縁に当たる女性を受取人とした生命保険にも加入していた事実が発覚した。その女性は、役員が実質的に経営する別のローン会社から金を借りており、受け取った保険金で返済していたのである。

保険会社が別だったうえ、申請が死の五ヵ月後に行われていた。そのため当時の捜査本部に情報がもたらされることはなかったのだった。

「当然、逮捕はしましたよね」

「もちろんだ。金融会社の役員はいろいろ噂もあった。暴力団との関係も取り沙汰されている」

「では――」

「早まるな。逮捕はあくまで、詐欺容疑のみだ。親族の女が証言したんだ。二人の借金を返済するには、ほかに方法がなかった。だから自分が死ぬ。そう水谷晋也に説得された、と」

「そんな作り話を鵜呑《うの》みにしたわけじゃないでしょうね」

「四課の協力も得て、組事務所にガサ入れもした。残念ながら、何も出てこなかった……」

まだ手ぬるい。関係者の自宅も探るべきだ。警察の動きに備えて、親族の女に知恵をつけておいた可能性はあった。自分が死ぬほかはない。そう彼が言っていたと証言しろ。でないと、おまえも殺人の共犯となり、一生を棒に振るぞ。もしくは、もっと直接的な脅しも考えられた。

「我々に聴取を任せてください」

「逮捕したばかりだ。まだ時間はたっぷりとある」

話にならなかった。管理官は誤解している。彼ら捜査一課は、暴力団が水谷を脅して自殺させた、と見こんでいるのだった。

井岡は受話器を置き、警視庁へ走った。捜査一課長に直談判した。

「我々が追っているのは、自殺に見せかけた連続殺人犯なのです。暴力団が、借金を背負った者に生命保険をかけて自殺に追いやる。そういう事件が過去に幾度もあったのは承知してます。しかし、脅しや暴力によって自殺させるケースとは違う。遺書を偽造し、死んだ者の声を録音して編集し、完璧な自殺に見せかけるプロの技術を有する犯人なのです」

捜査一課長は大げさに眉を寄せた。

「しかしだな。脅しを駆使してペンを握らせ、遺書を書かせればことはすむんだよ。両手をタオルのような痕跡の残りにくいもので縛り、首にロープをかけてやれば、縊死に見せかけることは可能だ。暴力団はそういうテクニックを昔から使ってきてる。君も知ってるだろうがね」

「ほかの事件では、遺書が偽造された形跡もあるんです」

「もちろん話は聞いているよ。しかし、大学での鑑定も、あくまで可能性があるという判断だったはずだ。いいかね。レーザーを照射してモアレ縞を偽造するより、脅しつけて遺書を書かせたほうが遥かに楽で手間もかからない」

「脅しが誰にでも効くとは限りません。もし家族に電話を入れさせて、その場で余計なことを口走られたら、どうなりますか」

「あらかじめ録音しておけば問題はない。君も録音の可能性が高いと言っていたじゃないか」

恐ろしいまでの固定観念に縛られた現実主義者だった。

暴力団が最新の科学技術を使うわけがない。彼らは脅しのテクニックに長けている。暴力に抗い、ヤクザに歯向かえる一般市民はいない。

「考えてみてください。政治家や会社経営者といった者は、信念とも言える個人的な規範を強く持っている。そういう者に脅しが簡単に効くと思いますか」

「君も元刑事なら、個人的な信条など、暴力の前にもろくも屈する現実を見てきたはずではないかね」

名誉ある職を得た大の男が覚醒剤や女にはまる。あげく会社の金を横領し、暴力団に多額の口止め料を渡す。誘惑から罠に落ち、犯罪に荷担する。驚くような事件が巷《ちまた》には転がっている。

だが、事件の種類が違うのだった。

「富川光範という官僚は、まず疑いなく自殺に見せかけて殺害されたと我々は見ています。彼は仕事にかかわる何かを知った。その調査を個人的に続けていた形跡があるんです。犯人が暴力団を使ったとするなら、わざわざ贈収賄に見せかけて口座に送金するでしょうか」

「しないだろうね。交通事故に見せかけて殺せばことはすむ。だから自殺なんだよ。現金を貰っていたのがばれると慌てた末、自殺するしかないと思いつめた。転落したエリートによく見られるケースじゃないか」

頭の硬い課長と意見を闘わせるうち、思えてきたことがある。

自分たちが追うプロの仕業ではない。課長が見こんだとおり、せいぜいが暴力団による偽装自殺の臭いがしてきた。

社長と金融会社の役員に接点が見つかった。プロを使って自殺に見せかけたにしては、用心深さに欠けすぎていた。彼らは善意の第三者だから心配はないと信じ、高をくくっていたに違いなかった。

水谷晋也が自殺を考えている。多少の知恵は貸したかもしれない。だが、自殺は本人の意思だった。最初から保険金を詐取する意図はなかった。万が一を考えて保険をかけておいた。正論めいた主張をすれば、罪に問われずにすむ。そう甘く見積もっていた。だから、ほとぼりが冷めたあと、社長と金融会社の役員は再び連絡を取り合っていた。

安易すぎた。殺しのプロを使っての犯罪とは思えなかった。小狡い金融業者が自殺志望者を利用したケチな詐欺だ。

絶対に偽装自殺だと見ぬかれてはならない。背後にひそむものを何としても隠したい。そういう強固な意志があってこそ、プロの技術が求められる。

小さな金融犯罪でも、関係者がプロの存在を知って依頼した。そういうケースは考えられる。が、借金の返済に自殺を利用したまでで、多額の利益は手にしていない。今回の借金の裏に別の事件が隠されているとも思いにくい。どこにでもよくある、返済にルーズだった者が負債に苦しみ、血迷った末の事件としか思えなくなってきた。

この事件は違う。

上と争うだけ無駄だ。井岡は矛《ほこ》を収めた。足取り重く統計係の小部屋に戻った。門間と沢渡は新たな資料を読んでいた。井岡の表情から察したのだろう。何も尋ねてこなかった。

二十時をすぎて、須藤《すどう》刑事部長から慰労の電話が入った。

「よくやってくれた。こんなにも早く結果を出してくれるとは思わなかった。総監も大いに喜んでおられた」

警視庁は過去の資料を洗い直し、偽装された詐欺事件を摘発できた。罪を犯した者は見逃さない。執念の捜査がここに実った。そうメディアにアピールするのだろう。警察庁も新たな部署の意義を関係各所に喧伝できる。だが、井岡たちにとっては空振りも同じだった。

受話器を置いた。電話の中身を問われもしなかった。二人は黙々と過去の捜査資料を読み進めている。井岡も分厚いファイルのページをめくった。

3

「そうなの。あのミチコがもうおばあちゃん。さんざ遊んで変な男に引っかかって、早く娘を生んだものねえ」

「違うってば。あの子は再婚した——ほら、変な髭《ひげ》生やした弁護士の子よ」

「えー、そうだったかしら。山師みたいな不動産屋の子だと思ったけど」

「ううん、絶対違う。二度目の男との子だってば。そうだよね、真佐子」

意味も価値もない会話が頭上を飛び交う。名を呼ばれて何となくうなずいた。

「ほら。二度目の時の子よ。あ、でもデキ婚だったから弁護士の子だって証拠はないかもね」

「やだやだ。二組の早川《はやかわ》じゃあるまいし」

「えーっ。チャコの子って今の旦那さんの子じゃないわけ。嘘、嘘」

高校時代の仲間が集まる。みんなも真佐子に会いたがっている。聞こえのいい励ましを信じたわけではなかった。懐かしい顔に会えて嬉しくはあった。

ホテルのレストラン。料理はそこそこ。個室からの眺めは悪くない。でも、五分で無駄な時間と思えた。作り笑いを保つのが苦しかった。

「常識よね。二台持ちを許すなんて考えられない。一番怪しいのは会社から支給されたって言い訳よ。あたし、旦那の会社に電話して確かめたもの。ひと安心だけど油断できないわよね」

「ふーん。奈美江《なみえ》はまだ旦那にご執心なんだ」

「とんでもない。浮気の前科持ちだから目を光らせてるの。うちはまだ子どもが中学生でしょ。大学出るまではしっかり働いてもらわないと困るわけ」

何でもない会話が耳に留まった。友人たちの輪から離れた。携帯電話の着信があった振りをしながら、そっと唇を噛んだ。

見落としていた。本当に迂闊《うかつ》だった。二台持ちの可能性を考えてもいなかった。

最新の機種に替える気はない。そう夫は普段から言っていた。役所から携帯電話を持たされてもいなかった。カードや口座の引き落としはチェックずみで、不審な引き落としはなかった。目黒署の刑事たちも光範の携帯の通話記録を調べていた。怪しむべき通話先はなかったという。

だが、もう一台の携帯電話を隠し持っていたとすれば話は違ってくる。

最近の若者は二台持ちが当たり前だ。サラリーマンも仕事と私用を使い分ける。生真面目な公務員だと夫を決めつけて疑うことをしなかった。妻としての甘さがあった。

真佐子は一人で廊下に出た。

この十二年。光範は真佐子の体に触れていなかった。仕事で帰りが遅くなったと言いながら、やけに機嫌のいい日が必ず月に何度かあった。また女に手を出している。ちりちりと胸は炙《あぶ》られた。問いつめはしなかったが、夫の下着を調べたことはある。汗と尿のほか、かすかに精液らしき臭いが感じられた。そうやってまだ妻であろうとする自分に驚き、あきれた。悔しさに唇を噛んだ日が胸をよぎった。

離婚を考えたことは何度かあった。いつしか光範に影響されて損得勘定が根づいていたのかもしれない。娘はまだ幼く、男女の話に通じているとも思えなかった。別れるには相当の覚悟がいる。離婚した友人も言っていた。今の生活を優先させてきた。

「真佐子、どうしたのよ。怖い顔して」

トイレから戻ってきた友人が目の前に立っていた。

「ごめん。先に帰る」

後ろから何か言われた。振り返らずに足を速めた。

「もう一台の携帯電話があったに違いない。その証拠を見つけたい、と。なるほどね」

午後九時二十分。電話を入れると、井岡は例によって気のない答え方をした。見こみ捜査は真実を見誤らせやすい、と言いたげでもあった。

「夫は間違いなく浮気をしていたと思います。その相手と連絡を取り合うには別の電話を持っていれば手っ取り早いはずですから」

「その電話を独自に行っていた調査にも使っていた。だから犯人がもう一台のほうの電話を持ち去り、処分した――」

言わずもがなのことだった。夫の遺体が発見された山林は地元の警察が捜索している。もう一台の電話が見つかっていないのだから、犯人が持ち去ったと考えるほかはなかった。

「でも、夫の口座にそれらしき引き落としはまったくありませんでした。カードも同様です」

「つまり別口座を持ち、そこから引き落としていた、と」

「調べてください」

「まさしく雲をつかむような話だ。都内に銀行や信用金庫が何軒あると思うんです。まず絞りこむ手立てがないかを考えたほうがいい。通常、電話料金を引き落とすには、その案内が郵便かメールで必ず届けられる。契約者が死亡したのだから、家族のもとへ知らせるはずなのに、あなたはまったく見ていない」

「はい……」

「あるいは、浮気相手から渡された電話だったかもしれない」

その場合、相手をつきとめないと、もう一台の電話があったと立証することはできない。

女がいる。そう確信した時、なぜ突きとめようとしなかったのか。調査会社を使えば、相手の存在は確認できたろう。こそこそ動き回るのは恥ずかしい。体面を気にした自分が馬鹿だったのだ。

「待てよ……」

井岡が声のトーンを落とした。

「もし浮気相手が携帯電話を渡していて犯人が持ち去った場合――」

犯人は、光範の浮気相手を知る手がかりを得たことになる。しかも、電話の契約者であれば、最近の通話記録を取り寄せることができる。勝手に使われた形跡があるので調べたいと言えばいいのだ。

「まずいな、これは……。もし浮気相手がご主人に電話を渡していたら、犯人はもちろん、その女性も手がかりを——」

光範が死ぬ直前に電話で話をしていた相手を知ることができる。つまり犯人に迫る手段を持つことになる。

「我々も考えが少し甘かったようだ。下手をすると、その女性まで命を狙われかねない。あるいは、もう……」

あくまで可能性の問題だった。が、二台目の携帯電話があったとするならば、犯人と女——双方に互いの存在を知る手がかりが得られるのだった。

「富川さん。唐突なお願いですが、これから自宅にうかがってもいいでしょうか、二人の同僚を連れて」

「わたしの家に……」

「正式な捜査とは言えませんが、我々警官の目で旦那さんの遺品を隈無くチェックしてみたいのです。急いだほうがよさそうだ。よろしいですよね」

井岡は二人の同僚を連れてきた。彼らは名前のみの簡単な自己紹介のあと、光範の書斎に上がった。真澄美は自室に引きこもり、刑事たちの前に姿を見せようとはしなかった。

「念のため、すべての預金通帳、残っているカードの明細も確認させてください。ご家族のぶんも合わせて」

目で問い返すと、井岡が言った。

「たとえば、亡くなられた家族の口座がまだ残されていた、そういうケースが考えられます。新しい通帳のみを誰かに預けて管理させることもできますから」

言われて心臓が疼《うず》いた。もっと早く刑事の手に任せるべきだった。

八年前に光範の父親が亡くなっていた。この家を建てる時、義父に一千五百万円を借りた。親子の間でも契約書を作って返済していく形を取らねば、贈与と見なされて税金がかかる。知人のアドバイスで、義父名義の口座を新設した。そこに返済の名目で少しずつ貯金をしていた。

義父が死亡し、口座は解約した。光範に任せていたので確認はしていなかった。が、二台目の引き落とし口座として利用できそうだった。

井岡の後ろから若い刑事が指摘した。

「使えますよ、井岡さん。父親が死にそうだとなれば、先に住民票を取っておいて、その名義で携帯電話を契約する。家族携帯にしておけば、代理で息子が契約できます。直後に違約金を払って、自分名義の電話だけを解約しておく」

「でも、何かあった場合、家族に連絡が行きますよ。使用料の明細はメールでもらうにしても、たとえばバッテリーに不具合が出たりすれば、リコールの案内が郵送されてくる。それを見た家族が不審に思って問い合わせれば、二台目の存在がばれてしまう」

三十代の刑事が言い、真佐子を見つめてきた。

「お義母《かあ》様は、ご健在でしょうか」

「はい。確認してみます」

時刻は午後十一時。同居する義理の妹夫婦ならまだ起きているだろう。

「あ――もしもし、真佐子です。こんな時間にすみません」

警察から今になって問い合わせが来た。まだ夫の収賄事件を調べているらしい。義妹に早口で言い訳を告げた。

「おかしなことを訊くけど、お義父さん宛てに通信会社から何か手紙とか来てなかったかしら。もしかしたら夫がお義父さん名義でもう一台の電話を持っていなかったか、って言われたの」

「どうだったかしら……。亡くなって、もうずいぶん経つでしょ。お義父さん宛ての手紙はもうほとんど来てなかったと思うけど」

「最近のじゃなくてもいいの。ここ五年ぐらいなんだけど。お義母さんにも訊いてみてくれないかしら」

身内が犯したかもしれない事件で警察がまだ動いている。そう聞かされれば、協力しないわけにはいかない。あとで電話すると義理の妹は言った。

リビングで電話を待った。すると、階段の上から井岡に呼ばれた。

「確認してもらいたいことがあります」

声の低さから、何か見つけたのだと想像できた。覚悟を決めて書斎に入った。

部屋の中は散らかっていなかった。捜索はまだ始まったばかりなのだ。若いほうの刑事がパソコンの前で振り返った。

「ここに外付けハードディスクが設置されています」

厚めの書籍を縦置きしたような黒いボックスがUSBケーブルでつながれていた。

「いつから設置されていたでしょうか」

覚えはなかった。光範が今のノート型パソコンに替える前からあった気がする。

「これ――この裏側が簡単に外れるようになってました」

若い刑事がハードディスクに手をそえた。ビスを外すでもなく、プラスチック製の蓋が音もなく開いた。

「見てください。中にわずかなスペースがあります。ちょうど小型のスマートフォンぐらいなら収めておくことができそうです」

息が苦しくなった。光範の笑顔が目の前を通りすぎた。まさか、あんな中に……。ハードディスクに保存してあったファイルにはすべて目を通していた。だが、文字どおりの箱の中までは見ていなかった。たとえ見たとしても、多少の隙間に疑問を覚えもしなかったろう。

夫は帰宅すると、この書斎に入って鞄を置いた。着替えはそのあとだった。もう一台の携帯電話を外付けハードディスクの中に隠してから、着替えをすませていたのだ。

お帰りなさい。ただいま。儀礼的な会話しかしてこなかった。光範の鞄を受け取り、着替えを手伝わなくなって何年になるか。夫は妻の無関心を巧みに利用していたのだった。

唇を噛んだ。血の味が口の中ににじむ。その時リビングで電話が鳴った。ハードディスクの黒いボックスに携帯電話を隠す夫の姿を見すえていた真佐子は体が震えた。

折り返しの電話だった。デスクの上に置いてあった子機を手にした。

「真佐子さん、どういうことなの……」

苛立《いらだ》ちをにじませた声は義母のものだった。また大切な息子が穢《けが》される。それもこれも家より仕事に入れ揚げていた妻のせいなのだ。そう信じる口ぶりに聞こえた。義理の妹に告げた説明をまたくり返さなければならなかった。

「どうして光範がお父さんの名義で電話を借りるのよ」

「ですから、警察が言うには、その電話で贈賄側と連絡を取り合っていた可能性があると……」

「だから、どうして名義が――」

そこまで説明しなければ理解ができないのか。もどかしさに耐え、父親の口座を使うことで、家族に電話の存在を隠すことができると伝えた。

「真佐子さん。警察なんて嘘でしょ。光範のことを調べたいのね。女がいたんじゃないかって。女と連絡を取り合うために、もうひとつ電話を持っていたんじゃないかって」

女という生き物は恐ろしい。別の口座を持つ意味には気づけずとも、嫁がまだ息子を疑っていると、たちまち予想がつけられる。真佐子の胸のうちを察したのはもちろん、女であれば何を考えるか、瞬時に悟れたのだ。義母にも亭主の浮気に悩まされた過去があったのだろう。カエルの子はカエルで、その血を光範も受け継いでいたのだ。そう思わされた。

言葉に迷っていると、井岡が歩み寄ってきた。子機を真佐子の手から取り上げた。

「突然すみません。警察庁刑事企画課の井岡といいます。実は今ご家族の協力を得て、富川光範氏の書斎を調べています。……そうです、正式な家宅捜索と考えてください。はい……その過程で、もう一台の携帯電話を契約していた可能性が出てきました。もしよろしければ、今からそちらへ我々がうかがってもいいのですが」

高圧的な口調で言った。こうやって彼らは有無を言わせず、関係者から聴取をしていく。権力にものをいわせて相手を威嚇《いかく》し、包み隠さず打ち明けさせる。

「……ですから、亡くなられたご主人宛てに通信会社から郵便物が届いてはいなかったでしょうか。たとえば料金プランの変更案内、新たなサービスの紹介、もしくは通信会社を通した保険の勧誘などです」

井岡が二人の部下に目を走らせた。

「そうでしたか。間違いありませんね。——ええ、確認はこちらで取ります。ご協力ありがとうございました」

子機が差し出された。真佐子は目で問いかけた。井岡が一度、視線を落とした。

「いまだにダイレクトメールがいくつか届くそうです。その中に通信会社のものもあったそうです」

予想はしていたつもりだ。けれど、胸の中に凍えた風が吹くのを感じた。夫は父親名義で八年も前から、もう一台の携帯電話を持っていたのだった。

4

直ちに門間を裁判所へ走らせた。当番の者に書類を出し、銀行と通信会社に情報開示を求める令状を取った。

翌日、井岡は自ら通信会社へ出向いた。窓口の端末操作ひとつで契約情報は確認できる。予測は的中した。八年前の九月から富川光男《みつお》名義で携帯電話が契約されていた。

通話記録の保存期間は三ヵ月間となっている。せめて半年に延長してほしい。警察庁が要請しているが実現はしていない。富川光範の自殺からほぼ四ヵ月。祈りながら通話記録の提出を求めた。

「殺人事件の捜査に必要なんだ。もし抹消されたデータの復元ができるのであれば試みてもらいたい。犯人逮捕の暁には感謝状と手土産を持ってお礼させてもらいますよ」

担当者に本気で頼んだ。よくある相談だと言われた。期待はしないでくれ、と。

三十分も待たされた。警視庁のデカ部屋より広く明るいオフィスの隅で苛々と煙草を吹かした。

残念ながら、通話記録は三ヵ月分しか残されていなかった。

「この間、一度も使われていません。ただ、うちの契約するメールサーバーの中に富川さん宛てのショートメッセージが三通、残されていました」

電話番号を使って短いメッセージのやり取りができるサービスだった。通話記録は三ヵ月で自動的に消去される。だが、何らかの理由によってメールが受け取れなくなるケースは考えられた。そのため、社のサービスとして半年間はサーバーに保存しているのだという。

行方を絶った翌日に一通。翌々日に二通。義父である富川光男名義の携帯にショートメッセージが送られていた。文面はどれも短いものだった。

――ずいぶんお忙しいようですね。出張に出かけられているのでしょうか。

――忙しいのにごめんなさい。返事を待っています。

――まだお仕事で手が離せないのでしょうか。ちょっと心配になりました。

文面を見るまでもなく、発信したのは愛人だ。急に連絡が取れなくなったからだ。

そのショートメッセージの送り主も同じ通信会社と契約していた。井岡は名前と住所をメモに取り、警察庁の沢渡に電話を入れた。

「つきとめたぞ。羽山依子《よりこ》。住所は狛江《こまえ》市元和泉《もといずみ》四丁目五の二十一」

「大至急、すべての情報を集めます」

「戸籍から家族構成、犯罪記録の有無、できれば学歴も引き出せ。ブログにインスタ、ネットも当たって裸にしろ」

「任せてください」

銀行に出向いた門間からも連絡が来た。

「富川光男名義の口座は今も生きてました。ただ残念と言ったらいいのか、面白くなりそうだと言ったのでは不謹慎だと怒られるかもしれませんが――」

「御託はいい。要するに大金の振り込みはなかったんだな」

「まったくです。返済の形として残しておいた積み立てを母親の口座に移して以降、大きな金の出入りは皆無でした」

当然だった。別口座を持っていたにせよ、賄賂の受け取り先としたのでは、決定的な証拠を残してしまう。

「残金はいくらだ」

「八年前に三百万を移した時点で、残りは百六十三万円と端数。毎月の携帯料金がほぼ五千円ほどなんで、まだ三十年近く秘密の携帯電話を使えた計算になります。毎月の引き落としは、ほぼ定額料金に近いので、愛人専用の電話と見て間違いないでしょうね」

「ほかに金の出入りはないんだな」

「まったくもって綺麗な口座です。銀行カードによる引き出しが、たまに四、五万あるだけです。愛人とのデート費用じゃないですかね」

「現金の預金もなしだな」

「ありません。賄賂を隠し口座にプールしてた形跡はゼロ。株や相場に金をつぎこんでいたとも思えません」

無論ほかにも別の隠し口座を持っていた可能性は残る。が、収賄はシロだと思えた。隠し口座に自分の〝へそくり〟すら預金していない。

汚職に手を染める者は、金に汚い一面を持つ。口座を調査すると、少額でも金銭の出入りが多い傾向にあるのだ。妻に内緒で小金を引き出したり、高額商品をむやみに購入したり、業者と飲み代を貸し借りしたり……。金銭への執着があるから、誘惑に負けて汚職に手を染める。

だが、富川光範は違った。隠し口座を持ちながら、愛人との交際に微々たる金の動きがあるだけだ。慎ましい金の使い方と言える。そこに人間性が表れる。愛人との交際も、いじらしいほど堅実だったのだろう。妻のほかに女がいながら、手堅い生活を送る男が、過去の汚職事件の犯人にいた例《ため》しはなかった。

幽霊会社から振り込まれた四千五百ドルは、やはり見せ金なのだ。富川光範は何者かの罠にはめられた。まだ状況証拠のみと言えるが、誰がどう見ても自殺ではない。罠にはめられ、命を奪われた。犯人は周到な計画のもとに殺人を実行している。

だが、キャリア官僚が隠し口座を持っていたとは、犯人も予測はしていなかったろう。男の浮気心が、犯人の練り上げた計画にわずかな亀裂を走らせた。必ずこの捜査の先に、プロの技術を有する殺人犯がいる。

「どうするつもりですか、井岡さん。真っ正直に上へ報告するなんて言わないでしょうね」

門間が電話口で声を低めた。水谷晋也の保険金詐欺事件で最後まで犯人を追えなかった時のことを言っていた。

愛人が富川に携帯電話を渡していた場合、通話記録から犯人につながる手がかりを知られかねない。よって愛人にも危険が及ぶ。その可能性はひとまず薄くなったと見ていい。

しかし、もう一台の携帯電話が現場から見つかっていない以上、犯人が持ち去った可能性は残る。通話の履歴を見れば、愛人の存在はつかめる。たかが愛人に富川が調査の中身を打ち明けはしないだろう、と呑気に考えられるわけはないのだった。

富川の死から四ヵ月。二台目の携帯電話を個人的な調査に使っていたかどうか、犯人の側にも確認は取れる。愛人の素性を見極める時間もあった。この先は難しい判断を強いられる。井岡は言った。

「気持ちはおれも同じだ。しかし、愛人に危険が及びそうな状況がもしあるとなれば、応援を要請するほかはない」

門間は返事をしなかった。頭では理解できるのだ。が、刑事の性《さが》で大きなヤマを手放したくない気持ちが勝っている。

「まず愛人に話を聞きに行く。次の判断はそれからだ」

「富川真佐子に伝えるのも、そのあとですよね」

「当たり前だろ。目を血走らせて怒鳴りこみに行かれたんじゃ修羅場になる」

あの女なら、やりかねなかった。いつまで秘密にできるか。下手に隠そうとすれば、穏やかならざる手段に訴えかねない。その見極めも必要だった。

電話を終えると、沢渡からメールで第二弾の情報が送られてきた。

年齢は四十三歳。八年前の四月に夫を亡くし、今は独身。十六歳の息子が一人。狛江市内の一軒家で七十歳の実母と同居する。

羽山依子の携帯に電話を入れた。午前十時二十二分。コール音が続いた。

見覚えのない番号に警戒しているのならいい。犯人の手が伸びたのでは、との可能性が頭をよぎる。不吉な連想を打ち消していると、やっと女性の声で返事があった。

「……はい」

「羽山依子さんに間違いないでしょうか」

「そうですが、どなたでしょう……」

「警察庁刑事企画課の井岡といいます」

名乗りを上げたが、羽山依子と思われる女性は何も答えなかった。

「大至急、話をうかがわせていただきたいことがあるので電話を差し上げました。富川光範さんをよくご存じですよね」

返事はなかった。息を呑むような雰囲気だけが伝わってくる。

「今ご自宅でしょうか。つかぬことを訊きますが、身の回りで不審な人物を見かけたとか、誰かに追いかけられたような覚えはありませんか」

「どういうことでしょう……」

「もし気がかりなことが起きているのであれば、包み隠さず教えてください。今すぐ警察官をあなたのもとへ送ります」

「何をおっしゃっているのか……」

「周りに同僚もしくは、頼りになりそうな人がいますか」

「あ……いえ、今は母と二人です……」

自宅なのだ。子どもは学校に行っている。まだ彼女の周辺に危険は迫っていない。犯人は携帯電話を持ち去ったが、アドレス帳に登録された人物に疑いの目を向けたわけではなさそうだった。無論、可能性のひとつにすぎなかったが。

「今から、そちらへうかがいます。念のためです。警察官以外の者が訪ねてきても、玄関は絶対に開けないでください。怪しい者が訪ねてきたら、直ちに110番通報してください。あなたたちの身を守るためです」

住宅街の中、高い塀と広々とした庭を持つ一軒家だった。表札には、「篠原《しのはら》」とある。その下に「羽山」と記された小さなプレートが埋めこまれていた。夫の死後に子どもと実家へ戻ったようだ。

庭一面に植えられた芝生は手入れが行き届いている。出窓の上には防犯カメラが見えた。警備会社のシールも目立つ。それなりの資産家なのだと思われた。

門間がチャイムを押して、インターホンのカメラに警察手帳を示した。

「お待ちください」

瀟洒《しょうしゃ》な門構えに似合った上品な声だった。妻子ある男との関係を続けてきた女の声には聞こえなかった。

木製のドアが開き、細面《ほそおもて》で髪の長い女がおずおずと現れた。年齢は富川真佐子より四つ下。見た目にはまだ三十代に映る。地味なブラウスと紺のタイトスカート。腰の前に手を当て、深く頭を下げた。活動的な身形《みなり》を好む富川真佐子とは気質の違いが感じられた。

刑事として、かつ男の一人として、羽山依子の全身をなめ回していた。夫は八年前に死亡。たとえ子どもがいたにせよ、再婚話には困らなかったろう。

玄関へ入る前に、門間が家の周りを確認した。

「裏に防犯カメラはありません。近づくと点灯するライトのみです。心配なのは、出窓が一階にふたつもあって、よじ登るには打ってつけですね」

備えはしていたが、万全ではない。この四ヵ月、犯人の手が及んでいなかったとなれば、ひとまず安心していいのか。あとは聴取の中身次第だった。

ドアをぬけた先の玄関ホールは、リビングかと疑いたくなる広さがあった。花柄のスリッパが用意されていた。廊下の先に初老の婦人が立ち、背筋を伸ばしたままの見事なお辞儀をされた。家柄が偲ばれる身ごなしだった。

井岡も手帳を呈示して言った。

「ある事件の重要参考人と見ている人物の携帯電話に、依子さんの名前が登録されていました。事件の真相を隠そうという何者かが動いている兆候もあるため、ご家族に危険が及びかねないと考えました。まず依子さん一人から話をうかがわせてください」

羽山依子がまた律儀に腰を折った。電話で富川の名を出してある。こちらの意図は承知ずみだ。篠原ふきえは不安そうな目で娘を見やったあと、一人で階段を上がっていった。

小さな建て売りがすっぽり収まりそうな広いリビングに通された。五十畳近いだろう。ボウウインドウの前に置かれた革張りのソファを勧められた。テーブル周りには一切汚れのない白い絨毯《じゅうたん》が敷かれている。

「富川光範氏をよくご存じですよね」

一見かよわそうなタイプの女ほど、うまく立ち回ろうと知恵を回す。明けすけに男関係を語るのは恥だと考えるからだ。隠せばためにならない。警告の意味をこめて見すえながら訊いた。

羽山依子は両手を細いひざの上に置いた。

「……はい」

「どういう関係ですか」

「……親しくさせていただいておりました」

予想どおりの曖昧な言い方だった。小綺麗な身形ながら、神経の太さは並ではない。

「ですから、どういう関係だとお訊きしているのです」

「あ、はい……。夫を亡くしたものですから、多くの相談に乗っていただいておりました……」

「男女関係にありましたよね」

「あの、母にはどうか――」

まず体裁を気にする。次は子どもがいるからと泣き落としの演技にかかるだろう。その前に腹を割らせないと面倒だった。こういう女は手がかかる。

「当然、新聞記事は読まれましたよね。富川氏には収賄容疑がかけられていました。主にあなたと連絡を取るため、二台目の携帯電話を持っていたのはわかっています。実はその電話を何者かに持ち去られた可能性があるのです。あなたと富川氏の深い仲は、もうその人物に知られていると見ていい。我々に包み隠さず、すべてを打ち明けてください。でないと、ご家族に危害が及びかねない事態なのです。お子さんは今、学校ですよね」

最後に子どもの話を出し、不安をあおってやった。予想どおりに目が泳ぎ、両手が握りしめられた。

「まさか弘喜《ひろき》にまで何かあると……」

「富川氏とはいつ、どのように知り合ったのでしょう。また亡くなる直前の富川氏の行動に、何か気づくことはなかったですかね。詳しくお聞かせください」

「あの……」

意を決するように顔が上がった。気弱そうに見えた目が意外にも力をにじませ、井岡たちを見つめてきた。

「光範さんは本当に——自殺だったのでしょうか」

どうやらこの女も真実を見ぬいていたようだった。

富川と知り合ったのは二十年以上も前のことだったという。友人が彼と同じ大学に進み、その縁で知り合い、交際がスタートした。が、羽山守弘と出会い、気心が通じて結婚にいたった。要するに男を乗り換えたわけだ。

子どもにも恵まれ、彼女は家庭の幸福にひたっていた。ところが、夫が八年前に死亡する。その直後に友人から話を聞いたと言って、富川が連絡してくる。やがて相談に乗ってもらううち、自然とよりが戻ることになった。男と女の、どこにでも転がっているつまらない話だ。

その概略を、さも大切な思い出を打ち明けるかのようにもったいつけて、羽山依子は語った。

「急に連絡が取れなくなり、心配になってあのショートメッセージを送りました。そうしたら、新聞に顔写真が出て——。信じられませんでした。富川さんは業者からお金をもらうような人では絶対にありません。同期の中で出世の先頭を切っていたとは言えませんでしたが、自分の仕事に心から誇りを持っておられました」

妻とは微妙に言い方が違った。仕事に誇りを持っていた。その志を、彼女は本人から熱く聞かされていたのだろう。おそらく富川真佐子も結婚当初はそうだったと思われる。が、夫婦の仲は冷え、仕事への意気ごみを聞く機会はなくなった。

「富川さんと最後に話されたのはいつです」

「連絡が取れなくなる日の夕方でした。あの日は……息子が受けた模試の結果が出たので、わざわざ電話をくれたんです。子どもを受験させた経験があるから、と。だから、いろいろアドバイスはできる。そう言ってくださって……」

愛人の子どもにまで目をかけていた。見上げた人のよさだ。女との仲を保つため、涙ぐましいまでに気を遣っていたらしい。相手は大学時代の自分を振り、別の男を選んだ女なのだ。その男との間にできた子の受験を気にして電話をかける。それほど、この女との関係が大切だったわけだ。

なるほど、いい女ではあった。比べてはいけない。だが、井岡は密かに妄想した。富川真佐子と羽山依子、どちらと寝たいか。どの女と暮らしてみたいか。まだろくに二人と話してもいなかったが、見た目と雰囲気を拠り所に、二人の女を天秤に載せていた。

そのうえで、富川光範という男に偽りない嫉妬を覚えた。エリート官僚は違う。彼らの自宅は立派なものだったが、羽山依子はもっと上を行く。ともに学歴は充分。しがない刑事は飲み屋の女に手を出すのがせいぜいなのだ。

つき合う女を見れば、男の価値が測れる。胸苦しい自覚に目をつぶり、井岡は聴取を続けた。

「大変素晴らしいご自宅にお住まいだ。おかしな言い方になりますが、あなたと交際するには、それなりの額が必要になるでしょうね」

あえて薄汚い訊き方をした。しおらしくうつむく女をいじめてやりたい気持ちがあった。

心外だとばかりに女は首を振った。髪が揺れ、香しい匂《かぐわ》いが漂ってくる。

「わたしには夫が残してくれた財産が多少はあります。いつも光範さんに支払わせていたわけではありません」

「でも、カードを使えば足がつく。妻子持ちなので使える現金は限られている。違いますかね」

そういう自分も、女と泊まったホテルの支払いは現金ですませた。仕事に見合った安い額でも小遣いには不自由した。後輩におごるので金がいる。そう加奈子に言い訳をして口座から下ろしていた。夫の言葉づかいや態度で女は浮気を見ぬく。

「常識的な額しか、わたしたちは使いませんでした。あの人に一方的な負担はかけてこなかった、と誓って言えます」

目と声に力をこめ、唇まで嚙んでみせる。刑事を前にしても演技にそつはなかった。こういういじらしさを、平然と男の前で見せてきた女なのだ。手玉に取る術を学んできている。

「あの人もお金に不自由するようなことはなかったと思います。いつも忙しくされていましたから……」

一端《いっぱし》の仕事をこなす男であれば、浮気の金に不自由などはしない。そのとおりなのだろう。友人に金を借りて女と待ち合わせたどこかの男とは違う。彼我《ひが》の差に丸まりかけた背筋を伸ばして訊いた。

「ほかに自殺とは信じられなかった根拠をお聞かせください」

「――あの人は真剣に離婚を考えてくださっていました」

どうだ、これ以上の証拠があるか。羽山依子が初めて胸を張った。その動きにつられて視線が胸元に行きかける。細めの体にしては、ふくよかさがあった。

「男というものは、女を引き留めておくために必ず離婚を口走る生き物ですよ」

なぜなら井岡登志雄も同じだった。本気じゃないでしょ。そう言われて、聞こえのいい台詞《せりふ》を口にした。恥ずかしげもなく。だが、今ここで刑事が気後れを見せるわけにもいかなかった。皮肉そうな笑みを作り、女を見つめた。

彼女は力強く首を横に振った。あの人は違う。誰かと一緒にしてもらったのでは困る。

「わたしはあのままでも充分でした。娘さんが卒業なさるまでは、どうか思いあまったことをなさらないでほしい。そうお願いをしておりました。もともとわたしはあのかたのお気持ちに応えられず、羽山と一緒になった女です。一度は冷たく裏切ったようなものなのに、あの人はずっと変わらぬ気持ちを抱いてくださいました。お互いの年齢もありますし、結婚などはまったく望んでもいませんでした。ひとつの家族を壊してまで、幸せになるような権利はわたしにないと思うからです」

この女、友人たちにも同じ自慢を語ってきたのだろう。妻子ある男に愛されている。相手の家庭は壊したくない。今の幸せがあれば充分。実家が資産家なので、ただでさえ恵まれている。理解ある女でいたい。多くを望めば、人から嫉妬を浴びる。

こういう女をシーツの上で泣かせてみたい。富川光範はたぶん学生時代から、こういう育ちのいい女たちとつき合ってきたのだ。井岡にはそう確信が持てた。男とは、どうしようもなく下劣な生き物らしい。

刑事が自分の胸回りを見ている。その意識があるくせに、羽山依子はなおも胸を張り続けた。男の視線に慣れている女が、さらに綺麗事を口にした。

「それに……子どもがまだ小さいことを理由に単身赴任をさせたため、羽山を苦しめてしまったのだという自覚もあります。わたしはもう充分すぎるほどに幸せなのです。あの人との結婚は望んでいませんでした」

「待ってください。ご主人を苦しめたとは、どういう意味でしょうか」

横で聞いていた門間が割って入った。欲に駆られた目で女を見ていた井岡は迂闊にも聞き逃していた。

指摘されて疑問がわいた。嫌な予感と言い換えてもいい。夫を苦しめてしまった……。

「あの人にも主人の最期の様子は伝えておりました。だから、信じられなかったと言っていいと思います。しかもあの人はわたしとの結婚を考えてくださってもいた。そんな人がなぜ業者から現金をもらい、自殺をするでしょうか」

主人の最期の様子。予感が確信へとふくれあがる。門間が声をつまらせた。

「まさか、ご主人は……」

「主人は赴任先の地で――自殺をいたしました」

二人で顔を見合わせた。単身赴任先での自殺。井岡は訊いた。

「赴任先は、もしかすると外国ですか」

「ご存じないかもしれませんが……中央アフリカのベファレシア連邦共和国です」

見事につながった。全身に震えが走った。二人の男の死は一本の糸でくくられていた。

富川光範は、かつて恋人を奪った男が赴任先で自殺したことを知っていた。ある日、妻の書いた雑誌の記事が目に留まる。製薬会社の提灯《ちょうちん》記事で、援助活動をアフリカで行ってきたことをまとめたものだ。その国は――ベファレシア。

「ご主人は、どういった仕事を?」

「外交官でした。もともとお父様がフランスで仕事をしていた関係で言葉もできましたし、本人も興味があり、外交官の職に就きました。研修でパリへ二年ほどわたしも一緒に行ったこともございます」

得々と語る女をあらためて見つめ直した。何てわかりやすい話なのだ。外交官試験に合格した男なので、富川光範から乗り換えたのだ。しかも研修先がパリときた。自分が女だったとしても喜び勇んで羽山守弘に飛びついたろう。

もしかすると、だから富川光範は官僚を目指したのかもしれない。語学では羽山に勝てない。でも、自分は国を動かす仕事に就ける男だ。日夜勉学に明け暮れて国家公務員採用I種試験の合格を勝ち取った。失恋の痛手が一人の官僚を作りあげた。

彼は仕事に打ちこみ、真佐子という妻を娶《めと》った。娘にも恵まれた。ところが、夫婦の間に冷たい風が吹き始めた。そんな時に、羽山の自殺を知った。かつて恋人だった女が独り身になった……。最初から淡い期待があったのだろう。富川は昔の交際相手に連絡を取り、再会した。

「遺書が残されていたのでしょうか。それとも現地の警察が自殺と断定したわけですか」

井岡は意図を持って微妙な訊き方をした。

「遺書はございませんでした。当時、主人がかなり疲れていたのは確かだったと思います。一緒に来なくてよかった。とんでもない土地だ。電話でずっとこぼし続けておりました。半年に一度は日本に戻ってこられるはずでしたが、隣の国で内戦が始まり、休暇もなくなってしまい……。仕事が増えて大変だ。早く帰りたい。上に相談している。そう言っていた矢先のことでした」

彼女はひざに置いた手を震わせた。

羽山は大使館で借りていたマンションではなく、ホテルの部屋で発見された。赴任当初から、たびたび利用していたホテルだったらしい。その部屋に現地の女を呼んでいたのである。

声が恥じ入るように小さくなった。

「一等書記官のかたから聞かされて……悔しくて情けなくてなりませんでした。でも、一緒についていかなかった自分が悪い。主人の両親は言葉にしませんでしたが、そう思っていたのは確かだったと思います」

その前夜も女を呼んでいたか、確認は取れなかったと聞いた。従業員が掃除をしに来て鍵を開けたところ、バスルームの換気口にロープを結びつけて死んでいるのが発見された。

「ホテルですから当然、防犯カメラはありましたよね」

メモを手に門間が確認した。

「星をもらえるようなホテルではなく……。現地のビジネスマンが利用するランクのホテルだったと聞きました」

現地の者しか利用しない安ホテルに女を呼び、一夜を楽しむ。外交官として恥ずべき行為だろう。が、どれほど恵まれた仕事に就く男であろうと、女を抱きたい時はある。快楽にひたり、憂さ晴らしをせずにはいられない。幸いにも女房の目はない。多少の遊びは許される。どこかの誰かと同じだ。男というのは本当に哀れで情けない生き物だった。

「遺書はなくとも自殺と断定された。ほかにその根拠となるものはあったのでしょうか」

さらに門間が身を乗り出した。

「どうなのでしょうか……。ドアはオートロックでしたので、部屋から誰が出ていこうと鍵は自動的に閉まったと思います。他殺の証拠がなく、本人が疲れていると家族や上司に訴えていた。自宅のマンションは酒の空きビンだらけでしたし。誰が見ても自殺だ。現地の警官にそう言われました……」

羽山守弘の死は八年前。今から当時の状況をどこまで調べられるか。ベファレシア警察の実力も未知数だった。

「実は、富川真佐子さんが最近、仕事でベファレシア関連の記事を書いていたのですが、ご存じでしたか」

井岡が問うと、女の目に暗い光が帯びた。目つきが鋭くなったのは、相手の妻の名前が出されたせいだったろう。

「……はい。あの人から記事を見せられました」

「その時、富川さんは何を言っていたでしょうか」

「勘づかれたのかと思った。偶然とは恐ろしい、と……」

彼女はまだ殊勝な振りを演じていた。妻子ある男とその愛人は、おおかた記事を見ながら笑い合ったに違いない。その日はたぶん激しくからみ合ったろう。ちょっとしたスリルは互いの気持ちを高ぶらせる。また下劣な憶測が頭をよぎった。すでに井岡は何度も想像の中で、目の前にいる女を裸にむいていた。おくびにも出さずに質問を続けた。

「その後、富川さんは知り合いを通じて、木場重工業とアエロスカイ社の関係者を探していました。当時のベファレシアや内戦に関して何かを知りたかったのだと思います」

羽山依子の背筋が伸びた。切れ長の目が何度もまたたかれた。

「何も聞いていませんか」

女の視線が無駄に広いリビングを行き交った。井岡は言葉を待った。

「わたしが……写真を見て、気づいたからだと思います」

「例の記事に出ていた写真ですね」

「……はい。ちょうどベファレシアに難民が押し寄せた時のことだとわかりました」

その写真の背景に、木場重工業のトラックが写りこんでいたのだった。

「自殺の半年ほど前のことだったと思います。隣のオビアニアで内戦が激しくなり、主人は邦人の安全を確認しなければならず、かなり忙しくしていたようでした。数万の難民が国境を越え、ベファレシアの治安も悪化した。電話でよく愚痴をこぼしておりました。隣の反政府ゲリラは正規軍にも引けを取らない装備を持つ。最も驚くのは武装ヘリの存在で、大国が裏から支援しているに違いない。いい迷惑だ。そう言っていたことを、あの人にも――」

「もしかすると、ゲリラが空爆に使ったヘリコプターの製造元を、ご主人はご存じだったのではありませんか」

「主人は学生時代から航空機に興味を持っておりました。海外を飛び回る仕事に憧れていたからだと思います。ヘリコプターのことも多少は詳しかったようで……。オビアニアのゲリラは中東系の組織から支援を受けているだけではない。国内の共産勢力を排除するため、アメリカが陰で反政府組織を支援し、ロシアも別の組織に手を貸していたとの情報もある。でなければ、ゲリラが高性能ヘリを持てるわけがない。そのせいで自分たちまで迷惑をこうむっている。そうも言っておりました」

その事実を、彼女は富川光範に語っていたのだ。彼の妻が書いた記事を二人で見ながら。寄りそって笑い合いつつ。

「あの人は言ってました……。内戦の裏には大国のエゴが渦巻いている。アフリカ支援を名目に、国内の軍事物資を売りつけているようなものだ。そっちの取材をしたほうが面白い記事になる。妻に教えてやろうと——」

愛人への冗談として口にした言葉だったろう。現に富川真佐子から、夫にその種の発言があったとは聞いていない。が、同じころ、防衛省の次期多用途ヘリコプター開発プロジェクトを木場重工業とアエロスカイ社が争っていた事実がある。

世界の隅々へマーケットを広げるため、大企業は営業活動に力をそそぐ。だから、木場重工業とアエロスカイ社の商品がアフリカ諸国に提供されていたところで、別に不思議はなかった。その二社がヘリコプターの開発を争ったのも、自然な流れであったろう。が、富川光範はそこに何かを感じ取ったのだと思われる。

たまたま妻が記事を書いたのか。浮気相手の夫がベファレシアで死んでいる。もしかしたら何者かが、妻にあの記事を書かせようと動いたのではなかったか。それに近いことを考えたのだろう。だから、当時のことを調べてみる気になった。その結果が死を招き寄せた。

当然ながら、ひとつ新たな疑問が浮かんでくる。

羽山守弘の死は本当に自殺だったのか。

5

代々木上原に近い古びた小料理屋だった。暖簾《のれん》は出ていなかった。言われたとおりに引き戸を開けた。奥の個室に井岡が一人で待っていた。

本当に男という連中は狡い。ずっと電話に出ようとしなかった。そのくせ、午後になってメールが来た。開店前の店に呼び出された理由は予測がつく。案の定、井岡は仏頂面で、目を合わそうとしなかった。

わかりやすい男だ。悟ってもらいたいという意図もあるのだから、本当に小狡い。捜査で知りえた事実を教えるのだから、誠意は認めてもらいたい。けれど、すべては話せない。そう態度で打ち明けていた。

「会えたわけですよね。ずっと電話に出なかったからには」

井岡は目でうなずき、座れと手を差し向けた。

「名前と住所を教えてください」

「もう少し待ってもらいたい」

ほら来た。守秘義務を盾にして口を閉ざす気だった。

「約束が違います」

「教えない、と言ってるわけじゃない。今は難しい。なぜなら、あなたが動き回ることで、その人に危険が及びかねない。あなたなら想像はできますよね」

予想はしていた。夫は殺された。真佐子が書いた記事から木場重工業とアエロスカイ社に関心を持ち、何かを追いかけた。夫はその調査の中身を妻には告げず、愛人には伝えていたのだ。

彼らは多くの手がかりを、おそらく女から聞き出した。犯人は夫の携帯電話を持ち去った。そこには女の電話番号が登録されていた。ほかにも木場重工業やアエロスカイ社に接触した痕跡も残っていたのだろう。

「夫が死んでもう四ヵ月です。女に会えたとなれば、今まで危険はなかったわけですよね。つまり犯人はもう一台の電話を持ち去りながら、単なる浮気相手と考え、その女を見すごしてきた」

「だからといって、犯人が監視の目を解いた、この先も安全だ、という保証はないんですよ。もし女が何かを思い出すかして、旦那さんと同じように調査を始めるようなことがあれば、口封じを考えてもおかしくはない。あなた自身にも同じ可能性がある」

本当に卑怯な言い方だった。あなたも危険だ。この先の捜査は本職に任せろ。浮気相手に近づいてはならない。あなたが下手に動けば、犯人に勘づかれて、あなたも相手も危険にさらされる。

「もし本当に危険があるなら、妻であったわたしのほうが高いはずです」

確率論で言った。井岡は目をそらしたままだった。

「犯人が二台目の電話を持ち去っていたとすれば、やがて妻が愛人の存在に気づく、そう予想できるはずです。そうじゃないですか。電話料金の支払いが滞れば、家族に請求が行く。あの電話が夫の父親名義だったと、犯人にわかったはずはないんですから」

理屈では負けていなかった。民間人を危険にさらすわけにいかない。そういう聞こえのいい名目を使い、真佐子に手を引かせる気なのだ。

「富川さん。犯人をなめてはいけない。周到な準備を経て、自殺に見せかけた殺人を犯してきたやつなんだ。富川さんの周辺を探り、妻との仲が冷えていた事実をつかんでいたと考えたほうがいい。しかも、木場重工業の関係者とも、二台目の携帯電話で連絡を取り合っていた。となれば、妻には何も話していない。妻に知られないように独自の調査を続け、犯人に近づこうとした。そう考えたはずですよ」

たとえ妻の座にあっても、富川光範との関係性は紙より薄い。独自に調べた事実を冷えた仲の女に語るわけがない。調査の結果を打ち明けていたとすれば、愛人のほうだ。

「幸いなことに、あなたも相手の女性もまだ危険にさらされてはいない。しかし、この先は違ってくる。なぜなら我々警察が捜査に着手したからです。いずれ犯人は我々の動きに気づく。いや、もう気配を悟って、次の手を練っているところかもしれない」

「すべて警察に任せろ、というんですか」

「そこが思案のしどころでしてね。犯人も下手な動きを見せれば、捜査の方向性が当たっていると我々に教えることになってしまう。いくら凄腕のプロでも、我々警察官すべての息の根を止めることはまずできっこない」

警察が動きだしている。そう犯人に伝えてやることができれば、相手も迂闊には動けなくなる。すでに警察が、関係者——真佐子や愛人——に監視の目をそそいでいるかもしれないからだ。

「とはいえ我々は、自殺に見せかけて殺人の罪を逃れた者がいる、と対外的に認めるわけにはいかない。マスコミが騒げば、確実に捜査はやりにくくなる。何より殺人を見逃してきたかもしれない事実が広まれば、世間に動揺を与えてしまう」

「まだ当分は内密の捜査を続けるしかない。だから、わたしという存在が邪魔だ、と？」

「そうは言ってませんよ。上に相談したところですが、あなたたちに危険が及ぶ可能性が本当にあるのかどうか、難しい見極めになる。安全を確保するためには、今しばらくあなたに我慢してもらうほかはない。そう判断が下されたんです」

犯人は、夫に愛人がいたと知り、どう対処するつもりでいたか。もし警戒心から監視の目をそそいでいれば、すでに井岡たちの動きに気づいただろう。が、汚職の捜査が続行されていれば、愛人に接触してもおかしくはないのだ。

「自分が犯人だったらどうするか……。捜査の常道として、よく考えてみるんです。警察に気づかれたかもしれない。その兆候が見つかれば、すぐさま荷物をまとめて海外への逃亡を図るでしょうね。しかし、犯人がまともな思考法の持ち主なのか……。周到に計画を練り、ミスを犯さず冷静に人を殺せる相手だ。まともな人間ではないかもしれない。だから危険がある」

「覚悟はできています」

「そう、あなたはね。でも、相手の女性は違う。警察に守ってもらいたいと言われましたよ。つまり、彼女は警察の者以外に会うことは絶対にない」

「それでもかまいません」

井岡の苦笑が大きくなった。見下されるのには慣れていた。

「わたしは、ね……。妻の浮気相手と話はしませんでした」

目をそらさずに井岡が言った。あなたのために言っている。そう伝えるための演技だったろう。

「うちのやつは、相手にまだ未練を持っていたのかもしれない。だからなのか、男の自宅マンションの非常階段から……飛んだ。男二人への当てつけで命を散らしたのだとすれば、本当の無駄死にだった」

真偽は不明だ。捜査のためにここまで嘘を操るのでは、人の心をもてあそぶに等しい。けれど、刑事の言葉を頭から信じるわけにはいかなかった。

「相手の顔は見に行きましたよ。あいつは、ちっとも隠そうという素振りがなくなっていた。わたしに思い知らせてやろうとしてたんでしょう。わざとらしいまでに機嫌よく出かけていくことが多かった。で、刑事の悪い癖で、あいつのあとをつけてみた。でも、見なければよかったと心の底から後悔した……」

男連中は気が弱い。妻の浮かれた姿を見せつけられ、相手と自分を嫌でも比べてみたに違いなかった。

「たぶん、わたしのような無骨な男とは正反対に、細面の色男だろうと勝手に想像してた。でも、考えてみれば、そういった色男が加奈子なんかを相手にするはずもなかった。こう言っては悪いが、わたしに似合った女でしたよ、あいつは……」

女の気持ちを何もわかっていなかった。見てくれで男のよさは決めつけられない。容姿が誉められたものでなくとも、一緒にいて安らげる男はいる。

「相手の男を見て、嫌なことをたくさん想像した……。あいつをよほど喜ばすことができたんだろう。自分とは接し方が違うんだろう、ってね」

相手を見れば、自分も同じように考える。ベッドの中でどんな姿を見せていたか。八年も関係を続けてきたのだから、よほど肌が合ったに違いない。自分という女では満たせなかったものを、夫はその女に見出したのだ。器量、品格、所作、愛嬌、情念……。

「会わないほうが心穏やかでいられる。自分を見失わず、この先の日々を生きていける。経験者だから断言できる」

たぶん、正しい助言なのだ。そのほうが静かに暮らしていける。でも……。夫の死に納得できないまま、自分によそよそしく生きていく。絶えずどこかで、夫が愛した女の面影を意識しながら。冗談ではない。真佐子は言った。

「その女は、夫が何を調べていたか聞いていたんですよね」

井岡は誠実そうに目を見返し、首をひねってみせた。否定でも肯定でもない。だが、隠しておきたいのであれば、否定すればよかったはずだ。

この男は甘い。罪を暴く側に立ちながら、人のよさを残している。真佐子への同情心があるのだ。下手な仕草から胸の裡《うち》が読み取れた。何かしらの手がかりを得たから、真佐子には告げられないと考えたのだ。

愛人は何かを知っていた。光範から聞かされていた。よって彼女は危険な立場にある。そう彼らは考えている。

でも……。二人の女に危険が迫ろうと、ある意味、当然なのだ。富川光範の妻だったのだから。八年も愛されてきた女なのだから。

まだ探る道は残されている。刑事たちとは違うやり方が必ずある。その方法を見つけだすまでだった。

とうてい納得できない。でも警察には逆らえない。そういう心にもない演技を心がけて井岡に背を向け、小料理屋を出た。

歩きながら考える。相手の女は何かしらの手がかりのようなものを光範から聞かされていた。そう思われる。木場重工業とアエロスカイ社に探りを入れ、十年ほど前の担当者を知ろうとした。ベファレシアかオビアニアというアフリカの国にかかわる〝何か〟を調べようとしたのだった。

追いかける先が、ようやく少しだが見えてきた。真佐子は雑居ビルの壁に身を寄せた。以前にも話を聞いた前原伸治に電話を入れる。光範の後輩で広告代理店を経営し、人脈作りに長けた男だった。

前と同じく電話はつながらず、伝言を残した。コーヒー・スタンドを見つけて時間をつぶすと、十分ほどで折り返しの電話が来た。

「また尋ねたいことができました」

「はい、何でも言ってください。綾乃君から話は聞いてます」

さすがの事情通だ。死んだ夫の行動を妻が調べている。その理由をつかむため、山沼綾乃に連絡を入れたのだ。それなら話は早い。

「山沼さんから聞いたかもしれませんが、主人は木場重工業が過去に手がけていた海外事業の責任者を探していたと思われます」

「はい、彼女から聞いています」

「この先の話はまだ山沼さんには秘密にしていただきたいのです。実は、木場重工業とアエロスカイ社は航空自衛隊の次期多用途ヘリコプターを開発するプロジェクトを争ってました。その二社ともに一時期、アフリカのある国にマーケットを開こうと動いて、何かしらの援助活動をしていたとわかりました。主人は雑誌の記事を見て関心を抱き、その二社に勤める人を探していたんです」

「海外への援助となれば――ODAとかですかね」

政府開発援助。先進国が行う途上国への経済援助で、略してODA。

「ああ……なるほどね。無償資金協力は外務省が担当し、JICAが実施している。でも当時は、円借款と言われる有償資金協力は、確か外務省と財務省、それに経済産業省が協議して決めていた、と……」

前原伸治はすらすらとODAの分類を口にしてみせた。経産省の官僚であった光範であれば、円借款の情報は得られたはずなのだった。

「となると……富川先輩は、円借款ではなく、昔の無償資金協力について調べようとした可能性がある。その推測が当たっているとなれば――外務省の知人に話を聞くのが最も手っ取り早かったでしょうね」

「わたしもそう考えました。でも、主人は前原さんに外務省の知り合いを紹介してくれ、とは言ってこなかったわけですよね」

「ええ、そのとおりです。つまり先輩には最初からつてがあった」

「思い当たる人がいないでしょうか」

「実に鋭い指摘ですね。その質問でしたら、綾乃君にも答えられます。何しろ先輩の一年下に、外交官になった男がいますから」

予想どおりの回答だ。真佐子は手応えを得てうなずいた。光範は間違いなくその人物に接触したはずなのだった。

6

口で何と言おうと、あの女が納得するわけはなかった。勝手な動きをまた見せるに決まっていた。彼女たちの身の安全を図るためにも捜査を急ぐ必要があった。

井岡はタクシーの中から門間に電話を入れた。沢渡と先に外務省へ乗りこみ、どこまで羽山守弘の情報を集められたか。

「そっちの話はついたわけですね」

「あの女がいつまでおとなしくしてるか、わかるものかよ。話は聞けたろうな」

「残念ながら、警視庁より頭が硬い役所ですよ、外務省は。何度も責任者と名乗る男が出てきて、同じ話をさせられました。案外、警察庁の幹部に確認を取ってるのかもしれませんし」

「愚痴はあとで聞いてやる。当時ベファレシア大使館にいた者の所在は調べられたろうな」

「警察手帳の威力で、まあ何とかなりました。ベファレシアで一緒に働いていた者のうち、外交官一名が今、外務省の中東アフリカ局にいます。ほかは国連とＪＩＣＡに出向中で。あとは事務方ですね。うち二人が本省勤務なので、今は外交官の手が空くのを待ってるところです」

「機嫌を取って、十分ほど待ってもらえ。今向かってるところだ」

外務省庁舎の前でタクシーを降り、受付へ走った。ロビーで門間一人が待っていた。

「樫原良三《かしはらりようぞう》、四十七歳。専門職員試験で外務省に入り、二年後にI種試験をパスした苦労人だそうです」

「当時の大使は？」

「すでに引退してます。悠々自適の生活を送ってるかと思ったら、八年前に病気で亡くなったそうです」

「本当に病死か」

エレベーターへ歩きながら問うと、門間が表情を固めた。

「自殺じゃないのは確かなようです。確認は必要でしょうが。あと各省庁からの出向者が二名、同じ時期にベファレシア大使館に赴任してました。自衛官と農水省の官僚が一名ずつ。自衛官は警護担当で、農水省のほうは現地の農業支援の計画があったためでした」

「全員から話を聞くぞ。今日中にだ」

時刻は十六時に近い。たった三人の所帯なので手分けしてかかるしかなさそうだった。

樫原良三の現職は中東アフリカ局の課長。フロアにある小会議室に連れていかれた。外交官というより、中学の体育教師を思わせる体格の男だった。が、腕時計も靴もスーツも、しがない刑事とは一目でものが違うとうかがえた。

「先に羽山さんの経歴をうかがってました」

沢渡が席を立ち、井岡にメモを差し出した。端正な文字で短く年表が記されていた。外語大出身。英語、仏語、伊語を操る。入省後の研修はパリと国連本部。最初の赴任先がOECD政府代表部。本省に戻り、総合外交政策局。その後JICAへ出向。外務省に戻ると、フランス国立行政学院に進んだあと、本省中東アフリカ局を経て、ベファレシア大使館勤務となっていた。当時は、四十歳。

羽山がホテルで自殺した時、樫原良三は二等書記官として大使館の社会経済部にいたという。

「ベファレシアの大使館は小規模で、日本からの赴任は十名にすぎませんでした。現地採用の職員を三十名ほど使っていたでしょうか。隣のオビアニア人民共和国の領事任務も同時に行っておりました」

樫原は、三人もの私服警官が来たことに驚きを隠せずにいた。ある捜査の補足とだけ伝えて、井岡は質問に入った。

「羽山さんが自殺された時のことは記憶にありますよね」

「はい、突然だったので、小金井《こがねい》大使をふくめて大使館の者は皆驚きました」

「しかし、奥様からは、仕事が大変なので早く日本に帰りたい、と悩みを打ち明けられていたと聞きましたが」

「あのころの羽山さんはかなり忙しく動かれていました。邦人保護を担当するために自衛隊から出向してきた者がいたのですが、国境の難民キャンプへ二度も行かされたり、かなり疲れられていたのは確かだったと思います」

羽山の所属は政治部だった。日本が難民キャンプにどういう支援ができるか、現地視察へ出向くことになったのだという。

「では、大使館の職員はすべて羽山さんが悩みを抱えられていたことを知っていたのですね」

「いえ、わたしは直接、聞いてはいませんでした……。難民キャンプへ出向いた際には、かなり危険な目にも遭われたようで。多くの仕事を抱えていた羽山さんに同情する者は多かったと思います」

当時、隣のオビアニアで内戦が起こり、戦火を逃れた難民がベファレシアへ流入していた。その数、二十万人。ベファレシア一国で受け入れられる数ではなかった。国連が支援に入り、難民キャンプが設営された。

羽山がキャンプへ向かうと、折しもオビアニアの反政府ゲリラの一部が国境地帯へ進軍を始めた。その動きを阻止すべく、オビアニア政府軍も反撃に出た。双方が空爆をくり返し、キャンプに近い集落までが被害を受けた。羽山も命からがら逃げてきたのだという。

「二度目の時は、キャンプの近くで通訳か何かをしていた在留邦人が交通事故で亡くなり、その確認と後始末に向かわれたように記憶しています」

「国境の近くで空爆があったというのに、在留する日本人がいたのですか」

「ええ……。あのころから、ベファレシアには日本の企業がいくつか入っていました。キャンプより少し北の山岳地帯でレアメタルの鉱脈が発見され、地元企業と組んでの試験的な採掘が始まっていたためでした」

井岡は半ばあきれ、感心した。日本人の商魂はたくましい。隣で内戦が始まろうと、現地を離れず、仕事に励んでいたらしい。警官より命がけの任務だった。

「本来は邦人保護担当の者が行くのですが、その直前に羽山さんが難民キャンプまで足を運んだので、大使が任命したようでした。仕事のできる人でしたから、羽山さんは……」

内戦の影響が及ぶ国境ぞいに、羽山は二度も送られた。一度は空爆の危険にもさらされている。心身ともに疲弊していたのは間違いなかったろう。

「当時、羽山さんと最も親しくされていた同僚のかたはどなたでしょう」

「わたしも歳が近かったので親しくさせてもらってはいましたが……」

言葉尻が沈んだ。井岡は疑問を抱いて訊いた。

「しかし先ほど、羽山さんから悩みを聞かされてはいなかった、と」

「はい。ですから、突然のことで驚くほかはなくて……。一人で抱えこまず、我々に打ち明けてくれていたら、何かできたかも――そう当時は仲間と悔しがったものでした」

沢渡が目で許可を求めてきた。警察官僚が何を質問するのか興味があった。目でうなずくと、沢渡は軽く頭を下げてから樫原に向き直った。

「すると、樫原さんの目には、羽山さんが自殺される直前も、仕事ぶりや生活態度にあまり変化は見られなかった、そう言われるのですね」

「……もちろん、親友だったと胸を張って言えはしません。わたしの場合は妻も一緒に来てくれてましたから、一人で赴任された羽山さんの心痛をすべて理解できていたわけではないと思います。少しお酒の量が増えていたようでしたが、自殺を考えるほど気分がふさいでいたように見えなかったのは確かでした」

今度は門間が負けじと横から訊いた。

「でも、遺書はなくとも、自殺だったと判断されたわけですよね」

「はい……。マンションの部屋には、かなりお酒のビンが残っていたと言いますし。発作的なものだったのかもしれません」

決まりですよ。門間が見つめてくる。自殺は疑わしい。現地の警察の捜査能力を信じることはできない。沢渡も静かにうなずいていた。

井岡は慎重に質問を続けた。

「羽山さんは自殺の現場になったホテルを以前から利用し、そこに女性を呼んでいたと聞きました。ご存じでしたか」

樫原の視線が恥じるように落ちた。

「……はい。話に聞いたことはありました」

「どういう話だったのか、詳しくお聞かせください」

「……男同士の他愛もない話でした。こっちの女性も悪くない。息ぬきも必要だとか……そんなことを羽山さんは言われてました」

エリート外交官であろうと、羽山守弘もどこにでもいる哀れな男だった。治安を理由にして、一緒に来なかった妻が悪い。身勝手な言い訳を作り、こっそりと女遊びを楽しんでいたのだ。

その話を羽山から聞いていながら、樫原は注意を与えなかった。男として当然の欲求で、現地に金を落とすことにもなる。そういうどこか高みに立った見方がなかったとは言えない気がした。もちろん井岡の邪推だ。が、石を丸呑みでもしたような樫原の心苦しげな顔から、それほど的外れでもなかったように思えた。たぶん外交官の中には、世界中の女を抱くことに熱心な男がいるのだ。またしても下劣な想像が胸をよぎる。

「羽山さんに、特定の現地女性がいたのでしょうか。もう時効になっている話だと思いますので、心当たりがあれば教えてください」

井岡は鋭い目を作って訊いた。正式な捜査だ。嘘はためにならないぞ。少し脅せば、外交機密でもないのだから、正直に打ち明けてくれる。

「……どういうことなのでしょうか。なぜ警察が今になって羽山さんの自殺を……」

「ある事件の補足捜査だとしか今は言えません。ただ我々は、大使館で働いていたかたはもちろん、病死された当時のベファレシア大使の家族からも話を聞くつもりです。特定の女性がいなかったでしょうか」

「そこまでは……聞いてませんでした。ただ、気に入った女性がいたのなら、何度も同じホテルを使わなくてもよかった気がします」

決まった女がいれば、二人で旅行に出かけたこともあったろう。女の部屋ですごしそうなものでもあった。それらしき話は出なかったという。

井岡はメモに目を落とした。羽山の自殺に疑わしさは残る。しかし、なぜベファレシアという異国で命を奪われねばならなかったのか。八年後に日本で、その裏事情を探ろうとした富川光範が、同じく自殺に見せかけて殺されている。

そもそもの発端は羽山の死であったわけか……。

「樫原さんは当時、木場重工業、またはアエロスカイ社の関係者とベファレシアで会われたことはありましたでしょうか」

井岡が確認すると、樫原は会社名を訊き直して首をかしげた。

「経済部の担当でしたので、レアメタル鉱山にかかわる各社と意見交換会を開いた覚えはあります。ですが、木場重工業は入っていなかったと思います。アエロスカイ社は外資なので、我々とは縁がありませんでした」

「ですが、木場重工業は自社のトラックを援助の名のもと現地に提供し、マーケットの開拓を図っていたはずなのですが」

沢渡がさらに質問を重ねた。樫原の表情はさえない。

「少なくとも大使館では接触していませんでしたね。もちろん両社が日本人の駐在員などを置いていた場合、領事部の者がお世話をしたことはあったかもしれません」

「しかし本来であれば、領事部が手がけるべき仕事も羽山さんは任されていたのですよね。ほかにも領事部の仕事を手伝う機会があったのではないでしょうか」

門間が食い下がるように訊いた。樫原が短く首を振った。

「残念ですが……わたしは聞いていません」


当時ベファレシアに赴任していた事務員を呼んでもらい、話を聞いた。が、外交官と事務員では職務が分けられていた。二人はともに政治部の所属ではなく、羽山の仕事を詳しく知る立場にはなかったという。

時刻は十六時四十分。一階のロビーへ降り、次の聞きこみ先を割り振った。ＪＩＣＡへの出向者は井岡が受け持つ。農水省の官僚は沢渡。自衛隊員を門間に任せた。

正面玄関を出ようとすると、ドアの横に立つ者がいた。女性の姿が視界をかすめ、井岡は驚きに足を止めた。声を発したのは門間のほうが先だった。

「あなたは……」

女が姿勢を正し、軽く一礼してきた。目を疑うとはこのことだった。瞬時に怒りが腹の奥で渦を巻いた。富川真佐子が笑みを刻んで井岡たちを見回した。

「まさか、こんなところで会えるとは思ってもいませんでした」

あきれた言いぐさだった。井岡は彼女を睨みつけた。

「狡い手を使わないでほしいな」

「誤解しないでください。わたしはあなたを尾行してきたわけではありません」

沢渡が横に近づき、耳打ちした。「信じていいと思われます。面会の約束がなければ、一般人はこのロビーに入ってこられませんので」

各省庁の玄関前にはゲートがあり、警備員が配されている。井岡も警察手帳をかざし、省内に入る許可を得たのだった。目を富川真佐子に戻して言った。

「誰と面会の約束を取りつけたのか教えていただけますかね」

「あなたがたが誰と会ってきたのか教えてくださるなら、わたしも正直に言いましょう」

井岡は固いフロアを踏みつけた。この女を甘く見すぎていた。夫の自殺に疑念を抱き、警察にねじこんだ女なのだ。井岡と別れた直後に何かしらの情報をつかみ、ここにたどりついたと見える。狂気と紙一重の執念がこの女を突き動かしている。

「取引を持ちかけても意味はない。我々がそこの受付で警察手帳を見せれば、あなたが誰と会うつもりなのか簡単につきとめられる」

「では、そうなさってください」

富川真佐子は井岡たちを見限るように視線をそらした。そのまま受付へ足早に歩いた。人の道に悖《もと》ることは何もしていない。そう訴えたがっている姿勢のよさだ。彼女は受付の職員と短く言葉を交わした。井岡たちを振り向きもしなかった。

「あの人なら別ルートから例の愛人にたどりつきますよ、絶対に」

「うるさい。いいから早く話を聞きに行け。ほら、急げ」

八つ当たりして門間を一喝した。

走り出ていく二人を見送り、富川真佐子を振り返った。彼女の姿は受付から消えていた。目で追うと、エレベーターへ向かう堂々たる後ろ姿が見えた。

7

中東アフリカ局のフロアでエレベーターを降りた。紹介された末広哲弥《すえひろてつや》は廊下の前で待っていた。型通りの悔やみを告げられたあと、まだ多くの職員が働く部屋に案内された。

「前原君から、すぐに電話をもらったんです。そのうえ山沼君からもメールが来ました。富川さんに協力しないと承知しないぞ。脅迫めいたメールでした」

窓辺に応接セットが置かれていた。末広哲弥は小声で言い、テーブルの上を片づけ始めた。真佐子は深く頭を下げた。前原が後輩の山沼綾乃にも連絡を入れ、働きかけてくれたのだった。心遣いが胸に染みる。

「主人は末広さんに会って何を尋ねたのでしょうか」

光範は死の三週間ほど前、末広哲弥を六本木のバーに呼び出していた。前原伸治を介して山沼綾乃と接触を持つ前のことだった。

「アフリカ諸国でレアメタル鉱山の開発が進んでいるので情報を仕入れておきたい。経産省も多くの事業にかかわっているので、もっとうまく円借款を利用する道はないか。電話をもらった時には、そう言われました」

「けれど、会うとニュアンスが少し違ったのですね」

口ぶりから察して問いかけた。末広哲弥がわずかに言いよどんだ。

「……当時の事情は確かに訊かれました。ですが、経産省であれば、多くの実績もあるので、通り一遍の情報は省内でも集められたはずなんです」

「つまり、主人の目的はほかにあった」

「何が訊きたくて呼び出されたのか、実を言うとよく理解できなかったんです。なぜなら――ある特定の人物について詳しく訊かれたからでした」

真佐子は目で先をうながした。

「ぼくの四期上の先輩外交官です。名前は羽山守弘。八年前ベファレシア大使館に勤務していて、現地で自殺をした人なんです」

鼓動が一気に跳ねた。名前を書きとめようとして手が震えた。

自殺――。

「本当に驚きました。どういう偶然なのか、あのあと富川先輩までが……。何があったんだろう。そう思いはしたんですが、先輩には動機というか、いろいろ警察が調べていたというので、あまり疑問には思わず……。でも、わざわざ呼び出されて、自殺した先輩外交官のことを訊かれていたので、偶然にしては恐ろしいと思っていたんです」

しかも、今になって未亡人が会いたいと言ってきた。後輩二人からも協力してくれとの依頼が入った。そこで初めて彼は、自殺という共通項に意識がいったと思われる。

「主人に何を教えたのか詳しく聞かせてください」

「教えたも何も……。ぼくは羽山さんとあまり接点がなかったもので。当時ベファレシア大使館にいて、今はＪＩＣＡに出向中の後輩を紹介しました」

夫はなぜ羽山という外交官の自殺に興味を覚えたのか。

井岡たちは、夫が契約していたもう一台の携帯電話から愛人の存在をつきとめた。その彼らも外務省を訪れていた。もはや女の勘ではなかった。ここまでくれば、論理的に導き出された解答と言っていい。

夫の浮気相手が外務省に勤めていた。もしくは、その身内が――。

真佐子は確認した。羽山の家族が今どこに住んでいるのか、を。

「ＪＩＣＡに出向中の後輩なら、たぶん知っていると思います」

「今すぐ電話をしていただけますか。富川の親族がぜひとも話を聞きたがっている、と」

気が急《せ》くあまり、命令口調になっていた。末広哲弥が驚き顔になる。だが急ぐ必要があった。井岡たちも羽山の同僚から話を聞くはずだ。悪くすれば、先手を打たれかねない。

富川の未亡人が訪ねてくると思うが、捜査に支障が出るので会わないでくれ。それぐらいの策は打ってきそうだった。

「お願いです。急いで連絡を取る必要があるんです」

近くの席にいた職員が何事かとこちらを見ていた。真佐子は席を立って頭を下げた。土下座でもやってのける自信があった。

末広哲弥が携帯電話を取り出し、番号ボタンを押してくれた。

「――あ、仕事中にすまない。実は今、富川さんのご家族と会ってるんだ。……そう、あの富川さんだよ。例の件で会ってくれたよな。何ぃ？」

言葉尻が高く跳ねた。真佐子は予測をつけて言った。

「刑事がそちらに向かったはずです」

末広哲弥が目を見張り、電話を耳から遠ざけた。

「どういうことです。何が起こってるんですか」

「電話を代わってください」

末広哲弥が手で待ったをかけた。後輩に許可を得てから携帯電話を差し出してきた。目礼して受け取り、素早く言った。

「突然申し訳ありません。富川光範の妻です」

「ああ……。このたびはご愁傷様でした――」

月並みな悔やみの言葉をさえぎって、真佐子は告げた。

「警察庁統計係の刑事がそちらにうかがうと思います」

「どうして、それを……」

予測が当たった。外交官までが自殺しているのだ。考えることは同じだった。

「お願いがあります。わたしがそちらへ向かうまで刑事たちに会わないでいただきたいのです。富川光範の妻として、わたしも主人が何を突きとめようとしていたのか知る権利があるはずです。警察は間違いなくあなたに口止めを依頼すると思われます。突然主人を亡くし、わたしたち家族は苦しんできました。本当のことを知りたいんです。お願いします。主人はどうして羽山さんの自殺に関心を持ったのか。教えてください」

声を振りしぼった。視線を強く感じた。形振《なりふ》りかまってはいられなかった。

「突拍子もないことを言うようですが、主人は羽山さんの自殺に疑問を持ったのだと思います。その主人も汚職の罪を着せられ、自殺に見せかけられています」

「まさか、そんなこと……」

「本当です。だから刑事たちがそちらにうかがうのです。主人の目的は羽山さんの自殺について詳しく訊くことだった。そうですよね」

「はい……そのことは確かに訊かれましたが――」

「今すぐそちらへうかがいます。刑事たちに何を言われようと、わたしにも同じ話を聞かせてください。お願いします」

8

本当に侮れない女だ。執念と言えば聞こえはいい。夫の不可解な行動の裏には女が関係する。隙間風の原因は夫のほうにこそあった。八年も前から家族を裏切ってきたのだから。あげく命を落とし、残された妻子を今も苦しめている。その遺恨を晴らそうと懸命だった。

男の一人として、富川光範の気持ちがいくらか実感できた。たとえ夫が浮気をしていたにせよ、妻の性格が豹変するとは思いにくい。夫婦の暮らしのそこかしこに油断ならない空気が張りつめていたはずだ。妻とした女の隠された一面を知り、男は一人で息をつめる。別れを切り出す覚悟を持てない者は、平穏な日々の鋳型に自分を押しつけて身を細める。

一切の我慢もせずに得られる幸福などは存在しない。自分も同じだった。もしかすると富川光範は本気で離婚を考えていたかもしれない。だから、昔の恋人の亭主であった男の死を調べ始めた。何かしらの手がかりを得ることで、自分と羽山依子——二人の決意をうながせるのではないか。そう甘いことを考えた結果に思えてきた。

　富川真佐子も夫の行動の背後に女の気配を悟り、秘めた真意を嗅ぎ取っていた。だから執念を燃やした。男も女も、見苦しいまでに己の矜持《きようじ》を守りたがっているようだった。

　一台のタクシーがＪＩＣＡ本部の前に到着した。後部ドアが開いた。受付へ走りだした足が止まり、彼女は井岡に気づいた。驚く素振りは見せなかった。あんたら男たちに先手を取られてなるか。背中が薄ら寒くなるほどの執着心が目に映りこんで見えた。

「公務執行妨害という罪状がちらりと頭をよぎりましたよ」

　挨拶代わりに井岡は言った。富川真佐子は歯牙にもかけず、とがったあごをつき出した。

「先に話を聞いたのね」

「いいや。男の風上にも置けず、尾崎敏昌《おざきとしまさ》はフェミニストだった」

　富川真佐子が来るまでは話せない。聴取を迫られて弁護士を呼べと言う被疑者に負けない頑《かたく》なさだった。彼なりに責務を感じていたのはわかる。だが、しがない刑事よりも、官僚仲間の妻のほうに協力したい。そういう身内意識が強く感じられた。

「さあ、行きましょうか」

　キャリア幹部をエスコートするノンキャリアの一員として、井岡は彼女を三階へ案内した。エレベーターの中で顔色を見ながら切り出した。

「ご主人の同期に外交官がいましたかね」

「いいえ……」

無表情に首を横に振られた。ほかには考えられなかった。富川光範は木場重工業とアエロスカイ社に接触を図った。両社がベファレシアで何らかの仕事をしていた。そう考えたからなのだ。仕事を兼ねた援助であれば、真っ先にＯＤＡが思い浮かぶ。調査を進めるには、外務省の知り合いを頼るのが手っ取り早い。井岡と別れたあとに、夫と親しかった外務省職員を探したに違いない。刑事さながらの行動力だった。

尾崎敏昌は会議室で待っていた。井岡には出さなかった名刺を渡し、丁寧な悔やみの言葉を述べた。警官を軽く扱うのだから、プライドの高さは見上げたものだ。しかも彼は富川真佐子のみに椅子を勧めた。出ていけ、と言われなかっただけましかもしれない。そっと壁側に立ち、二人の話を聞かせてもらう。

「主人は尾崎さんから何を聞き出したのでしょう」

「ベファレシアでレアメタルの試験採掘が始まっている。その情報を集めたいと言われました」

「でも、羽山守弘さんの自殺についても訊いたわけですよね」

「はい。ですけど、末広さんから概略は伝えられていたようでした。しつこく訊かれたわけではなくて」

「では何を……」

「経産省に勤められていたからでしょうか。レアメタル鉱山の開発に羽山さんがどの程度かかわっていたのか。その辺りのことに強い関心を抱かれてました」

富川真佐子が無言でうなずき、先をうながした。

「あのころからレアメタル鉱山の開発が始まり、受注を狙って日本企業がベファレシアの政府筋に働きかけをしていたと思います。ですが、羽山さんは経済部の所属ではなかったので、日本企業との接触はほとんどなかったはずなんです」

「その話を聞いて、主人は納得したでしょうか」

「いいえ。不思議そうな顔をされていました。羽山さんは自殺される前、疲れたと周囲にこぼしていたと聞いたので、その原因に心当たりはないか、どんな仕事に追い立てられていたのか、そう訊かれて、ちょっと思い出したことがあったんです」

樫原良三も言っていた、難民キャンプに出向いた件だ。

「大変な仕事だったと聞きました。大使館に戻ってきたあと、通訳の者がもう国境には行きたくないと言いだして、一時は辞表を出したほどでしたから」

「羽山さんが自殺された状況を詳しく教えてください」

「富川さんは、そう詳しく訊かれませんでしたが……」

尾崎の口が重くなった。彼はやはりフェミニストなのだ。身内の外交官が現地の女を買っていた。その事実を恥と考えているのがわかる。

「主人の自殺と似てはいないか、気になるんです」

そこまで言われたのでは、心優しきフェミニストも打ち明けないわけにはいかなかった。樫原良三よりオブラートにくるんだ表現で、同じ話が語られた。

「待ってください。羽山さんはホテル住まいだったのですか」

「いいえ……大使館で借り上げたマンションがあり、そこに住んでました」

「なるほど。ホテルで女を買っていたのですね」

よどむことなく富川真佐子が言った。軽々しい否定は許さない、との威圧までが感じられた。気圧《けお》されたかのように尾崎の声が細くなる。

「まあ、そういう噂はあったみたいですが……」

「もしかすると、そのホテルを利用する日本人がほかにもいたのではないでしょうか。たとえば現地の駐在員が、羽山さんと同じようにそこで女を買っていたとか……」

男心を読み切った問いかけだった。尾崎がまた言いよどむ。

「そうですね……もしかしたら、そういうことがあったかもしれません」

「当時ベファレシアに木場重工業とアエロスカイ社が駐在員を置いていなかったでしょうか。そう主人は訊いたと思うのですが」

「──はい。確かに訊かれました。でも、十年近くも前のことなので、在留届をふくめた当時の記録が残されているかどうか……。確認を取るのはかなり難しいだろう。そうお答えしました。――でも、警察であれば、法務省が保存する渡航記録は調べられますよね」

初めて尾崎が井岡に目を向けて言った。

そう。警察なら調べられる。だが、経産省のエリート官僚であっても、法務省の記録を調査はできない。だから富川光範は木場重工業とアエロスカイ社の者に接触を図ったのだ。

井岡には想像がついた。おそらく夫のほうも、たった今富川真佐子が口にしたのと同じ疑問を抱いたのだ。羽山が自殺したホテルを利用する日本人駐在員がいたのではなかったか、と。

夫は本当に自殺だったのか。そう羽山依子も考えていた。富川に雑誌の記事を見せられて、胸に閉じこめておいた疑念を打ち明けた。男はその話を聞き、女のために調べてみようと決意を固めた。幸いにも自分は官僚で外務省に知り合いがいる……。

すべては羽山依子のためなのだった。

死んだ夫への想いを女がまだ捨てきれずにいる。自分であれば、女の苦痛を解いてやることが、きっとできる。どうか自殺であってくれ。そう念じながら、富川は外務省の後輩から話を聞いた。確かに不可解な点が見受けられる。あのホテルをよく使っていた日本人がもしほかにもいたとなれば……。

井岡は壁の前から言った。

「難民キャンプから戻ったあと、羽山さんはまた国境の近くに出向きましたよね」

すぐさま富川真佐子が反応した。まだほかにも情報をつかんでいたのか。睨むような視線をぶつけられた。

「ああ……はい、そんなことがあったかもしれませんね」

「樫原良三さんから聞きました。通訳として働いていた日本人が交通事故で死亡した、と。国境ぞいの難民キャンプまで出かけた経験があるので、また羽山さんが向かうことになったとか」

「ええ、そうでした。確か身寄りのない方で、遺体の引き取り手を探すのに領事部が苦労していたような覚えがあります」

井岡が言うより早く、富川真佐子が訊いた。

「その通訳の人が働いていた日本企業がわかりますか」

「どうでしたか……。わたしは領事部の者ではなかったので」

「井岡さん、調べられますよね」

彼女も同じことを考えていた。事故で死んだ日本人の身元確認に出向いた際、木場重工業あるいはアエロスカイ社の者と知り合ったのではないか。

その出会いが羽山の死につながった。そして、羽山の死の真相を探ろうとした富川光範までもが――。

富川真佐子がスマートフォンを取り出し、指先で弾きだした。過去の新聞記事を探っているのだ。目を血走らせ、そこに夫の女の名前を見出そうとするような勢いだった。

一分もせずに彼女が井岡を振り返った。

「見つけました。九年前の新聞です。十月十九日。ボランティアでベファレシアに渡っていた男性が交通事故で死亡してます」

彼女に歩み、差し出されたスマートフォンを見つめた。五行ほどの短い記事だった。

死亡した男性の名前は、梶尾聡《かじおさとし》。二十九歳。

おそらく富川光範もこの記事に行き着いたのだった。

第三章　暗がりから聞こえる声

1

この先は充分に気をつけてほしい。井岡は執拗に言った。できれば毎日連絡をくれ。刑事が念入りに忠告を与えるのだから、犯人に近づいているのは疑いなかった。

まだ何か言いたそうな井岡を振り切り、真佐子はＪＩＣＡの入るビルを出た。四ツ谷駅へ走ると、さすがに追ってはこなかった。後ろを確かめてからスマートフォンを取り出した。

梶尾聡――。警察は苦もなく素性を突きとめる。その情報は、まず間違いなく真佐子には提供されない。調べ出す方法はこちらにもあった。記事が出たのだから、新聞社が取材に動いたはずなのだ。砂山光樹のいる社であれば、ベファレシアに近いアフリカの国にも支局を持つ。

「凄い人だな、あなたは……」

電話で砂山に経緯を伝えた。羽山守弘という外交官が在留邦人の事故死を確認するため、再び国境地帯へ出向いた。その際に日本企業の関係者と知り合ったのではないか。だとすれば、梶尾聡が通訳を務めていた会社名が重要になる。

「待ってください。もしかすると、その通訳の若者が働いていた企業から……」

夫が金を得ていたのではなかったか。そう考えたくなる気持ちはわかる。けれど、絶対にありえなかった。真佐子は言った。

「警察も関心を持っているようでした。でも夫が何をしていたのか、自分の手で突きとめたいのです。何かわかれば必ず報告させてもらいますので、協力をお願いします」

「わかりました。国際部に問い合わせてみましょう」

お堀端に建つ新聞社のビルまではタクシーで十分とかからなかった。受付で砂山の名前を告げて入構証を受け取った。

午後七時。まだ多くの記者が働いていた。砂山に案内されて国際部のフロアを訪ねた。

「今ロンドン支局にいる高野ってやつが記事を書いたみたいですね」

国際部のデスクから連絡先のメモを渡された。スマホをつかむと、さらにもう一枚の紙を見せられた。新聞記事のコピーだった。

「もう少し詳しい記事も見つかりました。死亡した男性の出身地に当たる栃木の地方版です」

異国の地で働く若者が不幸にして事故死した。出身地でなら、それなりの報道価値があると見なされたのだろう。東京に住む者には見落とされがちな記事だった。

コピーを受け取った。新たな情報が記事の最後にまとめられていた。

――梶尾さんは栃木県粟坂《あわさか》市出身。宇都宮《うつのみや》の看護学校を卒業後、青年海外協力隊に参加してアジアやアフリカの紛争地域で働いた経験を持つ――。

記事に目を通して唇を嚙んだ。青年海外協力隊。JICAが統轄するボランティア事業だった。

急いでスマホを握り直した。つい先ほど話を聞いたばかりの尾崎敏昌に電話を入れた。幸いにも彼はまだJICAにいてくれた。

「実は、ベファレシアで事故死した梶尾聡という男性は青年海外協力隊に参加した経験を持つとわかりました。そちらに情報があれば、ぜひ知りたいのです。お願いできないでしょうか」

「九年も前だと、参加者の名簿が今も残されているかどうか……」

個人情報に触れる協力は役人としてできかねる。そのニュアンスが色濃く感じられた。

「お願いです、尾崎さん。週刊誌の編集部に勤めていますから、ネットを通じて大々的に告知すれば、ある程度の情報は集められると思います。でも、時間がかかるし、むやみに注目を集めてしまいます。ご迷惑は決しておかけしません。人の死にかかわる問題なんです。当時のことを知るかたを紹介してくださるだけでもいいんです。お願いします」

「しかし、これ以上の協力はちょっと……。うちも個人情報の秘匿には気を遣えと言われてるんです。どうかご理解ください」

プライバシーの壁に行く手をはばまれた。宇都宮の看護学校に片っぱしから電話を入れても同じ結果になるだろう。落ち着け。捜査権がなくとも、多くのジャーナリストが調査報道を行ってきている。足がかりはあるはずだった。

「富川さん……」

名前を呼ばれて顔を上げた。砂山光樹が憐れむような目を向けていた。フロアの者が皆、急に叫びだした真佐子を見ていたと思う。

「少し落ち着きましょう。手はまだありますよ」

藁《わら》にもすがる思いで砂山を見返した。礼を言って電話を切り、呼吸を整え直す。

「いいですか、富川さん。支局のベテラン記者は人脈作りが仕事みたいなものなんですよ。人捜しのつてを多くの者が持ってると思ってください。支局に相談すれば、何とかなるかもしれない」

砂山が言ってデスクへ歩き、受話器を手にした。宇都宮支局の番号を若い記者から聞き、問い合わせの電話を入れた。

「……ええ、そうなんです。ベファレシアで交通事故にあって死亡してます。梶尾聡。過去には青年海外協力隊に参加してアジアやアフリカでボランティア活動をしていたようで。実は、汚職事件につながるかもしれないという情報があるんです。……ええ、収賄の疑いをかけられて自殺した官僚の家族にも協力してもらってます。ひょっとすると何か裏があるのかもしれません。……はい。ではよろしくお願いします」

砂山が受話器を手にしたままOKサインを送ってきた。

真佐子は深く頭を下げた。この時間ならまだ新幹線の最終に間に合う。いざとなれば、自ら宇都宮支局に足を伸ばすまでだった。

2

梶尾聡、二十九歳。

井岡は警察庁に戻り、法務省に協力を求めて記録を当たった。苦もなく渡航歴は判明した。

二十二歳の春にカンボジアへ渡り、二年間滞在。その一年後にフィリピンへ三ヵ月。二十六歳の春から一年間をモーリタニアですごす。二十七歳の秋にフランスへ五ヵ月。ベファレシアへ渡ったのは死亡前年だった。

フィリピンとフランスは短期間なので語学研修かもしれない。長期にわたる渡航先の三ヵ国は途上国だった。国際援助にかかわる仕事に就いていた可能性は高い。

戸籍から出身地は栃木県粟坂市とわかった。宇都宮の北三十キロほどの町だった。父親は聡が二歳の時に死亡。母親は十四歳の夏に亡くなっている。兄弟はなし。となると、聡が死亡した際、誰が遺体を引き取ったのか。

農水省の官僚に話を聞きに行った沢渡からは収穫なしの電話が来た。事情を伝えて警察庁に戻れと指示を出した。その後、井岡は再び外務省へ急いだ。時刻は十九時。正式な捜査協力を求めたうえで過去の資料を当たってもらう。

書類の電子化が進んでいるため、五分で結果が出た。梶尾聡の父親の兄の息子が、一人でベファレシアへ遺体を引き取りに来ていた。事故死から九日後のことだった。親族間で誰が引き取りに行くか、決まらなかったせいだろう。

遺体の確認と引き渡しを担当した羽山守弘は死亡している。父親の甥――聡にとっては従兄――に当たる男性に会ってみるしかなかった。梶尾佳市《けいいち》、当時四十一歳。住所は埼玉県越谷《こしがや》市。所番地から集合住宅だとわかる。

沢渡に指示して警察庁から地元署に確認を取らせた。管内の住民情報を地域課が集めている。十分ほどで連絡が来た。

「巡回連絡カードで確認が取れました。今も同じ場所に住んでますね。勤務先は地元の板金工場。住所と電話番号を聞き出しました。よろしいでしょうか」

仕事が早い。メモに取り、勤務先に電話を入れた。

本日は営業を終了させていただきました。女性の声でメッセージが流れた。二十時五分。埼玉の越谷なら、一時間もあれば到着できる。正式な聴取にしたいので、門間を呼び出した。自衛隊からの出向者は青森県の三沢《みさわ》基地に赴任中で、電話を入れたが、まだつかまっていないという。

東武伊勢崎線の北越谷駅で待ち合わせた。タクシーを走らせる間にも、梶尾佳市の情報が沢渡からメールで送られてきた。独身。離婚歴あり。その父親は梶尾聡がベファレシアで事故死する二年前に死亡。母親は長野県飯山《いいやま》市に在住。

駅から歩いて十五分ほどの線路脇にアパートはあった。梶尾佳市は帰宅していなかった。交代して食事を取りつつ、アパートの前で時間をつぶした。

二十一時半になって、赤ら顔の小男が帰宅した。食事のついでに酒でも呑んできたらしい。後ろから近づいて声をかけた。

「警察庁統計係の者です。梶尾聡さんが亡くなった時、ベファレシアまで遺体を引き取りに行かれましたよね」

梶尾佳市が棒立ちになった。井岡の顔と警察手帳を忙しなく見比べた。

「ええ、はい……でも、どういうことでしょう」

「詳しくは話せませんが、ある事件に関連する捜査です。ここでは人目がありますので、部屋の中で話をうかがわせてください」

　四十九歳の独身男が小綺麗な部屋に住んでいるとは思わなかった。脱ぎ散らかした衣類とゴミが散乱し、饐《す》えた臭いが充満していた。人のことを言えた義理ではなかったが、予想を超える惨状だった。部屋を片づけ始めた梶尾佳市を手で制し、玄関で立ったまま話を聞いた。

「……ええ、ベファレシアに行くことは行きましたよ。けど、聡のことはろくに知りもしませんでした。あいつがベファレシアへ行く時、身元保証人っていうんですか、連絡先としておれの住所を勝手に使ったらしくて、外務省の人から連絡が来たから、それで仕方なく現地まで行ったんです」

　とんだ貧乏くじだった。今も損な役回りが続いている。だから薄汚い部屋に住むしかない。そう言い訳をしたそうなむくれた顔で梶尾佳市は愚痴を言い続けた。

「あいつの親父さんは早くに亡くなったんで、ろくに会ったこともなくて……。うちの家族は栗坂市をとっくに出てたし、体裁が悪いって、うちのおふくろが嘆くから、とりあえず行くことにしたんです」

あきれたことに、聡本人とはほとんど会った記憶がないという。幼いころ親戚の法事か何かで顔を合わせたと思うが覚えていない、と胸を張られた。

「ま、仕方ないのかもしれませんよね。親も兄弟もなかったし、頼れる親戚ったって、うちの一家くらいだったと思いますよ。でも、勝手に名前を使わないでもらいたいですよ。電話くらいくれりゃあよかったのに」

愚痴につき合ってもいられないので、本題に入った。

「現地で対応してくれた外交官のことを覚えてますよね」

「ああ……。背の高い若い人でしたね。まだ三十前の」

当時の羽山守弘は四十歳。井岡は借りてきた写真を見せた。

「この人ではなかったでしょうか」

「ええ、違いますよ。もっと若い人でした。ただ……もしかすると出迎えの中に、こんな感じの人がいたかもしれませんね、よく覚えてませんが」

門間が目配せを送ってきた。遺体の引き取りに国境ぞいの町に出かけたが、後始末は領事部の若い事務員にでも任せたのだろう。

「聡さんはベファレシアでどんな仕事をしていたのか、ご存じでしょうか」

「ええ、通訳をしてたとか……。あの子が何度も海外へ行ってたなんて、まったく知りませんでした」

「通訳をしていた会社の人とは会いましたよね」

　意外にも、あっさりと首を横に振られた。

「いえいえ……。冷たいもんですよね、会社なんてのは。通訳として契約したばかりだったとかで、まだろくに仕事をしてなかったこともあったんでしょうね。誰一人、焼き場にも顔を出しませんでした」

　今もその対応が許せないとばかりに、梶尾佳市は肩を怒らせてみせた。

「会社名は覚えておられますか」

「そりゃ無理ですよ。あの時は聞いたと思うけど、現地の名前なんて、まったく耳に馴染みがないですから」

「待ってください。日本企業ではなかったのですか」

　門間が詰問口調で問いただした。梶尾佳市は涼しい顔のままだった。

「ええ、そうでしたけど。確か……地質調査か何かを手がける日本企業と契約する現地の会社だったかと思います。土木関係か何かの……」

　予想もしない成り行きに、井岡も重ねて確認した。

「では、聡さんは日本企業と契約してベファレシアへ向かったわけではなかった、と」

「どうだったんですかね。その辺りのことは何も……。でも確か、一年近く前から現地で働いていたとか聞いた覚えがあるような……」

渡航記録からも確認はできていた。梶尾聡は前年の十月にフランス経由でベファレシアに入っている。当初は日本企業と契約していたとも考えられる。が、七ヵ月後にその仕事を離れ、現地の会社と契約を結び直したケースもありそうだった。

遺体の確認に出向いた羽山守弘であれば、その辺りの事情は聞いていたと思われる。だが、肝心の羽山は死亡している。遺体を引き取りに行った身内も事情は知らない。ほかにたどれそうなルートはあるか……。井岡は質問を変えた。

「遺体を引き取られた時、遺品などに日本企業を思わせるものはなかったでしょうか」

「遺品と言っても、ねえ……。国境地帯に近い田舎町だったらしくて、借りてた部屋には着替えぐらいしか置いてなかったって聞きました」

「あなたは現地のアパートを見ていないのですね」

「当然ですよ。だってすぐ隣の国では内戦が続いていたんですから。現地の業者に任せれば、部屋は引き払えるっていうんで、大使館の人にやってもらったんです」

まさしく彼は遺体を引き取りに行っただけだったらしい。言葉は通じない。治安がいいとは言えない。そう親しかった親族でもない。やむをえない対応だったろう。

「では、日本の住まいの処理はどうされたのでしょう」

「そっちも業者に処分してもらいました。彼の通帳にいくらか金が残ってましたからね。

残りは、うちの母親が相続させてもらいました。最も近い親族だったんで問題ないと思いますけど」

　おそらく自宅には、契約先の企業に関する書類などが残されていたはずだ。が、彼らは梶尾聡の勤務先に興味を持ってなどはいなかったろう。

「事故の詳しい状況は外交官から説明を受けましたよね」

　井岡の質問に、梶尾佳市が初めて痛みを覚えたような顔になった。

「ひどい話ですよ……。犯人は捕まらなかったみたいで」

「犯人――というと、轢《ひ》き逃げですか」

「ええ、警官もろくにいないような田舎町だったらしくて。捜査も日本とは比べものにならなかったでしょうし。血液からかなりアルコール分が検出されたとかで、彼にも落ち度があったんじゃないか、ふらふら道を歩いてたから撥《は》ねられたんだ、とかも言われました。向こうの田舎道なんて、ろくに速度制限もなかったんでしょうね。かなりひどい有様で道端に倒れてたようなんです」

　予測は裏づけられた。遺体の損傷が激しく、血液型や所持品から身元が特定されたのだ。当時のベファレシアでＤＮＡ鑑定がされたとも思えない。その辺りの詳細を今から現地の警察に問えるかも疑問だった。

　梶尾聡が青年海外協力隊に参加していたことについても尋ねた。が、興味もないとばかりに首を振られた。ベファレシアで働いていたと聞き、親族一同が大いに驚かされたのだという。

完全な無駄足だった。収穫なし。それでも門間がしつこく食い下がった。

「聡さんの学歴や職歴、友人関係など、知っていることはないでしょうか」

梶尾佳市は難しそうな顔を作り、首をひねった。

「うちの母もあの子のことはほとんど知らなくて……。母親に言わせると、ちょっと可哀想な子だったらしいですね。父親が借金苦で自殺したせいもあったと思いますよ」

またも自殺だ……。

ここまで多いと、素直には受け取れなくなる。梶尾聡という男の周囲に、こうも自殺が続くという偶然があるものだろうか。

「自業自得だなんて、うちの母親は言ってましたけど。どうも遊びの好きな人だったようで、賭け事に手を出してたらしくて。それで借金をかなり作ったみたいですね。でも、相続の放棄とかで、家族に借金は残らなかったらしいけど……近所の人にはいろいろ言われますよ。で、あの子の母親は嫌気が差して、どこかの男と逃げ出したとか聞きました。だから、親戚に引き取られたりといろいろあったみたいで……。根は真面目な子だったらしいけど、あとのことはよく知らなくて……」

父親の自殺についても調べてみる必要がありそうだった。

3

宇都宮で新幹線を降りた。粟坂へ向かう列車を調べていると、早くも砂山から電話がきた。

「見つかりましたよ。梶尾聡。粟坂市内の太田《おおた》第二小学校を卒業してました。支局の者が、出身地に近い小学校を出た者を探して話を聞いたところ、すぐにわかったそうです」

青年海外協力隊に参加した経験を持ち、異国の地で事故死したのだ。地元ではそれなりの話題になったと思われる。

真佐子はまず新聞社の宇都宮支局を訪ねた。

情報源は太田町で町会長を務める老人だった。五十年以上にわたって地元で不動産業を手がけ、かつては市議会議員でもあったという。

遅い時間を承知で電話を入れた。七十六歳になる町会長はまだ就寝前だった。息子の知り合いが梶尾聡の同級生を知っている。明日の朝にまた電話をくれ、連絡先を聞いておこう。そう言われた。

駅前のビジネスホテルに泊まり、始発の東北本線に乗った。粟坂駅の到着は午前七時二十三分。街道沿いのファミリーレストランで時間をつぶし、八時半になるのを待って電話を入れた。

元同級生の女性が今も粟坂市内に住んでいるという。丁寧に礼を言ってから、教えられた同級生の電話番号を押した。

突然で申し訳ないが、異国の地で亡くなった梶尾聡さんの取材をしている。彼は青年海外協力隊の一員としてカンボジアで働いた経験を持つ。ボランティアに打ちこんだ志を記事にしたい。美辞麗句を並べ立て、話を聞かせてほしいと申し入れた。

「すみません……。わたしは梶尾君のこと、ほとんど知らないんです。同じクラスだった子から聞いたほうがいいと思います」

別の女性を紹介された。連絡先を聞き出して電話を入れた。

「えっ？　梶尾君のことですか……」

第一声から逃げ腰なのが受け取れた。先ほどの女性も同じだった。

「ごめんなさい。わたしはよく知らないので……」

「でも、五、六年生の時、同じクラスでしたよね」

「本当に何も知らないんです。中学の同級生のほうがよく知ってるんじゃないでしょうか。申し訳ないですが、わたしに話せることは何もありません」

こちらが言い返す暇もなく電話を切られた。

仕方ないので、町会長から教えられた女性に再び電話を入れた。断られたことを伝え、ほかに心当たりはないかと訊いた。

「そうですか……。あの子、昔からちょっと臆病なところがありましたから。同級生の男の子なら、たぶん少しは梶尾君のこと知ってると思います」

臆病、という言い方が気になった。

「なぜ臆病だと協力してもらえないのでしょうか」

「え？　だから梶尾君のこと、取材してるんじゃないんですか？」

彼女のほうが驚いていた。意味がわからず、真佐子は訊いた。

「どういうことでしょう。わたしは編集部の者に言われて、ボランティアに打ちこんできた梶尾さんの取材をしに来たんですが……」

「じゃあ、本当に何も知らないんですか？」

「はい……。何か特別な事情でもあるのでしょうか」

電話口で同級生の女性が黙りこんだ。息を大きく吸う音が聞こえた。

「……単なる偶然だとは思うんです。でも、仲間内でちょっと冗談半分に言う人がいて。梶尾君にかかわると、命が危ないって……」

命が――。

「ほら、梶尾君、もう亡くなってるじゃないですか。だから、梶尾君のこと悪く言うと、呪われるって……。そういう怖い話が映画とかでよくあるじゃないですか」

気を落ち着けて、真佐子は確認した。

「実際に、呪われたような人がいるのでしょうか」

「……よくわかりません。偶然だと思うんです。でも、梶尾君の同級生が何人も——亡くなっていて」

まさか自殺ではないのか。そう尋ねたのでは、相手をさらに怖がらせてしまいそうに思えた。

「どういう亡くなり方をしたのでしょうか」

「それが……どうもみんな、自殺したみたいなんです」

ファミリーレストランの出入り口で真佐子は後ろを振り返っていた。もちろん誰もいない。けれど、何者かに見られているように感じた。こうして梶尾聡のことを調べていくうち、光範は命を奪われたのだった。

もはや偶然ではない。絶対に違う。

梶尾の遺体を確認に行った羽山守弘。その死を調べようとした富川光範。さらに同級生が何人も……。梶尾聡の周辺でこうまで自殺者が続くとは考えにくい。そのうちの一人、光範は絶対に自殺ではない。自殺に見せかけて殺されたのだ。断言できる。つまりほかの者も——。

ぜひ会って話を聞かせてほしい。そう頼んだが、快い返事は得られなかった。口では偶然だと言いながら、彼女も恐怖心に縛《しば》られているのだった。

「梶尾さんと親しかった友人を教えてください」

「さあ……。わたしはクラスが別だったので」

「同窓会の名簿などがありますでしょうか」

ある、と言われた。これから家を訪ねていいか、と訊いた。それならファクシミリを流します。よほど自分が協力したことを人に知られたくないようだった。協力してもらった支局の番号を教えた。

「あの……わたしから住所を聞いたなんて誰にも言わないでください」

「約束します。名簿の中で、梶尾さんについて話をしてくれそうな人の当てはありますか」

「もしかしたら……」

一人だけいる。梶尾とは三、四年時のクラスメートで、児童会長を務めた男性だった。自分が教えたとは絶対に言わないでくれ。またも念押しをされた。

支局に電話を入れて事情を伝えた。送られてきた名簿を画像にしてメールで送ってもらった。タブレットで確認すると、男性の住所は那須塩原《なすしおばら》市。勤務先は市役所の財務課。すぐに電話を入れた。

真佐子が取材の中身を告げると、市村和宏《いちむらかずひろ》は怒りを秘めたような声で言った。

「ええ、はい……。梶尾君のことはよく覚えています。最初に断っておきますが、呪いだとか、死神だとか、おかしな超常現象を期待しているなら大間違いですよ」

「しかし、多くのかたが自殺を……」

「死んでいるのは確かです。けど、それぞれよく人となりを見ていけば、当然でもあるとわかりますよ。あいつらは昔からだらしない連中でした。もめ事ばかり起こしてたし、金銭にもルーズだったし、無茶なこともたくさんやってきた連中なんです。こう言ったら何ですけど、自分で自分の首を絞める結果になったんですよ。呪いだなんて冗談じゃない」

語気鋭く断言された。

時刻表を検索すると列車の時間がかなり空いていた。昼休みなら時間が取れると言われたので、レンタカーを借りた。出費を惜しんではいられなかった。

市村和宏は声の印象と違って小柄な男だった。器械体操でもやっていたのか、二の腕が太く、動作も機敏だった。真佐子に折り目正しく一礼すると、庁舎内の食堂に案内してくれた。

「本当に呪いの取材じゃないですよね」

どこまで正直に伝えていいか。ある意味、呪いよりもっと恐ろしい事実を見すえることになる。

「梶尾さんは青年海外協力隊に参加し、途上国で働かれてきました。そのことはご存じだったでしょうか」

聞こえのいい話から切り出した。市村の視線がテーブルに落ちた。

「いいえ……。アフリカで彼が亡くなった時、新聞に記事が出て。それで初めて知りました」

「では、連絡はほとんど取り合っていなかったのですね」

「彼は人づき合いが得意なほうではなくて。クラス会にも出てきませんでした。というのも、あいつらがいたから、と言っていいと思います」

「自殺した人たちのことですね」

「どうしようもないやつらでしたよ。勉強はまったくしないし、クラスのみんなに迷惑かけてばかりで。梶尾君はおとなしくて口答えをしない性格だったので、よくいじめの対象になってたと思います」

田中俊英《たなかとしひで》。江原達也《えばらたつや》。小林勇《こばやしいさむ》。徳山良人《とくやまよしひと》。四人の名前が語られた。

「梶尾君のお父さんは自動車修理工場を営んでいたと聞きました。けれど、仕事がうまくいかず、何か遊びにも手を出して、それで借金がかさんだすえに……自殺したんです」

父親までが、自殺……。

梶尾聡が二歳の時だったという。

家と工場を失い、聡と母親は市内に住む母方の親戚と同居を始めた。ところが、母親が仕事で仙台へ行き、それきり家に戻らなくなった。その後に再婚したと聞くが、聡を引き取ることはしなかった。

「彼のお母さんにも事情はあったと思います。借金を残して旦那さんが自殺したわけですから……。相続放棄をして、二人が借金を背負うことはなかったようですけど、世間体はかなり悪かったでしょうし。でも、子どもを捨てるようにして町から逃げるなんて……ちょっとひどすぎますよね」

聡はそのまま親戚の家に残された。母親の叔父夫婦との同居が続いたという。

「子どもがいない夫婦だったので、最初は養子になるという話もあったみたいです。でも、梶尾君にしてみれば、お母さんと暮らしたかったんでしょうね。何度か家出をしたり、親戚夫婦と口を利かなくなったりして……。ご飯も作ってもらえない時期があったとか聞きました……」

聡が七歳の時だった。見かねた児童相談所が仲裁に入った。けれど、母親は体調の悪さを理由に聡を引き取ろうとしなかった。再婚相手が暴力事件を起こし、とても子どもを引き取れる状態になかったらしい。

「ところが、ちょうどそのころでした。梶尾君を引き取ってた母親の叔父さんが病気になって。その叔父さんの看病に疲れ果てた叔母さんまでが体調を崩してしまい……。二人は彼をやっぱり引き取ることにした、しっかり育てるつもりだ、そう言いだしたらしいんです。たぶん心細くなったんでしょうね。それから梶尾君はずっと、叔父さん夫婦の看病をすることになったんです」

そりの合わない親戚と暮らし、小学生のころから二人の看病を担わされた。言葉を換えるなら、自分たちの看病をさせるために聡の面倒を見ると言いだしたも同じだった。

「母親とは暮らせそうにない。親戚の看病をしていかないと施設に預けられてしまう。彼としては我慢するしかなかったと思います。でも、そういう状況が余計に彼を苦しめたんです」

ある日、小学校の先生が聡の暮らしぶりを生徒の前で告げたのだという。

「たぶん、あの先生は梶尾君を勇気づけるつもりだったと思うんです。けど、それを機に、彼だけが特別扱いされるようになっていって……。梶尾君はえらい。だから宿題を忘れても仕方ない。みんな彼を見習いなさい。先生が一人の生徒を誉め続けて特別扱いしたら、面白く思わない生徒だって出てきますよね」

陰湿ないじめが始まったのだ。教科書やノートをトイレの便器に捨てる。上履きを切り刻む。ランドセルを焼却炉に投げ入れる。

市村の声に怒りの熱が帯びた。

「まったく理不尽な話ですよ。でも、親たちが悪いんです。おかしなことを子に吹きこむから……。あの子の父親は借金を残して町の者に多くの迷惑をかけた。母親は男と逃げて、捨てられた子だ。住むところがないから親戚の看病をしているにすぎない。誉められた子なものか……」

親の噂話が子に広まり、聡への嫉妬がゆがんだ形で噴出していった。そのうちに担任の教師が気づいた。だが、いじめはやめなさい、そう指導があっただけだという。体への危害が少なかったため、いじめの首謀者を突きとめることまではされなかった。

「中学は別だったんで、あのあと何があったのか、ぼくはよく知らないんです。でも、夜道で何者かに殴られて大怪我をしたことがあったはずです。絶対あいつらがやったに違いありませんよ。あとで梶尾君の怪我のことを笑ってたっていいますから」

肋《あばら》と腕の骨折。傷害事件として警察も正式な捜査に動いた。が、東京と違って町中に防犯カメラがあるわけでもなく、犯人の特定はできなかった。

ちょうど同じころに、別れて暮らしていた母親が病死している。聡としては、血のつながりの薄い親戚より、母親を看病してやりたかったことだろう。

やがて、細々と仕事をしていた母親の叔母が先に亡くなる。自宅の庭を駐車場にして生活費を得ていたが、暮らしは苦しかったらしい。聡はアルバイトを続けて高校へ進んだ。卒業の五ヵ月ほど前に叔父が入院し、ついに病院で死亡する。

ところが、二人を最期まで看取ったにもかかわらず、聡は母親の叔父夫婦の自宅を相続できなかった。叔父の弟が、法で定められた相続人だったためだ。

彼は住み慣れた家を追われた。アパートへ越して一人で暮らし、高校を卒業した。宇都宮の看護学校へ進んだのは、それしか生きる道がなかったからだろう。小学生のころから彼にとって看護は仕事のひとつだった。寮生活を経て卒業し、看護師となって病院に就職した。

すべて噂話に聞いたことだという。卒業後も連絡を取り合っていた友人はいない。一度もクラス会に出てこなかった。年賀状のやり取りもなし。

「ひどいですよね。正直言うと、ぼくらは梶尾君のことをすっかり忘れてました。今どこで何をしているのか、話題に出たこともなかったと思います。そのうち新聞にあの記事が出たんです」

市村の視線が恥じるように落ちた。

「アフリカへ行ってたなんて、まったく知りませんでした。青年海外協力隊でボランティア活動にも参加したと記事にあり、彼らしいと思わされました。小学生のころから親戚の看護というボランティアを続けてきたようなものでしたから。もう金輪際、人の看護なんて嫌だと思ったっておかしくないのに、彼は仕事に選んだうえ、世界の恵まれない人のために働いてたわけですからね。なのに、あいつらときたら――また笑ってたっていうんです。事故で死ぬなんて本当に運のないやつだ。自分が看護もされずに死んでしまうなんて馬鹿らしい、と……」

人の不幸を笑うことでしか、自分の惨めな境遇を忘れることのできない連中はいた。ネットで吹き荒れる誹謗中傷の書きこみがいい例だ。自分の愚かさを棚に上げ、高みに立って人をそしる。いじめで憂さを晴らす小学生と同レベルの低俗さだ。いじめも誹謗中傷も、相手に深い傷を与える。

「でも……梶尾君をいじめて、その死を笑ってた連中も、ぼくら同級生たちから密かに笑われてました。ろくな学校も出てないから、いい仕事にはつけない。根気がないから、やっとありつけた仕事も長続きしない。親の臑《すね》をかじって麻雀やパチンコに明け暮れ、ヤクザの下働きをしてたようなヤツもいました。呪いなんかじゃない。自業自得なんですよ、本当に」

「その四人が自殺したのは、すべて梶尾さんが亡くなられたあとのことなのですね」

「最初が……江原だったと思います。梶尾君の記事が出てから一年ほどは経っていたような覚えがあります。四人の中でも、かなり意気地のないヤツで、親に隠れて賭け事の借金をかなりしていたと聞きました」

卒業した小学校の体育倉庫で首を吊っていたのだという。八年前の秋のことだった。

「遺書はあったのでしょうか」

「さあ、そこまでは……」

二人目が徳山良人。江原達也の死から半年後のことだった。粟坂市の郊外にある沢窪《さわくぼ》ダムに飛びこんでの投身自殺。湖畔の路上には彼の靴と鞄がそろえて置いてあった。桜が咲く前だったので四月ごろだったという。

三人目が小林勇。徳山の死から一年後。彼のみが自殺と断定されてはなかった。粟坂市の北東部に県道が走り、その峠道を車で走行中、崖下に転落したのだ。

そしてさらに五ヵ月後、田中俊英が自宅近くの山林で首を吊った。

「田中の時は家族に電話があったらしいです。許してくれ、あとは頼む、って……」

同じだ。光範の時と——。

すべてが殺人であった場合、その動機を持つ者は一人しか……いない。

また人目が気になり、辺りを見回していた。もちろんこちらを見ている者はいなかった。でも、どこからか梶尾聡がそっとのぞき見ている。その視線をねっとりと感じるのだった。富川光範に続いて、その妻までが自分の過去を調べている。夫と同じく命を奪わねばならない。同級生を葬った時と同じ手口で——。

梶尾聡は生きている。ベファレシアで死んだのは別人なのだ。だから遺体を確認に行った羽山守弘までも……。

真佐子が声を失っていると、市村が痛ましげな目に変えて言った。

「驚かれるのは無理もありません。ぼくらも小林が死んだと聞かされた時はちょっと怖くなりました。誰が言いだしたのかは覚えてませんが……江原も徳山も小林も梶尾君をいじめてた連中だ、梶尾君が昔の恨みを晴らしにきたんだって……。でも、彼らはみんな、自殺や事故死をしてもおかしくない自堕落な暮らしをしてた連中なんです」

市村は真実を知らない。正義感から呪いを否定していた。もちろん知らないほうがいい。彼に真実を伝えるわけにはいかなかった。

進学した高校を訊いた。宇都宮の看護学校名は知らないと言われた。最後に気になったことを確認した。

「梶尾さんが親戚と住んでいた家の住所はわかりますでしょうか」

「二丁目に太田町の公民館があるんです。その近くで庭に大きな梅の木がありました。塀を越えて路地に落ちた実を梶尾君が一人で片づけてるところを何度か見かけました」

世話になっていた親戚夫婦は病気がちで、幼いころから家の仕事を一手に引き受けていたのだ。

梶尾聡に比べたら、娘の真澄美はあまりに恵まれていた。不仲であろうと両親がつい最近までそろっていた。誰の看病をする必要もなく、勉強に打ちこめた。小遣いに不自由したこともない。掃除と洗濯も母親がやっている。不幸にして父親は亡くしたが、持ち家があったこともない。大学の卒業まで学費に困ることもない。あの子には何不自由ない暮らしが保証されある。

ていた。その事実を親として喜べた。光範に感謝せずにはいられなかった。

「呪いや祟《たた》りなんて、この世には存在しません。だから、おかしな記事は書かないでください」

そのつもりだと真佐子は言った。

「取材してもっと梶尾君のことが詳しくわかったなら、教えていただけますでしょうか。ぼくら同級生はもっと彼のことを知っておくべきだったと思うんです」

その志は素晴らしい。本意でもあったろう。けれど、真実を知れば、彼らは心底から恐怖におののく。人というものを信じられなくなるだろう。


真佐子はレンタカーで粟坂市内へ戻った。教えられた話を目処に、梶尾聡が住んでいた家を探した。予感があったからだ。

公民館は地図に載っていた。梅の木を頼りに近くを歩いた。苦もなく見つけられた。緑の生け垣を持つ一軒家だった。裏にはもう駐車場はなく、代わりに小さな家が建っていた。

梅の木のある家の表札には「関根」とあった。呼び鈴を押した。六十代とおぼしき婦人から話が聞けた。

かつてこの土地に住んでいた梶尾聡の縁者を捜している。彼は九年前にアフリカで亡くなり、ボランティア活動を続けてきた実績があるため、編集部で取材を進めている。梶尾を悲運の英雄めいた存在にして語り、協力を願い出た。

関根一家は二十年近くも前にこの土地を買っていた。当時はバラックのような古家が残されていたという。

「屋根も壊れて雨もりだらけで、壁板も一部がはがれてましたから、長い間誰も住んでいなかったんじゃありませんかね」

当時の契約書を見せてもらえた。見積書には、残されていた家の写真も貼られていた。廃屋と言っていい状態の家だった。平屋で壁板が反り返っている。玄関は引き戸で、ガムテープや板で補強した跡があった。トイレからつき出た換気のパイプは斜めに曲がっていた。

契約書の日付を見て、胸が痛んだ。聡が高校三年の冬だった。母親の叔父夫婦が亡くなると、相続の直後に売られたとわかる。つまり、この廃屋のような家で聡は親族を看病しながら暮らしていたのだった。

売り主の住所と名前は契約書に書かれていた。藤春耕太《ふじはるこうた》。住所は会津若松《あいづわかまつ》市。今もこの住所に住んでいるだろうか。祈りながらNTTの番号案内で問い合わせた。該当する住所に藤春という名で登録があった。

またも祈りながら番号をタップした。藤春耕太が電話に出てくれることを。

長いコール音のあとで電話がつながった。年配らしき女性の声で返事があった。

「はい、藤春です」

「突然お電話を差し上げます」

東京の出版社の者だと言って、ある事情から梶尾聡の親族を捜していると説明した。

「藤春耕太さんのご自宅でよろしいでしょうか」

「はい……そうですけど、主人は七年前に亡くなっています」

「つかぬことをおうかがいしますが、まさか自殺されてはいませんよね」

「どうしてそのことを……」

藤春耕太までが自殺を遂げていたのだった。

4

梶尾佳市から話を聞いた翌朝、井岡は一人で鎌倉《かまくら》へ向かった。門間と沢渡には、梶尾の身辺調査とその父親が死亡した件を洗い直せと命じた。おそらく富川真佐子も追っている。

外務省に問い合わせて、ベファレシア大使を務めていた者の情報は入手ずみだった。小金井統《とおる》。五十七歳でベファレシア大使に就任。四年後に外務省を退職。神奈川貿易振興組合の理事に就任し、鎌倉へ転居。その八ヵ月後に死亡。

井岡は東海道線のホームから小金井家へ電話を入れた。夫人に身分を告げて捜査への協力を願い出た。

「つかぬことをうかがいますが……そちらに富川光範さんという経済産業省の役人が訪ねてはこなかったでしょうか」

小金井の妻は記憶をたぐるような雰囲気もなく言った。

「ごめんなさい。富川さんだったかどうか名前は覚えていませんが、羽山さんの友人というかたなら一度、うちに見えられました」

決まりだ。富川光範のほかには考えられない。彼の年齢と外見を伝えた。同じ人のようだ、と返事をもらえた。

「富川さんは何を訊いていかれましたか」

「主人の昔の手帳のようなものが残っていないか、と言われました。生憎《あいにく》、当時使っていたものはベファレシアで処分してきてしまいましたので、写真ぐらいしかなく……」

「その写真を見ていったのですね」

「はい。羽山さんも一緒に写っているものが何枚かありましたので。懐かしいと言って喜んでいただけました」

「最近になって週刊誌の女性記者が訪ねてきてはいませんか」

「いいえ……どういうかたでしょうか」

少なくとも富川真佐子の先手を打つことはできたようだった。

鎌倉駅からタクシーで小金井家へ急いだ。由比ヶ浜《ゆいがはま》の海岸を見下ろせる高台の一等地に洋風の一軒家が建っていた。この家で悠々自適の日々を送るつもりでいながら、小金井統は八ヵ月後に死亡した。

白髪の老婦人に出迎えられた。警察官の訪問にも、小金井の妻は落ち着いていた。海外で多くのＶＩＰと会ってきた経験があるからだろう。

リビングのテーブルに分厚いアルバムと菓子の箱が置いてあった。今すぐ写真を確認したかったが、こちらも富川光範の顔写真を夫人に見せた。

「ええ、はい、このかたでした。羽山さんの後輩に当たるとか……」

外交官も官僚と言っていい。まんざら嘘をついたわけでもないことになる。

失礼しますと断ってアルバムを開いた。ロマンスグレーの紳士が小金井統だった。スーツや軍服を着た黒人男性と並ぶ写真が多い。ベファレシアの政治家や軍人とのスナップだろう。

四ページ目に、日本人の紳士たちと笑い合う写真があった。

「これは……？」

「ああ……はい。国境ぞいの山岳地帯でレアメタルが採れるとかで試験採掘が始まっていたんです。その情報を集めるため、日本企業と駐在員を介した会合を大使館で企画したことがございました。その時のものですね」

残念ながら、木場重工業とアエロスカイ社は入っていない。その点は確認ずみだ。

「富川さんは、なぜ小金井大使の手帳が残っていないか、と訊いてきたのでしょうか」

「羽山さんが二度にわたってオビアニアとの国境地帯に行かれたのが不思議だ、と……。今も羽山さんの奥様が気にしておられるようなことを言われていたと思います」

その点でも富川は正直に語っていた。

夫が自殺したあと、羽山依子もベファレシアに飛び、大使夫妻とも会っていたはずだった。その際、同じことを訊かれてはいなかったのだろうか。

「あまり知られてはいないと思いますが……大使の妻にも多くの仕事がございまして。在留邦人会のご夫人がたと情報交換の集まりを開いたり、日本が現地で行っている援助活動などのPRも兼ねて、日本という国を紹介する催し物に参加したり、と。その打ち合わせで、わたくしも忙しくしておりましたので、主人たちの仕事のことは少ししかわからず――」

自慢げに語られた話の一部に耳が引きつけられた。現地での援助……。梶尾聡は二十四歳の時、青年海外協力隊の一員としてカンボジアで働いていた。

「そう申し上げたところ、当時、日本が行っていた援助にはどういったものがあったか。あのかたに訊かれましたので、詳しくお話しいたしました」

やはり富川も梶尾聡の過去を調べたうえで、ここに来ていた。でなければ、援助活動に関心を持つわけがない。

夫人が腰を上げて、サイドボードの下から一冊のノートを取り出した。

「現地で日本をPRする仕事がわたしにもございましたので、こうしてわたしなりにいろいろと勉強をいたしまして、あちらの政治家や経営者のご夫人がたに説明をさせていただいておりました」

「そのノートを富川さんにも見せたのですね」

「いえ、わたしなりにまとめたものですから、人が見ても理解はしにくいでしょうから、口頭で説明を差し上げました」

話が長くなりそうだった。黙って聞くほかはなかった。メモを取る振りをしながら、富川が興味を抱きそうな話が出てこないか、に集中した。

レアメタル鉱山の開発にはODAが醵出《きょしゅつ》されていた。二国間の無償資金協力で十四億円が投資されたという。農業関連のインフラ整備には二十二億円の有償資金協力が、その五年ほど前からスタートしていた。

「すべて北部の山岳地帯で発見されたレアメタルの採掘権がらみと言っていいと思いま

す。中国も現地の政府筋に働きかけを強めておりましたので、主人はかなり危機感を抱いておりましたね。もっと支援態勢を強化すべきだ。そう外務大臣にも直接話をさせていただいたと思います。ですので、難民キャンプへの支援は、赤十字を通じてのみでなく、もっと日本の存在をアピールできる方法を探ったほうがいい、という意見があり、わざわざ羽山さんが現地へ向かわれたのかもしれません」

やっと羽山の話とつながった。夫人は懐かしそうにノートをめくりながら続けた。

「――と申しますのも、ベファレシア一国では対応しきれないほど多くの難民が流入して治安が悪化し、国連軍も派兵されておりました。世界中のボランティア団体も現地に入り、確か日本の若者も何人か働かれていたような覚えがあります」

日本の若者……。当時、梶尾聡は二十九歳。いや、死亡時の年齢なので、入国した時は二十八歳の若さだった。

「富川さんにも当然その話を――」

「はい。危険を冒してまで羽山さんが手がけられた大切な仕事だったと思います。あのかたが詳細なレポートを仕上げた結果、難民キャンプ支援のために、日本政府は大量の医療機器と医薬品を送っています。主人も羽山さんには感謝するほかはないと言っておりました。ですので、自殺された時には、主人はもちろん、わたしもしばらくは食事がのどを通らなかったほどでした」

「しかし、羽山さんは自殺したホテルに現地の女性をたびたび呼んでいたのでしたよね」

うつむいていた夫人の顔が驚きに固まった。死者を侮辱する無礼者を冷たく見返してきた。

「……紛争地帯で働くことがどれほど大変か。想像もできないでしょうね」

そういう彼女も夫も、国境の紛争地帯にまで足を運びはしなかったろう。見聞きするだけという立場は、井岡たちと変わりはしない。

「富川さんは、羽山さんの自殺についても何か訊かれましたか」

「いいえ。あのかたは現地で働かれていたボランティア団体について興味を持っておられました」

無粋なあんたとは違う。そう言いたげな口調だった。が、富川はボランティアという善意あふれる活動に興味を持っていたのではない。梶尾聡がそこで働いていた可能性はないか、と考えていたのだ。

梶尾は看護学校を卒業している。青年海外協力隊に参加した経験を持つ。モーリタニアにも一年間滞在していた。事故死する直前、通訳として現地企業と契約したと聞く。日本企業に呼ばれてベファレシアへ入ったのではなく、ボランティア団体の一員として現地へ渡ったのではなかったろうか。

もし梶尾が難民キャンプで働いていたとすれば……。その地を羽山守弘が訪れている。

そして、事故死した梶尾の確認にも羽山が出向いた。

彼は難民キャンプで梶尾と会ったのかもしれない。その可能性に富川は気づき、調査を進めた。そして命を奪われた——。

富川は、現地で活動したボランティア団体の名を小金井夫人に訊いてはいなかった。おそらくネットで調べれば、すぐにつかめると考えたのだ。ほぼすべてのボランティア団体が寄付を募るため、ウェブサイトで活動状況を報告している。

井岡は詫びを入れて席を立った。廊下に出て携帯電話のボタンを押した。

「すみません、まだ粟坂署から連絡がきていません」

梶尾の父親の自殺を追っていた沢渡が電話に出た。

「こっちは見つけたぞ。梶尾はボランティア団体の一員としてベファレシアへ入っていたのかもしれない。少なくとも富川はそう考えていたと思われるふしがある。当時ベファレシアで活動していたボランティア団体を片っぱしからリストアップしろ。早急にだ」

5

梶尾聡さんは看護師になったあと青年海外協力隊に参加し、ボランティア活動に励んでいた。素晴らしい志を持ちながら、不幸にもアフリカで事故死を遂げた。その短い半生に光を当てるための取材です。教育に携わる人々は皆優しい。通常であれば、個人情報の壁に跳ね返されそうな頼み事でも快く協力してもらえたのだった。

　市村和宏から教えられた高校を訪ねると、梶尾の進学先は判明した。大手総合病院の系列に当たる看護学校へ進んでいた。レンタカーで宇都宮へ戻り、看護学校の門を叩いた。幸いにも梶尾が学んでいたころから看護学を指導する教師がいて、話を聞くことができた。

「あのころはまだ男子生徒は少なかったのでよく覚えています。そうですか……残念ですね。アフリカで亡くなってしまうとは」

　初老の女性教師は感慨深げに言って目を伏せた。彼女は一枚の写真を見せてくれた。教室で生徒たちが笑い合うスナップだった。その右端に、梶尾聡が写っていた。

　髪は長くも短くもない。中肉中背のやや丸顔。どこにでもいる若い男子学生。目つきは穏やかそのもので、好青年と言っていいだろう。口元に浮かんだ笑みに、不吉さや嫌味な感じは微塵もない。とても冷酷な人殺しのできる男には見えなかった。

　真佐子は経験から知っている。世間を騒がした殺人犯がそろって凶悪な見かけをしているわけではないことを。

「とても熱心な子でした。幼いころから親戚の看病をしてきたからか、入学当初から知識はありましたし、語学の勉強にも励んでいたと思います」

「では、そのころから海外で仕事をしたい、と」

「無口な子でしたから、何もわたしたちには言いませんでした。でも、高校まではかなりつらい日々があったように、わたしの目には見えました」

入学当初のことだった。なぜ看護の道を選ぼうというのか、学校ではまず生徒たちに訊いていくのだという。

「梶尾君は思いつめたような顔で言いました。一人で暮らしていくにはこの道しかない。ほかに何もできない。人助けをして喜んでもらえるのであれば、自分が生きているという証《あかし》が得られる。恥ずかしそうな、とても小さな声でした。でも、わたしには何か悲痛な叫びのようにも聞こえた気がしました。最初にあんなことを言った生徒は彼のほかにいませんでしたから、よく覚えています」

真佐子はうなずいた。確かに同情すべき過去を持つと言えるだろう。

「彼は、懸命さがほかの生徒たちと違っていました。教室でも廊下でも、気がつくと教科書を読んでいましたね。成績も優秀でした。金銭的な余裕さえあれば医学部へも彼なら進めたかも、そう我々教師の間でも話題になったほどでした」

梶尾には、看護学校を出た時から医師も驚くほどの知識があった。さらに医療の現場で多くを吸収していったはずなのだった。

卒業後に梶尾は系列の総合病院へ進んだ。その時の同僚が今も病院にいると思う。女性教師はわざわざ電話を入れてくれた。

「……そうなの。梶尾君。彼、九年前に亡くなっていたんですって。そう……知ってたのね。彼の半生を紹介する取材だそうなの。先生からもお願いするわ。彼のためだものね」

同期の女性看護師は二つ返事で取材に応じてくれた。看護に携わる者は優しい。そう思えるが、ほかに理由がある気もした。取材に協力すべきと信じるほどに、梶尾聡が彼女たちに印象深く記憶されている証拠に思えた。

礼を告げて、学校からほど近い病院を訪ねた。控え室のような狭い部屋で、梶尾と同期の看護師から話が聞けた。彼女の胸元には「看護師長」と記されたバッジがあった。

「鬼気迫るという表現が正しかったような気がします」

看護師長は淡々と言葉を継いだ。今もそれが不思議だとばかりに首が傾けられた。

「病に苦しまれる人たちに手を貸す仕事ですから、看護師を目指す者には根が真面目な子が多かったのは確かです。でも、梶尾君は特別でした。何かに追われてでもいるかのように息ぬきの時間もなく勉強を続けていたと思います。周りは女ばかりだったと言ってもいいのに、脇目も振らずに。だから、ちょっと変人扱いされていたのは確かだったと思います」

高校を卒業し、男であれば、最も女性に関心を持っていい時期だった。

「もしかしたら決まった人がいるのか。そう最初は思いましたが、日曜日にどこかへ出かけていくこともなかったと聞きました。病院に勤めてからも、浮いた話はまったくなかったと思います」

写真の印象からは、女性に見向きもされないタイプの男ではなかったと思われる。

「病院でも梶尾君は懸命でした。入院患者に優しく声をかけ、笑顔を保ち、絶対に患者はもちろん仲間や先生の悪口も言いませんでした。というのも、患者さんの中には看護師を使用人扱いする人もいたりするんです。でも梶尾君は分けへだてなく、そういう患者さんにも接してました。聖人君子を通り越して、看護ロボットじゃないかって言う人までいたくらいで……」

本来は誉められてしかるべきことだった。が、すぎたるはなお及ばざるがごとし。度がすぎると周囲には煙たがられてしまう。強迫観念のようなものが彼にはあったのかもしれない。人の役に立ててこそ自分の存在価値が見出せる。親戚の看病につくしてきた意味は必ずある。

「実は……今も忘れられないことがあるんです」

外科病棟を梶尾と担当していた時のことだった。発見された時は末期の癌に冒され、術後の経過も思わしくない初老男性の患者がいた。彼は毎日、看護師はおろか医師までを罵《のの》り、同室の患者にも当たり散らした。その存在は病棟一の厄介者になっていたと言っていいほどだった。

多くの人に迷惑をかけ、半年後にその患者は亡くなった。医師も看護師もほとほと手を焼いていたため、その死を悲しむ者はいなかった。

「でも、梶尾君は患者さんの枕元で号泣したんです。自分は何もできなかった。人生に絶望させたまま患者さんを死なせてしまった。もっと優しく接していれば、あの人も安らかな時間をすごせたはずなのに。そう言って……」

理想はそのとおりだ。でも、死の間際まで悪あがきを続けるしかないのも、また人だった。理想の看護を果たせたとしても、受け取る側に通じないケースは起こりうる。

「このままだと続かないだろう。そう思いました。もしかしたら、あの時のことがきっかけになったんじゃないか。あとで思うことがありました。梶尾君は理想を突きつめることで、自分に何ができるか証明したかったんじゃないかって。だから、青年海外協力隊に参加を決めたように思えたんです」

「日本では理想の看護ができないと――」

「いえ、理想の自分を追い求めようとしたかったのかも……そう思えて仕方なかったんです」

理想の自分を見出すために看護の道を選び、ボランティア活動に入れ揚げていく。動機に疑いはなく、志は見事だった。が、理想を追い求めすぎたように見える姿勢には、狂気の断片が感じられた。梶尾を犯人視するための予断だろうか。

「本当は、少なくとも三年間、系列の病院で働かないといけない決まりなんです。ですけど、彼は特別でした。恵まれない人たちのために働きたい。自分の可能性を確かめさせてほしい。そう病院長や理事長を説き伏せたと聞きました。彼は特別でした。熱意が違いすぎました」

人として欠落した部分がそこにある。そう信じるような言い方だった。

「梶尾君、アフリカで死ぬなんて……。きっと少しは理想に近づけたんでしょうね」

真佐子にはわからなかった。何が梶尾の理想なのか。彼はアフリカの地で死んではいない。自分の身代わりを用意し、まず間違いなく日本に戻ってきている。

「あの……おかしなことを訊くようですが」

どうしてもこれだけは確かめておかねばならなかった。真佐子は言葉を選んだ。

「この病院の関係者で、どなたか自殺なさっているかたはいないでしょうか。この七年ぐらいの間に」

何を訊いてくるのだ。質問の意図を責めるような目を返された。

真佐子も目で問いかけた。彼女が視線を外し、また首をひねるような仕草を見せた。

「一人、いますが……」

「どういうかたですか」

「もううちの病院を離れていたので、わたしも噂に聞いただけですが。いろいろと評判の悪かった先生でした。胸部外科の」

名前は清水谷《しみずや》昌臣《まさおみ》。当時三十七歳。七年前の十二月に自宅マンションで首を吊った。

「そのかたがこちらの病院で働いていた時、梶尾さんと何かもめ事がなかったでしょうか」

「どういうことですか。なんで梶尾君とのことまで……」

看護師長が驚き顔になっていた。

「ある人から噂を聞いたにすぎません。ですので確認をさせてほしいんです。梶尾さんと諍《いさか》いがあったのですね」

「梶尾君とだけじゃありません。清水谷先生は手癖が悪いというか、何人かの看護師にいいことばかり言って……」

「同時に関係を持ったのですね」

「──はい。それで梶尾君が理事長先生に相談をしたんです。女性では話しにくいだろうから、任せろと言って。そうしたら、清水谷先生が腹を立て、梶尾君を呼び出して……」

「何をしたんですか」

「……梶尾君は何も言いませんでした。理事長先生から口止めされたんだと思います。けど、肋骨に罅《ひび》が入って一週間、彼は病院を休んだんです。その直後でした。清水谷先生が大学病院に戻ることになったんです」

女に手を出し、理事長に密告した梶尾に暴力を振るう。見下げた男だ。真佐子はさらに尋ねた。

「それだけでしょうか」

看護師長がうつむいた。湿りを帯びた言葉が押し出された。

「あの時……看護師仲間の一人も辞めていました。彼女、妊娠していたんじゃないか。そういう噂がありました。わたしたちの一年後輩で、梶尾君が目をかけていた子でした……」

「辞めたあとのことはご存じですか」

「いえ……。田舎に戻ったと聞きましたが、それ以上のことは……」

確認を取るまでもないだろう。きっと哀しい結末になっている。だから、清水谷医師は命を奪われたのだ。

6

日本にこれほど多くのボランティア団体があるとは知らなかった。阪神淡路大震災を機に、NPO――民間非営利団体――に法人格を与え、その活動を促進する法律が整備された。以後、全国でNPO法人が林立した。中には暴力団の資金を合法的な献金に見せかけるためのブラック法人もあると言われる。

広く名前と活動を知られた組織でなければ海外へ人を送る力はなかった。ホームページに掲載された活動報告をもとに、沢渡がある団体に目をつけた。

「井岡さんも知ってますよね。緑の医師団は」

「辛うじて聞いたことはあるな」

「世界的なＮＧＯ《非政府組織》です。ホームページに活動報告が出ていて、その中にモーリタニアとベファレシアが挙げられてました」

条件にぴたりと符合する。梶尾聡はＪＩＣＡが手がける青年海外協力隊の一員として二年間カンボジアで働いた。その後もボランティアを続けていたとすれば、予算や活動規模の大きな組織に登録した可能性は高かった。

井岡は電話で門間を呼び出した。

「ずばりじゃないですか。間違いありませんよ。でも、生憎と今、新幹線の中でして」

「おい、誰に許可を取った」

「事後承諾ですみません。けれど、聡の父親だけじゃなく、母親の叔父までが七年前に自殺してるそうなんです。梶尾佳市の母親が言ってました」

またも自殺だ。しかも七年前……。

「住んでた家のことで何か聡ともめたそうです。その家は、聡が同居してた親戚のものだったといいます。つまり、母方の祖父の弟に当たる人物の家で、そこに聡が引き取られていたわけです。ところが、その祖父の弟夫婦が相次いで病死して、相続人となる子どもがいなかったため、末の弟である藤春耕太という人物がその家を相続することになったようなんです。そしたら、聡がまだ住んでいたのに、すぐ家を売りたいからと言われて、出て行かざるをえなくなり、宇都宮の看護学校へ進むことになったというんです。その辺りの事情を確認するには粟坂市まで行くしかないと思いまして」

「気をつけろよな。そっちは梶尾の地元だぞ。どこにやつの目があるかわからないと思え。一人で行動するのは危険かもな。沢渡から地元の署に脅しの電話を入れさせよう」

「お願いします。井岡さんも充分に気をつけてください」

「とっくに祟られてる身だ。心配するな。何かわかり次第すぐ報告しろよ、いいな」

人手が足りなくなっていた。いつ応援を頼むか。正直に報告を上げたなら、この先の捜査権はまず奪われるだろう。だが、富川真佐子という民間人も独自に調査を進めていた。何かあれば問題となる。そろそろ限界かもしれなかった。

門間に協力しろと沢渡に指示を出してから、一人で緑の医師団日本事務局へ向かった。

赤十字の活動を支援するため、フランスとイギリスの医師が設立したNGOだという。今では世界二十ヵ国に事務局が置かれ、紛争地帯や第三世界の貧困地へ人を送り、医療支援活動を行っていた。

日本事務局は北池袋《きたいけぶくろ》駅から歩いて十五分はかかる雑居ビルの四階にあった。築年数は相当なものだ。貴重な寄付を大切に使うべきとの心構えが伝わってくる。

階段を上り、磨りガラスのドアを押した。広い室内をスチール棚で仕切っていた。右手に新しいとは言えない長椅子がある。左には事務机が並び、八人ほどの男女が働いていた。

「警察庁統計係の者です。過去の事件を調査し、データの集計を任されています。今は海外で仕事中に亡くなられたかたの調査を進めておりますのでご協力ください」

捜査という言葉は使わなかった。身構えられたのでは、正式な手続きを踏めと言われかねない不安があった。手前のデスクにいた三十代らしき女性が席を立った。

「十年ほど前、こちらでベファレシアの難民キャンプに人を送られていますよね」

警察官が訪ねてくることなどないのだろう。女性が胸の前で手を握り、視線を辺りに振った。部屋にいる者すべてが動きを止めた。

「何人のかたがベファレシアへ向かわれたのでしょう」

「……のべ六名だったと思います」

記録を調べることもなく女性が答えた。素早い返事に感心する。彼女は一度デスクに戻り、パソコンのキーボードを叩いた。ディスプレイから井岡に目を戻して言った。

「最初に医師と看護師が一名ずつ。支援の事務スタッフが一名。その後、事情があって医師が帰国したあと、パリ本部と連絡を取り合い、同じユニット構成の三人がまたベファレシアへ入っています」

「名前を確認させてください。おそらく現地で不幸にして亡くなられたかたがいると思いますので」

女性が奥の男性に視線を振った。責任ある立場の者だろう。役人のように目立たない顔の中年男性が歩み寄ってきた。

「わたしが説明させていただきます。どうぞこちらに」

右手に見えたドアのほうへ、なぜか誘われた。内密に話をしたい理由があるとおぼしき対応だった。嫌な予感がする。

「何か大っぴらにできない話でもあるわけですかね」

「いえ……実は――」

男性職員が言いよどんだ。周りの顔色を見るように視線をめぐらし、声を低めた。

「……外務省からも同じような問い合わせがありました。何が起きているのか、わたしどもにはよくわからず……。せめて詳しい事情をお聞かせいただけないか、と」

「外務省のどなたから問い合わせが入ったのですか」

富川真佐子の関与が疑われた。彼女が夫の後輩外交官を動かしたに違いなかった。

「それが……外務審議官からだ、と」

記憶に間違いなければ、事務次官の下に当たる幹部官僚だった。それほどの大物を動かす力とコネが、あの女にあったとは思いにくい。となると……。

沢渡を通じて警察幹部に情報が流れたわけか。同期の官僚仲間を頼って調べを進めた。そう考えられる。

「……電話を受けたうちの理事が少し高圧的な物言いをされたようで、かなり機嫌を損ねておりまして。もちろん報告はさせていただきましたが、我々の活動は世界でも認められております。国の監視を受けねばならない理由はないはずなのです」

報告を渋れば、いずれ何らかの監査が入るぞ。手っ取り早く情報を吸い上げようとした役人が、下手な脅し文句を使ったようだ。やはり富川真佐子が手を回したのではない。かなり上の幹部が動いているのだ。

早く決着をつけないと、この事件を奪われる。井岡は下手な笑みを浮かべて言った。

「我々警察庁が海外での事故統計を取り始めたので、越権行為と考える外務省関係者がいたようですね。ご安心ください。我々警察庁は広く世界で活躍されておられる団体に圧力をかけるような真似はしません。うちの上の者から正式な抗議を外務省に入れさせましょう」

方便を使った。自分に文句が言えるのは、せいぜい刑事課長ぐらいまでだ。総監や国家公安委員会のお偉いさんは洟《はな》も引っかけてくれないだろう。

「しかし、なぜベファレシアなのでしょう。わたしどもにはその理由がわからず……」

なおも男がしつこく訊いてきた。気持ちはわからなくもないが、外務審議官に負けじと声の調子を強めて言った。

「ご協力いただけないわけでしょうか」

「いえ、そういうわけでは……」

「では、資料を見せてください」

無表情に徹して告げた。脅しの言葉は口にしていないし、視線による威嚇《いかく》も使ってはいない。これくらいは許されていいだろう。

男が仕方なさそうに肩を縮め、ノートパソコンを井岡へと向けた。リストが表示された。

気持ちが顔に出ないよう頬を引きしめた。リストの二番目に求めていた名前があった。梶尾聡。勤務先として南川記念病院とある。

視線を上に戻した。梶尾と同じ時期にベファレシアへ行った医師の名前が記されていた。宮原秀一《みやはらしゆういち》。勤務先は本條《ほんじよう》大学付属病院医療研究センター。思いついて井岡は訊いた。

「この半年ほどの間に、経済産業省の役人からも似た問い合わせがなかったでしょうか。ODA関連でベファレシアの情報を集めていたはずなのですが」

「いえ……。経済産業省とはもともとあまり関連がないので、何かあれば記録に残していたと思います」

「では、取材の依頼はどうだったでしょう。ベファレシアに限らず、紛争地帯で医療活動をされた医師から話を聞きたい。そういう話は多いですよね」

「はい、多くのメディアに取り上げていただいております」

「この半年間に、どなたか紛争地帯で働かれたかたを紹介されてませんかね」

男が後ろの同僚たちを見回した。無言で首をかしげ、見つめ返す者が多かった。また男がパソコンに向き直り、キーボードを叩いた。何かのリストが表示された。

「……広報部の記録にはありませんね。この半年ほどの間に受けた取材は――ボランティア登録の詳細と研修制度についての説明の二度だけです」

たったの二度。それも特定の人物を紹介してはいない。

では、富川光範はどこから梶尾聡に近づいたのか。ほかに手段があったとすれば……。

彼は官僚だった。が、いくら法務官僚の知り合いがいても、個人の渡航記録を探り出すことはできなかったろう。守秘義務に反するため、協力者にも迷惑がかかる。ほかにどういったルートがあるか……。

緑の医師団の関係者を個人的に知っていた。もしくは医者の知人がいて、ボランティアに登録していた。都合のいい偶然があったなら、ベファレシアで働いた看護師を捜し出せた可能性はある。

礼を言って緑の医師団の事務局を出た。井岡は路上から沢渡に電話を入れた。

「耳を疑いたくなったよ。外務審議官という予想もしないお偉いさんから、我々とまったく同じ問い合わせが入っていたからな。どういう風の吹き回しだと思う」

「――待ってください。井岡さんはぼくを疑ってるわけですか」

頭のいいやつは違う。瞬時に彼は井岡の懸念を探り当てた。

「なら、何があったと考える。君の見解を聞かせてくれ」

「ぼくはまだ誰にも報告を上げていません。井岡さんも承知だと思いますが、下山田《しもやまだ》警視総監は同じ大学の大先輩です。何かあればすぐ報告しろと言われてたのは確かです。でも、まだ証拠と言えそうなものは出てきていません。それに、井岡さんも何かおかしいとは思いませんか」

実は充分に感じていた。新たな部署が設立され、井岡の要求通りに若いキャリアまでが部下同然の位置に就く。異例ずくめと言っていい。

「おれの一番の疑問は、遺書の鑑定結果がちっとも降りてこないことだ。君は本当に何も聞いてないのか」

「ぼくも気になったので、見せかけの報告ついでに探りを入れてみました。君が気にすることではない。そうあっさり言われたんです。でも、おかしいですよね。我々の部署が作られたのは、自殺に見せかけた殺人がほかにもあったかもしれない状況が出てきたからですよね。遺書の鑑定結果に関心を持つのは当然なのに、いつまで経っても報告は来ない。明らかに上が情報を握っているとしか思えません」

井岡は一人で微笑んだ。そこそこ見どころのある若者だった。上の命令を黙って忠実に果たせばいいものを、単なる駒と見られていたと知り、密かな抵抗に出たらしい。

「おい、出世に響くぞ」

「世界に誇れる日本の治安力を守っていきたいから警察官僚を目指したんです。単に出世したいなら、もっと地道な官庁を選びましたよ」

確かに言える。警察ほどメディアに叩かれやすい役所はないのだ。

「なあ、なぜ上が情報を握ったままだと思う」

「当然、遺書の鑑定がクロと出たんでしょうね。でも、すでに我々は犯人の存在を確信して動いています。今さら隠す必要はない。となると、上はただ隠しておきたいのではなく、現場に教えられない。そう考えられます」

「待てよ、おい。もっと雲の上からストップがかかったというわけか」

「違いますかね。外務審議官というトップクラスの官僚までが動かされているんですよ。となれば当然――」

政府の中枢に近い大物が関与している。

「おいおい、君に妄想癖があるとは知らなかったな」

「実はぼくも驚いてます。でも、ベファレシアではレアメタルの採掘が進んでましたよね。莫大なODAも投入されていて、全面的に日本政府が関与してるんです。しかも、自衛隊の次期多用途ヘリコプターの開発計画までがつながっているのかもしれない。数千億円規模の計画が動く中で起きた殺人だった。そう考えていくと、警視総監も逆らえないほどの大物が陰で指示を出していたとしても不思議はありません。単なる妄想でしょうか」

井岡は路地裏で声に出して笑った。頭で作り上げた妄想だと笑い飛ばしたかった。が、背中が薄ら寒くなるほど理屈の通った話に思えた。

「大きな声を出すな。わかってるのか、沢渡警部よ。おまえは政府筋の大物が動いていると想像をつけながら、その指示に逆らってるようなものだぞ」

「いいえ、ぼくは報告のタイミングを見ているだけです」

この男は頭が切れる。単に駒として使われるのではなく、捜査の進展を見極め、自分の地位固めに使いたいとも考えていた。今はチームの一員であり、味方に近い。だが、状況次第で平然と態度を変える。そもそも井岡たちとは立場が違う。変節でも裏切りでもない。国の利益と治安を優先する。真相を突きとめ、白日の下にさらすだけが警察の仕事ではない。官僚の発想を有しているのだ。

「上に報告する時は先に耳打ちしてくださいよ、警部殿。おれたち現場の者は飴玉を奪われても人を恨まないよう、心の準備をしておく必要があるんでね」

頭のいい警察官僚に下手な冗談は通じなかった。戸惑い気味に訊かれた。

「次は誰に会いに行くつもりでしょうか」

「面倒が起こるといけないから、正直に言っておこう。ベファレシアで何があったか、探ってみるつもりだ。梶尾と一緒にベファレシアで働いた医者から話を聞く」

電話を切った。時間がなかった。タクシーを捕まえるために大通りへ走りだした。


ベファレシアでの医療活動から十年。本條大学付属病院へ電話を入れると、宮原秀一は研究センターを経て大学の主任講師になっていた。午後は授業を受け持っているという。川越街道に近い丘陵地帯に病院はあった。診療室のような小部屋で十分近く待たされた。窓の外が薄暗くなってから、白衣を着た四十代の男が小走りにやって来た。色黒なのは体を鍛えているためだろう。丸眼鏡を指先で持ち上げ、井岡の警察手帳を物珍しげに確認した。

例によって統計調査に協力を、と方便を使った。宮原秀一は丸椅子に腰を下ろして言った。

「海外で亡くなった人の調査というと……梶尾君のことなのでしょうか」

「彼と一緒にベファレシアの難民キャンプで働かれましたよね」

「ええ、最初の三ヵ月だけですが」

宮原は苦そうに口元を引きしめた。

「事務局で聞きました。事情があって先に帰国された、と」

「はい……。だらしない話ですよ。バングラデシュで台風被害にあった人たちの治療に出向いた経験があったので、体力的には自信を持っていたんです。でも、砂漠のとてつもない寒暖差や負傷者の多さ、その悲惨さに体と気持ちがついていかなかったんだと思います。食事をまともにとれなくなり、医者が仲間の医者に診てもらう事態になって……。パリの本部から帰還しろと言われてしまいました」

「では、梶尾さん一人が難民キャンプに残られたのですね」

「本当に惜しい男を亡くしました。あれほど過酷な地で、彼ほど懸命に働く看護師はいませんでしたから。噂には聞いていたんですが、まさしく獅子奮迅たる活躍でしたね。モーリタニアに派遣された時、彼はまだフランス語ができなかったため、患者を勇気づけてやることができなかった。なので、わざわざ自費でパリへ語学留学してから、ベファレシアへ向かったほどでした」

「梶尾さんが現地で交通事故にあわれた時は、地元企業の通訳を務めていたと聞きましたが」

また宮原は口元をゆがめ、頬を掌《てのひら》でこすり上げた。

「ひどい話ですよ……。梶尾君に限って絶対、薬を横流しするなんてありえない。現地の者が看護の手伝いをするとか言って薬品庫に近づき、盗み出したに決まってます。あの難民キャンプには、あきれるほど盗みが横行してましたから」

彼は帰国後に、梶尾が緑の医師団から離れたことを聞かされたのだった。派遣期間を終えたアメリカ人医師にも電話をして、何があったのかを尋ねたという。

「国境に反政府ゲリラが迫っていたので、命からがら逃げてきた難民が多かったんです。わたしらが現地に入ったころから重症者が急に増えていました。その後も戦闘は終息せず、キャンプでは医薬品が足りなくなるほどで。毎日、木の実が腐って落ちるように多くの難民が命を散らしていきました。薬を盗んだ者たちも必要に迫られてのことだったと思います。ろくに治療が受けられず、苦しみもがく同胞に囲まれていたわけですから」

彼の口ぶりからすると、治療のための盗みではなかったらしい。仲間を早く楽にさせてやるため、何らかの薬を使ったと思われる。

「薬品庫の鍵の管理を梶尾君が任されていたそうです。彼なら間違いない。現地のスタッフにそう信用されていた証拠です。でも、薬がなくなったと騒ぎ出す者がいて、誰かが横流しをしたんじゃないか、そういう疑いの目が梶尾君に向けられてしまったわけです」

「ちょうどそのころ、在ベファレシア大使館から日本の外交官が難民キャンプの視察に来ていたのですが、宮原さんはご存じでしょうか」

「いいえ。わたしがキャンプにいた時に日本の外交官が来たことはありませんでした」

宮原の帰国後に、薬品の横流しが噂になった。同じ時期、羽山守弘がキャンプを訪れている。日本人看護師が関与したかもしれない。その疑惑を彼は耳にしたに違いない。梶尾と会っていた可能性も考えられる。

その後、梶尾は噂に悩まされて緑の医師団から身を退き、キャンプを離れた。直後に梶尾が国境に近い町で事故死する。その確認に出向いたのが、また羽山だった。キャンプで梶尾と会っていたから、彼が再び国境地帯に送られたのだろう。

さらに半年後、今度は羽山がホテルで自殺を遂げる。羽山を国境に送った小金井大使も日本で死亡している。

「梶尾さんがどういう状況で事故にあわれたのか、聞いていますか」

「いえ……。キャンプにも情報は伝わらなかったようです。追われるようにして緑の医師団を離れたにもかかわらず、現地に残っていたとは思わなかった、そう仲間の医師も言ってました」

異国の地――それも混乱した国境――での轢き逃げだった。遺体はかなり損傷していたのだろう。所持していたパスポートと血液型で本人確認がされたと思われる。

「たぶん彼にはベファレシアでやり残したことがあったんでしょう。もっと現地の人たちのために役立ちたい。それに近いことを考えてベファレシアでもうしばらく働こうとしたんだと思います」

「でも、彼は看護師でしたよね。やり残したことがあると考えたなら、現地の病院で働く手もあったのではないでしょうか」

「おかしな疑いをかけられたことに怒りを感じていたのかもしれませんね。病院で働けば、キャンプでのことが嫌でも思い出される。それで別の仕事を選んだ……」

自ら紛争地帯で働こうという熱き志を持つ医師は善意にあふれた人なのだった。梶尾という男を一切疑っていなかった。ボランティアに力をそそぎ、第三世界の国で散った理想の若者として、彼の記憶には焼きついているのだ。

現実は違った。梶尾聡は今も生きている。羽山守弘を殺害して日本に戻り、自殺に見せかけた殺人を手がけているのだった。

証拠はまたもなかった。しかし、想像は外れていないと断言できた。薬の横流しではなかったろう。苦しむ難民に薬を与え、安楽死させてやっていた可能性が高い。

その事実に、羽山守弘が気づいた。が、ゲリラが国境に迫ってきたため、羽山は大使館のある首都へ戻らざるをえなくなった。再調査を考えていたかもしれない。その矢先に、梶尾は緑の医師団を辞めた。どこへ消えたのか。梶尾が出国したかどうか、おそらく羽山は確認したはずだ。が、そこに梶尾が事故死したとの知らせが届く。

羽山は何を思ったろうか。本当に事故死なのか、と井岡たちのように疑ったとは考えにくい。覚悟の自殺。地元の警察も事故だと見なしていた。薬を使って多くの難民を安楽死させていたであろう男が、死んだ。日本の外交官としては、問題が表に出ることはなくったと安堵してもおかしくはなかった。彼ら外交官には願ってもない事態になったのだった。そのため、現地で梶尾の暮らしぶりをろくに調査することもなく遺体を引き取り、親族を日本から呼び寄せた。そう考えればすべての筋は通る。

「梶尾さんは看護師の仕事を続けず、地元企業の通訳として契約していたとわかっています。たとえばキャンプに出入りする業者などのってがあったとは考えられないでしょうか」

「どうですかね……。国連軍が駐留するようになってからは、休日に彼らが落としていく金を目当てに、近くの町に飲み屋や娯楽関係の店が増えていたようでした。けれど、梶尾君は遊び歩くような男じゃなかった……。わたしは先に帰国したので、その辺りのことは……」

「では、キャンプ内で梶尾さんと親しかった医師や看護師はいなかったでしょうか」

宮原が視線を外した。迷うような表情に見えた。

「思い当たる人物がいるのですね」

「わたしは噂に聞いただけなので……。根も葉もない話かもしれません。ちょうど同じ時期、緑の医師団を辞めた内科医がいて、梶尾君はその人からずいぶんと信頼されていたようなんです。でも、彼は知識も豊富でフランス語も話せたので、医者なら誰でも彼を担当看護師に指名したかったと思います」

「一緒にずっとコンビを組んで治療に当たってきた医師がいたのですね」

「――はい。ウクライナから来ていた女性医師です」

名前はコーラ・ナバロフ。年齢は当時三十代半ば。

「噂の中身は……男女の仲をも疑うものだったのでしょうか」

言いにくそうな口ぶりから予想をつけて訊いた。

宮原は信憑性のある話ではないと言いたげに首を横に振ってみせた。

「彼女は……地元軍との打ち合わせにも梶尾君を連れていったそうです。看護部門のリーダーを差し置いて、特定の若い看護師を指名するのは珍しいケースと言えます。わたしが考えるに、彼女はガード役のつもりで梶尾君を頼りにしていたと思うんです」

「ガード役、ですか」

「数少ない女性だったため、彼女は軍の幹部に気に入られていて、呼び出されることが多かったと聞きました」

重症者の搬送、医薬品の発注。ことあるごとにコーラ・ナバロフが指名された。軍医は帯同していたものの数は少なく、キャンプでの診療にも忙しく働いていた。そのために地元警察や兵士の健康管理を緑の医師団のほうで受け持つこともあったのだという。

「現地医師団の本部でも、女性を駐屯地に呼び出すのはひかえてくれと、国連軍を通じて注文を出したそうです。でも、駐留する関係者の健康相談にも乗るべきと最初に提案したのは彼女だったといいます。なので、協力せざるをえなかった事情もあったようなんです。そこで頼りになる梶尾君を連れて行っていたんだと思います」

「その事情を知らない者が、男女の仲にあったからだと噂したわけですか」

「キャンプには地元の役人や国連職員も派遣されていましたし、目立っていたんでしょうね、いつも行動を共にする二人の姿は」

三十代の女性医師。梶尾は二十九歳。難民キャンプという過酷な環境で、女性医師は軍の幹部に目をかけられていた。誰かを頼りたくなるのも当然だったろう。

コーラ・ナバロフ。彼女は今どこで何をしているのか。

「わたしは三ヵ月ほどで帰国したため、彼女のことはほとんど知らず……。パリの本部かウクライナの事務局であれば、連絡先はわかると思います」

パリ。ウクライナの首都キエフ。

この状況でインターポールに協力を得られるものか。確たる証拠となるものはまだ何ひとつないのだった。

第四章　哀しき伴走者

1

日本の警察を甘く見ていたわけではない。その優秀さは世界に知られる。けれど、なぜ気づかれたのか。どこで綻《ほころ》びが出たのか。今宮幸《いまみやゆき》にはわからなかった。

海外で発生した死亡事故の統計を取っている。そう私服の刑事は言い、ベファレシアでの活動状況を事細かに訊いていった。聡の名前こそ出なかったものの、ベファレシアで死亡した者となれば彼のほかにいなかった。

あの刑事は、この半年間にどういった取材を受けたか、とも訊いてきた。富川光範が同じ問い合わせをしたはず、との確信があるからだとしか思えなかった。聡の過去に関心を抱いた結果、富川は命を奪われた。そう真実を見ぬいたからこその質問だった。覚悟はしていた。予測ができたから、緑の医師団に参加したのだ。

ついに恐れていた事態が迫りつつある。

再会から六年。日本で暮らす時間が長くなりすぎていた。梶尾聡という男を誰も知らない異国を拠点にしていれば、まず心配はなかった。聡を説得できなかった自分の甘さを痛感した。

よほど青い顔をしていたのだろう。同僚が心配してくれた。気分がすぐれないと言って、幸は緑の医師団日本事務局を早退した。刑事の訪問と結びつけて考える者はいないだろう。富川の電話を受けてから四ヵ月。何食わぬ顔を懸命に繕《つくろ》って仕事を続けてきたが、もう隠し通すのは無理だった。

ビルの裏で携帯電話を握りしめた。聡は出なかった。彼は電話を好まない。仕事の邪魔をされたくないのだ。サーバーに証拠が残りかねないのでメールは使うなと言う。折り返しの電話を待つほかなかった。

日本を出る準備をしておいたのは正解だった。資金は潤沢と言えなかったが、拠点を移すことはできる。パスポートは用意してあった。就労ビザの偽造には時間がかかる。いったん第三国へ逃げて、現地で手配するしかない。となれば、タイやインドネシアなどの東南アジアが最適だった。まず聡一人でも逃がしたほうがいいだろう。

タクシーでマンションへ急いだ。近くのコンビニで当面の食料と水を確保した。替えの下着も買い足した。

帽子とサングラスで顔を隠し、マンションのエントランスに入る。用心に越したことはない。エレベーターは使わずに階段で二階へ上がった。鍵を開けて声をかける。

「聡、いる？」

返事はなかった。仕事部屋のドアをノックした。鍵は閉まっていなかった。幸は入室を許されてはいない。壁一面にコンピューターとディスプレイが並ぶ。防音壁で窓も覆ってある。聡は帰っていない。

納戸からスーツケースを引き出した。着替えを手早くまとめていく。今夜中にすべての支度を終えておきたかった。

梶尾聡は幼いころから無口な子だった。何を言っても相手にされない。そうあきらめていたのだろう、と幸は思っていた。

自宅が近く、集団登校では同じ班だった。幸の住むアパートよりも古く粗末な家で聡は暮らしていた。四年生の時、その理由を知った。父親が賭け事に手を出して借金を作ったあげく自殺し、聡と母親は家を失った。人に騙されてふくれあがったような借金だったらしい。その後、母親が仕事を理由に家を出て、地元に寄りつかなくなった。聡は小学校に上がるころから、病気がちの親戚に手を貸し、息をつめるような暮らしを続けていたのだった。

幸が五年生の夏だった。聡をいじめる例の四人組を目撃した。聡の住む家に石を次々と投げこんでいたのだ。窓ガラスの割れる音が辺りに響き、四人組は歓声を上げながら逃げ出した。幸は翌日、担任の教師に言いつけた。四人の親が呼び出され、校長を交えた面談が行われた。

ところが翌日、聡が顔を腫らして集団登校の列に加わった。

「あいつらがやったんでしょ」

幸は聡に何度も訊いた。けれど、彼は口をつぐみ続けた。言えば、さらにひどい仕打ちを受ける。教師たちは口で諭しはするが、体を張って守ってはくれない。ほかのクラスでも執拗ないじめにあったすえ、転校していった子がいた。聡は親戚の家に住むしかなく、転居はできなかった。逃げ道がなかった。

幸は仕方なく教師にまた相談した。けれど、聡はあくまで転んだのだと言い張ったらしい。

嘘だと見当をつけていながら、教師たちは何ひとつ対策を打たなかった。四人組のうちの一人が、地元政治家の親族だったことも関係していたのだろう。

中学でも聡は無口な生徒として有名だった。一度おかしな噂が立った。町内で飼い猫が毒を飲まされて次々に死ぬ事件があった。その犯人が聡ではないか、というのだった。

ああいう無口なヤツは何を考えているかわからない。その噂を流したのも例の四人組だった。

ただ……当時の幸には、聡のことを気にする余裕はなかった。両親が離婚し、母親が家を出ていったからだ。あきれたことに父は半年も経たずに再婚すると言いだした。母より十五歳も若い女だった。

幸は父という男を見限った。大した稼ぎもないくせに、若い女に入れ揚げるのでは、母が出ていくのは当然だった。

――あんたも男にはくれぐれも気をつけなさいよ。わたしに似て情が深すぎるところがあるからね。

まだ中学生だったので、母が何を根拠に言っているのか、幸にはわからなかった。が、その忠告は十年後、見事なまでに的中した。

なぜあんな男に惹《ひ》かれたのか。幸は自分で自分がわからなかった。体の相性は悪くなかった。二十五歳にして初めて女の喜びを教えられた。けれど、伊勢谷《いせや》拓磨《たくま》は見てくれのみで中身のない空っぽな男だった。

婚姻届を出した直後から本性を見せ始めるのだから、性根が腐っていたのだろう。薔薇色の夢を語って幸の貯金を使い、酒場を開いた。たった三ヵ月で経営は行きづまり、店をたたむほかなくなった。ちょうどお腹に子ができていたとわかり、毎日喧嘩がくり返された。拓磨が投げつけたグラスをよけて幸は転倒し、子どもは流れた。

あの時に離婚していればよかったのだ。拓磨は泣いて頭を下げた。何度も幸の手を握りしめた。自分は生まれ変わってみせる。おまえが必要なんだ、と。

確かに拓磨は、それを機に変わっていった。恐ろしいまでに見事な転落ぶりだった。仕事は長続きせず、たちの悪い知り合いから借金をして、二人で東京へ逃げだすことになった。

東京に頼れるつてはなく、二人でその場しのぎのような仕事に就いた。が、また拓磨は怪しげな連中とつき合いだした。

——淵上《ふちがみ》さんは信用できる人だ。多くの店を取り仕切り、経営面からサポートしてる。おれも一軒任せてもらえそうなんだよ。

うまい話が転がっているはずはなかった。しばらくすると、アパートにヤクザ風の男が訪ねてくるようになった。その時の会話から、淵上という男が六道会《ろくどう》という暴力団組織の関係者だと知れた。

もうだめだ。夫から逃げるしかない。荷物を一人でまとめていると、拓磨が突然帰宅した。何をしている。見ればわかるでしょ。口喧嘩ではもう終わらなくなっていた。幸は何度も殴られた。唇が切れ、目もとが腫れ上がった。

殴られながら幸は母の忠告を思い出していた。ああ、こういうことだったのか。母も父によく殴られていた。いくら愛情をそそごうとも、男という生き物の中には改心など絶対にできない出来損ないがいるのだった。

着の身着のまま逃げ出した。実家に戻るつもりはなかった。父はまた別の若い女と暮らしていた。不幸を絵に描いたような母は、隣家の火事に巻きこまれて、二年前に死んでいた。中学時代の友人を頼って前橋へ逃げた。

ところが、待っていたのは柄の悪い男たちだった。あとになって幸は知った。拓磨が父のところへ駆けつけて脅し、昔の友人たちの名を聞き出していたのだった。幸から電話があったら教えろ。あいつは店の金を着服して逃げた。隠し立てをすれば恐ろしいことになるぞ。

女の友情などはもろい。今の生活を脅《おびや》かされたくない。警察に通報すれば仕返しをされる。

幸は東京に連れ戻された。また拓磨に何発も殴られた。顔を腫らした幸を抱きしめ、拓磨は涙を流した。

「どうしておれを信じないんだ。絶対にうまくいく。今度こそ子どもを育てていける。親子三人で幸せに暮らせるんだよ」

本気とは思えなかった。けれど、拓磨は真剣なのだ。人生をやり直せる。一発逆転をつかんで、みんなを驚かせてやる。自分という男には必ず成功をつかめる才覚がある。ヤクザの幹部に洗脳されているとしか思えなかった。

「もうおれを怒らせないでくれよな。次に何かあったら、自分を抑えられる自信がない。お願いだよ。おまえを心の底から愛してるんだ、幸」

当然ながら、再び隙を見つけて、逃げた。

今度は警察署に駆けこんだ。けれど警官はまったく頼りにならなかった。その場で拓磨に電話をかけると言いだした。警察が間に入れば、しばらく夫婦喧嘩は収まる。その間に親御さんも交えてよく話し合いなさい。

正気の忠告とは思えなかった。世間を知らない田舎の役人だった。犠牲者が出てからでないと、彼らは動かないのだと思い知らされた。

当てはなかったが、仙台へ逃げた。繁華街で見ず知らずの男を見つけると、酔いつぶして金を奪った。ネットカフェで一夜をすごした。翌日の夕方、携帯電話に着信があった。中学時代のクラスメートからだった。目立たない男の子で、名前すら忘れていた。彼は言った。

「大丈夫かい。またアツコたちのところにヤクザから電話があったらしいよ。今どこにいるのかな」

幸は泣いた。仙台のネットカフェにいる。正直に告げた。今から行く、と同級生は言った。涙をこらえながら待っていた。童顔でいがぐり頭だった少年は無骨そうな男に変わっていた。

近くのホテルを取ったよ。ゆっくり寝たほうがいい。その言葉に警戒心がわいた。けれど、何かにすがりたかった。幸は同級生の男に抱かれた。昔から好きだったんだよ。男は耳元でささやく優しさを見せた。何も感じなかった。人の温もりも得られなかった。

幸はその男から聞かされたのだった。

「知ってるかい。梶尾の呪いを……」

梶尾聡。名前を出されるまで十年以上も思い出したことすらなかった。中学校のクラス会に出席した時も仲間内の話題に出なかった。そんな人がいたわね。幸はそう言ったと思う。

「あいつ、アフリカで事故にあって死んだんだ。もう二年くらい前になるかな。昔から梶尾をよくいじめてた連中がいたろ。覚えてるかな、田中とか小林たち」

はっきりと思い出した。学校中の鼻つまみ者だった。

「最初に江原が首を吊って自殺したんだ。博打の借金があって、ヤクザに追われてたらしい。馬鹿なやつだって、その時はみんな思ってた。そしたら、しばらくして今度は徳山が沢窪ダムに身を投げて死んだ」

話を聞いて、神様はいるのだなと幸は思った。あいつらは死んで当然の連中だった。幸も徳山には何度もいじめられた。貧乏人。母親に捨てられた子。ノートを破かれ、鞄から生理用品を引っぱり出された。給食が急になくなったという連絡網をわざと止められもした。幸は期待しながら話の先を聞いた。

「ろくに就職もせず、地元の仲間を困らせ続けてたやつらだったんで、みんなせいせいしたとか言ってたかな。そしたら……次に小林が県道の峠道でハンドルを切り損なって死んだんだ」

小林も最低の男だった。陸上部の後輩を殴って怪我を負わせながら、親ぐるみで金と脅しを使って強引に示談させた。バーの女を強姦した時も親戚の県会議員に泣きついたらしい。あいつが死んで、少しは町も穏やかになったことだろう。幸は訊いた。

「ねえ、田中も死んだの」

親が地主で小金を持っていた。その金で徳山たちを手懐け、子分のように引き連れていた。腐ったミカンの総大将だった。その親も、小林の親戚だった議員と組んで相当うまい汁を吸っていたという噂があった。背が高くて顔も少しはよかった。あの男に札びらで頬を張られて、泣き寝入りした女は多かった。成績のよかった優等生の女の子があいつの子どもを堕ろしたと聞き、幸は大いに驚かされた。貧乏人の臭いが移る。あっちに行け。唾を吐きかけられた時の屈辱が思い出された。

「ねえねえ、田中も死んだのよね」

「ううん。あいつはぴんぴんしてるよ。酔うと決まって死んだ三人を笑い物にしてる。梶尾の呪いだなんてばかばかしい。あいつらは見栄っ張りの弱虫だった。だから死にやがった。あいつらとおれを一緒にするな。そう豪語してるらしい」

気分が沈んだ。残念ながら神様はいなかった。いれば絶対あいつも地獄へ道連れにしているはずだった。

「田中まで死んだら、それこそ本当に梶尾の呪いだよ」

男は軽やかに笑った。幸はまったく笑えなかった。まだわからない。話をよく聞いてみると、三人は続け様に死んだわけではないようだった。梶尾の死からすでに二年。最初の江原の自殺から一年四ヵ月。

「呪いだなんてホントばかばかしいよ。でも、おれ……ちょっと驚いたんだ。梶尾って、なぜアフリカで死んだか知ってるか」

男は幸の胸をまさぐりながら、急に昔を懐かしむような顔を気取って言った。

「あいつ、看護師になってたんだってな……。ほら、親戚の人とずっと暮らしてただろ。病気がちだったとかで、あいつが看病を続けて。なのに、仕事でも看護師をしてたっていうんだよ。しかも、ボランティアでアフリカになんか渡って事故にあったっていうんだから、ホントついてないやつだよ。化けて出たくなっても不思議はない気がするだろ」

その瞬間だった。ふいに、ある光景が甦《よみがえ》ってきた。

すっかり忘れていた。本当に自分が目撃したのか。それとも勝手な妄想が似た場面を作り替えたのか。真相は今もわからない。けれど幸は高校時代のある出来事を思い出していた。

冬の夕暮れだった。母親が出ていったので、幸は夕食を作らねばならず、週に何度か買い物に出かけていた。その日は隣町のスーパーで特売があった。安い食品を見繕って買い、畑の中の一本道を自転車で帰宅した。

暗い畑の片隅で、人影が動いた。持ち主が病気になり、荒れ放題になっていた畑だった。道端に農具を入れる納屋が置かれ、その扉の前に人がいたのだった。

梶尾君……。

夕闇の中、若い男が何事かを一人で呟いていた。幸は自転車を停めた。横顔もろくに見えなかった。けれど、わずかに聞こえてきた声から、梶尾だと思えた。かすかな歌声に近いものが耳に届いたのだった。

振り返ると、人影はすでに納屋の奥へ消えていた。見間違いだったろうか。

そもそも夕暮れ時に、なぜ自宅とはほど遠い畑の中に梶尾がいるのか。声が聞こえたように思えたのも、たぶん気のせいだったろう。あまりに心細そうな背中に見えて、つい幼いころの彼の姿がよぎったのかもしれない。そう思い直して、幸は家路を急いだ。

あれから十年、思い返すことは一度もなかった。でも……。

あれはやはり梶尾聡だったのだ。

彼は自宅から離れた畑に置かれた納屋に用事があった。あの中には、農具と一緒におそらく農薬も置いてあったと思われる。ちょうどあの時期に、噂が立ったのだった。近所の飼い猫が次々と死に、梶尾が毒殺したのではないか、と。あいつは親戚の看病で毒薬にも近い薬を持っている。人には薬としての効果があっても、小さな動物には毒薬となる。憂さ晴らしに梶尾が薬を与えていたに違いない。

あの時は多くの者が相手にしなかった。面白がって噂を流していたのが田中たちだったからだ。けれど、違う。今だからわかる。そう。彼はあの場にいたのだ。自分は彼の声を確かに聞いた。農薬の置かれた納屋の前に、梶尾が確かに立っていたのだ――。

のちに看護師となった彼は、あのころから薬品についての知識もあったと思われる。毒性を持つ農薬を手に入れ、近所の猫で効き目を確認した。あの頼りない歌声は、闇の中で農薬のビンに書かれていた成分表を読み上げていたのではなかったか。そうやって毒性を確認し、親戚に少しずつ与えていった……。

幸には確信できた。もしかしたら、と次なる想像も浮かんだ。

本当に梶尾は死んだのだろうか。アフリカで事故にあったのは別人で、人知れず日本に戻り、自殺に見せかけて昔の恨みを晴らし続けているのではないか。あんなやつらは死んで当然。もし梶尾が生きていたのであれば、次は必ず田中が犠牲者となる。

故郷に戻るのは危険があった。拓磨とその一味の目が光っているかもしれない。幸は三度にわたって男に抱かれ、金をもらった。髪を短く切り、男物の服と帽子、サングラスを買った。

神に祈る思いで地元の粟坂市内にホテルを取った。呪いなど存在しない。徳山たちが死んだのは必然なのだ。だとすれば……。

田中は親の会社に籍だけ置き、仕事はろくにしていなかった。会社帰りの田中のあとをつけた。三日目の夜だった。

田中のあとを追うように歩く男の姿に気づいた。幸は胸が熱くなった。やはり彼は死んでいなかった。後ろ姿でわかった。ずいぶんと逞《たくま》しい男に変わっていた。けれど、申し訳なさそうに心持ち背を丸めて歩く姿が昔と同じだった。毎日、集団登校で幸のあとに続き、楽しくもない学校に通っていた。あの時の哀しげな少年の姿が目の前にあった。

なぜ泣いていたのか。十数年ぶりの再会だった。彼も自分も、あのころからずっと幸せとは縁遠い人生を歩いてきた。幸だから理解のできることがある。今日までどれほど涙を呑んできたか。幸は彼の後ろに駆け寄った。

「梶尾君だよね。久しぶり」

急に呼びかけられ、丸まっていた背中が伸びた。彼もサングラスをかけていた。半開きになった口が衝撃の大きさを物語っていた。幸は自分のサングラスを取った。

「わたし、今宮幸だよ。ほら、一緒に毎日登校したでしょ。一学年上の今宮幸。覚えてないの」

涙を抑えることができなかった。すすり上げながら顔をさらした。まだ目もとには隈られた跡が残っていたと思う。

「会えてよかった。梶尾君を捜してたんだ。田中のあとをつけていれば絶対、君に会える。ほら、思ったとおりになった。生きてくれていて、ありがとう」

何を言っているのか、自分でもよくわからなかった。こぼれる涙をぬぐって彼を見上げた。

「どうして……」

聡が言った。立派な大人の声になっていた。時間の切なさが胸に染みた。

「だって、神様もいないし、呪いもあるわけないもの。それに……わたしはあの夜、梶尾君の歌声を聞いたんだもの。畑の中の納屋の前に立ってたでしょ」

幸が言うと、聡の口元に、世のすべてを皮肉るような、それでいてどこか頼りなげな笑みが浮かんだ。

「ああ……なるほどな。君だったのか」

「また聞こえたよ、梶尾君の声。わたしには聞こえた。だから、田中のあとを追いかけてたの」

「驚いたな……。気づかれるはずはないと思ってた。何しろおれはもうアフリカで死んでるんだからな」

「生きてくれていて、よかった。だって——梶尾君にお願いがあるから」

そのひと言で聡は幸の本心を読み取った。頬が震えた。サングラスの奥で目が冷たい光を帯びた。

「わたしも手伝う。だから、わたしを助けて。お願いだから、夫を殺して……」

「凄い人だな、君は」

聡がまた頼りなく笑った。


いつも淋しそうに聡は笑う。親がいなくなって戸惑う幼子が、笑いたいのにうまく笑えずに困っているような笑みだった。もしかすると聡は一緒に集団登校したあの時から、ほとんど成長できずにいたのかもしれない。

幸は聡を手伝った。偶然の再会を装って田中と会った。彼の携帯電話の番号を聞き出した。会話を誘導して録音もできた。決行の当日に誘い出すこともした。罪の意識は爪の先ほども感じなかった。拓磨を始め、世の中には人に迷惑をかけることを何とも思わない人でなしが存在する。

聡の手口は見事だった。幼子のような頼りない笑い方をするくせに、落ち着き払って淡々と、着実に仕事をこなした。

どこから見ても自殺でしかなかった。動機が存在する。田中のケースでは家族に最期の声を聞かせもしていた。すでに梶尾聡はこの世にいない。まさしく完全犯罪だった。誰も聡の存在には気づきもしない。すでに梶尾聡はこの世にいない。まさしく完全犯罪だった。

「ねえ。難民キャンプで何があったの」

「何もないよ。医師が懸命に治療して、おれは手を貸した。何人もの患者が苦しみぬいて命を落としていった。でも、もっと多くの患者が助かり、新たな生活を始められるようになったんだ。あの時の仕事をおれは今も誇りに思ってる」

彼は多くを語らなかった。少しは想像がついた。多くの患者が苦しみ、命を散らした。そう語る時の聡は今も悔しくてならないと思いつめるように涙を浮かべていた。熱い志を今なお失っていなかった。

聡と再会できて、幸は確信した。あの林道近くの畑で見かけた時、彼は迷っていたのだ、と。農薬を手に入れて楽にしてあげたほうがいいのか。でも、聡は使えなかった。

「そうだよね。親戚の人が死んだのは、確かもっとあとのことだったものね」

幸の言葉に、聡はかぶりを振った。そのことは言うな。思い出したくない。無口な彼は何も答えようとしなかった。

幸にはわかる。難民キャンプで彼の身に何かが起きたのだ。

看護師の道を選び、病に苦しむ人々に手を貸してきた聡。けれど、自分の存在をこの世から消し去った。日本に帰国し、許しがたい同級生の命を次々と奪った。この復讐を果たすためだけに自分を死んだように見せかけたのではない。必要があって、自分を亡き者にした。そのあとで、この世にいてはならない者たちのことを思い出した。生きていきたいのに虚しく命を落としていった多くの人々を見てきたから、胸に根ざした決意だったろう。

たぶん聡は、田中たち四人のほかにも人の命を奪っている。その確信があるのに、聡を恐ろしい男だとは思えなかった。哀しく頼りなく、いつも淋しそうに見えた。あんたは情が深すぎるからね。また母の忠告が思い出された。でも、拓磨に感じた想いとは質も重みも違っていた。

聡は苦もなく約束を果たしてくれた。

地元の新聞にも記事は載らなかった。一人のケチなチンピラ風情が、任されていた酒場の入るビルの非常階段で首を吊った。借金があったし、妻にも逃げられていた。店は赤字続きだった。自分の才覚に絶望して死んで当然の男だった。

父親のもとへ警察から知らせが入り、友人経由で吉報がもたらされた。幸は東京に戻り、遺体を引き取った。いつも一緒にいたヤクザまがいの連中が火葬場に現れた。旦那の借金を肩代わりしてもらわねば困る。二千万円の借用書を突きつけられた。

予想はしていた。聡のアドバイスで弁護士に相談ずみだった。夫婦としての実態はすでになかった。相続放棄の手続きを弁護士に依頼してある。請求書は拓磨の親族に渡してくれ。

覚えていろよ。実にわかりやすい脅し文句を浴びせられた。けれど、法律が守ってくれた。請求書のみならず、拓磨の遺骨も愚かな母親のもとに送りつけた。籍もぬいた。自由を得られた。

「ありがとう。聡のおかげだよ」

聡はまたかぶりを振った。

「これからどうするつもりなの」

頼りない笑みを浮かべ、聡は曖昧に首をひねった。

彼は荒川区内にアパートを借りていた。築五十年に迫る古めかしさだった。部屋にはコンピューターと録音機材が置いてあった。難民キャンプへの派遣はボランティアだったので報酬はなかったはずなのだ。

聡が何も言わないので、掃除を兼ねて荷物を調べてみた。汚れたボストンバッグに、分厚く束ねられたドル紙幣と中国人名義の偽造パスポートが入っていた。

何が彼にあったのか。聡は何も言わない。紙幣を数えると一万六千ドル近くはあった。日本円にして百六十万円。でも、いずれ金はつきる。幸にもまともな蓄《たくわ》えはなかった。

「わたしが仕事をするから心配しないで」

聡は少し驚いたような表情を見せた。

「わたしと結婚すれば、聡も新しい戸籍が手に入るよ」

聡は目つきを強めて、かぶりを振った。

「おれのことは気にしなくていい」

「だめ。あんなやつらは死んで当然だもの。聡までがあとを追うことは絶対にないよ」

漠然と彼の目つきから感じていた。彼は先のことをまったく考えていない。拓磨のもとから逃げ出した時の自分と同じ目をしていた。

「わたしが守ってあげる。聡はたくさん苦しんできたんだもの。この先少しは楽に生きたって罰は当たらないよ」

聡はうつむき、じっと何かを考えていた。友だちの誕生会に誘われたのに、贈り物が買えなくて困っている少年のような顔に見えた。

「わたしが守る。ただ一緒にいてくれればいいの」

幸は聡を抱き寄せ、その胸に顔を埋めた。

2

事務所を出たところで異変に気づいた。

表の仕事で依頼人と会食の予定があった。車が来たと秘書の松岡《まつおか》に言われて下に降りた。通りを見回しても車は見当たらなかった。自分でスカウトした者とはいえ、松岡泰作《たいさく》も六道会の一員だった。

おかしい。そう悟って淵上賢誠《けんせい》は視線を振った。案の定、黒いミニバンが近づいてきた。左手の路上にはスーツ姿の男が二人、行く手をはばむように立っていた。逡巡するうち、ミニバンが目の前に停まった。同時にスライドドアが開いた。

「抵抗するな。おとなしく乗れ」

丸刈りの男が低く呼びかけてきた。記憶にない顔だった。助手席からもレスラー並みの肩幅を持つ男が降りてきた。逃げ道は残されていなかった。

「何があった」

「黙って乗れ」

逆らえば力ずくで押しこまれるだろう。表稼業を担う身とはいえ、組織の戒律は否《いや》が応《おう》でも知っていた。緊張に胃が疼《うず》き、五分前に飲んだコーヒーの苦みがのどもとにこみ上げた。おとなしく車に乗ると、やはり松岡が無表情にハンドルを握っていた。

「本当に何があったんだ、抵抗する気はない。教えてくれ」

「いいから黙ってろ」

丸刈り一人が殺気立っていた。松岡が黙って車を発進させた。ほかの二人は知らない顔なので、幹部とは言えない下位クラスの男たちだ。何があっても淵上を連れてこい。決して逃がすな。そう後藤修二郎《ごとうしゅうじろう》が命じたに違いなかった。

つまりはまた美玖《みく》なのだ。本当にあいつは疫病神《やくびょうがみ》だ。

——あたしの本当の父親、ちょっとした有名人なのよね。

深い仲になった途端、美玖は笑いながら打ち明けた。靴やバッグやアクセサリーから小金持ちの娘と予想はしていた。その金が真っ当な稼ぎで得られたものではないと知った時には、腹に子どもができていた。

関東六道会。地元の飲食店や風俗店を顧客としてきたので当然ながら名前は知っていた。そのトップの愛人だった女の娘だとは予想もしていなかった。

二十分も走って、ミニバンは停まった。地下の駐車場へ入ったようだ。ドアが開き、外へ押し出された。非常口のような鉄の扉が開いた。薄暗い廊下が奥へ続いていた。一度も訪れたことのないビルだった。関東近県に六千人の構成員を持つ組織の懐は深い。こういった隠れアジトがいくつあるか、淵上は教えられていなかった。

倉庫のような部屋に連れていかれた。壁の前に立たされた。床はコンクリートのむき出しだった。見たところ血の染みはできていなかった。

一分もせずに、スーツ姿の後藤修二郎が現れた。顔が怒りに染まっていた。また娘から何か吹きこまれたのだろう。

後藤にあごを振られた丸刈りが拳《こぶし》を固めて目の前に立った。

「正直に言えよ」

「自慢じゃないが、後藤さんに嘘をついた覚えは一度もない」

正直に受け取ってもらえなかった。鳩尾《みぞおち》に一撃を食らった。ミニバイクが突っこんできたような衝撃だった。目がくらんで床に沈んだ。

「復讐のつもりなのか」

後藤のよく磨かれた革靴が近づいた。痛みのために視線を上げられなかった。

「何のことだか、わかりません……」

「茂雄《しげお》が首をくくって死んだ。おまえ以外に誰がいる」

予想の域を超えていた。驚きのあまり苦痛がわずかに遠のいた。亀岡《かめおか》茂雄——美玖の今の夫だった。自分で自分に決着をつけられるような男ではなかった。

「美玖が一度は惚れた男だから、おまえには目をかけてきた。会社の管理も完璧にこなしてくれた。それほど美玖が憎かったのか」

この質問に正直な答えは返せなかった。あいつの夫となって淵上の人生は暗転した。

「待ってください。本当に自殺を……」

「警察から美玖に電話が入った。店のトイレでぶら下がってたそうだよ」

川崎で小さなバーを任されていた。取り柄は顔だけで度胸はなかった。後藤の仕事を手伝える才覚にも欠けすぎていた。

「抵抗したような痕跡はなし。遺書もなかった。警察はこれ幸いと美玖のマンションはもちろん、桜木町《さくらぎちょう》の事務所までガサ入れをしてきやがった」

別件での家宅捜索は常套手段だ。茂雄の身元がつかめて、マル暴の連中は小躍りしただろう。後藤修二郎の娘婿《むすめむこ》が不審死を遂げたのだ。どこかの組との抗争に巻きこまれて殺害された可能性がある。都合のいい理由を作り、令状を乱発したのだ。

「わたしじゃありません。考えてもみてください。美玖さんとはもう縁が切れてるんです。茂雄を殺したところで、わたしに何の得があると……」

「おまえのほかにいるか。いつものやり口と同じだ」

「待ってください。遺書はなかったんですよね。美玖さんは茂雄から死ぬと言われてましたか。自殺と断定できる証拠があるなら教えてください」

正直に言ったが、またあごを振られた。

今度は丸刈りの靴先が迫った。予期できたので両腕でガードした。

「てめえ！」

丸刈りが叫んだ。次々と蹴りが襲った。体を丸めて痛みに耐えた。意外にも六発で収まった。見上げると、後藤が手で制していた。

「茂雄風情の男に凝ったやり方なんか必要あるものか。首にロープをかければ、それで終わりだ。美玖が泣いて悲しみ、うちにはマッポがガサ入れに来る」

「後藤さん。約束が違う」

「誰にものを言ってんだ、てめえ」

「話に入ってくるな」

気力を振りしぼって丸刈りに叫んでから、後藤を見上げた。

「頭にきてるのはわかります。でも、こいつらの前で手口をほのめかすのは約束違反だ。もしかしたら、幹部連中にも何か言ってたんじゃないでしょうね」

後藤の目に迷いが見えた。ここは懸命に訴えるしかなかった。

「やり口を真似られたんだ。自殺に見せかけて後藤さんの身内を殺せば、組織の中で騒ぎになる。誰が仕事をまとめ上げていたのか、後藤さんを見張ることで手がかりが得られる。だから、やり口をそっくり真似た。よく考えてください」

自分で言って確信が持てた。逃げ口上ではない。ほかに茂雄程度の男を手にかける意味などありはしなかった。

六道会にとって都合の悪い者がなぜか次々と自殺していく。後藤は幸運の女神に微笑まれている。絶対におかしい。鉄砲玉を使ったのでは警察に背後関係を探られる。だが、自殺に見せかけて邪魔者を消せれば、安全地帯に身を置ける。六道会はうまい手を使っている。

「後藤さん。まさか……つけられてはなかったでしょうね。こいつらも見張られていた可能性が高い。敵は我々の仲間割れを狙ってきたんだ。冷静に考えてください」

手応《てごた》えを得て声に力をこめた。

トップに上りつめる男ほど警戒心が強い。感情には流されずに多くの裏筋を冷静に読む。今も後藤は、淵上の顔を殴らせてはいなかった。表の仕事に影響が出るからだ。つまり、こうして手加減しながら痛めつけて反応を探るしかないと考えている。証拠はないのだった。

「後藤さん、思い出してほしい。誰かに吹聴はしなかったろうか。邪魔者が消えてくれてありがたい。神の裁きに感謝する。そういった言い方でも、口ぶりや態度から勘づかれてしまうことはある。彼女の夫であれば、赤子の手をひねるほど簡単に始末できる。ほかにも仲間割れを装った仕掛けがなかったろうか。よく思い出してみてください」

後藤の背が遠のいた。図星なのだ。この世界を度胸のみで渡ってきた男ではない。彼も罠の臭いを嗅ぎ取っていたと見える。後藤が振り返った。

「昨日の午後十一時から今朝の六時まで、どこにいたか証明できるか」

「このところ、ずっとあとをつけられてました。その者が証明してくれるといいんですが……」

ふくみをこめて言った。

「気づいてたのか」

「もちろんですよ。やはり後藤さんでしたか」

「おれが命じたわけじゃない。仕事をほしそうな顔をする犬がいたんで、ちょっとした餌を与えてやった」

「まさか……茂雄ですか」

確信はなかった。だが、そう考えると、ひとつの道筋が見えてくる。

「なぜそう考える」

「後藤さんはずっと、わたしが隠している――そう疑ってましたよね。わたしのような、どう見ても組織の役に立ってもいない者を、好きこのんで尾行する物好きはまずいない。何かを疑っている者の仕業でしょうから」

「茂雄を疑ったのはなぜだ」

「これでも彼女と三年も暮らした男です。わたしの少ない交友関係も彼女なら知っている。それに……彼女からしつこく頼まれたことがあるんです」

例の男を使ってるのは、あんたでしょ。いくら払えばいいのか、教えて。

なぜ渕上だと見ぬいたのか。勘の悪い女ではなかった。だが、得も言われぬ不気味さを感じた。後藤のほかには、匂わせたことすらなかった。父親の態度から何かを感じ取ったわけか。自分に捨てられた男になぜずっと目をかけ続けるのか。脱税とマネーロンダリングに長けた会計士はほかにもいそうなものなのに。

「後藤さん……。彼女に問われて、それらしきことを口走ったりはしてませんよね」

「当然だ。女の口は軽いとわかってる」

「でも、茂雄にわたしを張らせたわけですよね」

「やつが言ったんだ。必ずおれが探り出してみせる。どうせ美玖にケツを叩かれたんだろう。できるならやってみろ。そう言ったまでだ」

後藤が期待したのは娘のほうなのだった。淵上の妻であったから、何か気づけたのではないか。彼女の知恵があれば、手がかりが得られる可能性はある。もし茂雄の動きに気づく者がいても、美玖が元夫の女関係を今になって探らせていると偽れる。後藤にしては迂《う》闊《かつ》な動きを見せたものだ。

「たぶん茂雄は自分で動かず、組の若い者を使ったんでしょう。その際あることないこと、ほのめかした。で――噂を嗅ぎつけた何者かが茂雄を狙った。たとえ彼の口から情報を得られずとも、後藤さんの動きから確信を得ることはできる」

いつか情報は洩《も》れる。今日まで約二年。よく秘密が守れたものだと思う。

「後藤さん。今すぐカモフラージュの手を打ってください」

計算の上に淵上は言った。ごまかしが通用するか、確信は持てなかった。しかし、現状は限りなく綱渡りに近い。

どうすればいい。事態を悟った後藤が目で尋ねてきた。

「あなたが淵上賢誠を呼び出し、痛めつけた。そうわかってしまうことが今は最も危険です。だから、別の場所にそれなりの男を呼び出し、徹底的に痛めつけるのです。そいつが仲介役だった。そう相手に思わせるため、後藤さんも演技をしてください」

「茂雄はおまえを張らせたんだぞ」

「そっちは美玖に頼まれたことだった。後藤さんが依頼したのは、もう一人の男のほうの身辺調査だったのに、余計なことばかりしてた。もちろん美玖の口を封じることも必要です。お願いします」

最も警戒すべきは美玖なのだった。関東で覇権を握る男の娘という立場に胡座《あぐら》をかき、好き放題をする女。虎の威を借る雌鼠《めすねずみ》。

「美玖を黙らせるには金がかかりそうだな」

「パリでもニューヨークでもいい。当分どこかへ追い払うしかありません」

後藤がほくそ笑んだ。淵上を見下ろした。

「そこまであいつを恨んでいたか」

今さら訊くまでもないことだった。

淵上は家が貧しかったため、学生のころから横浜界隈のバーやクラブで働いてきた。在学中に何とか会計士の資格を得たあと、桜木町の某会計事務所に職を得た。遊び人の二代目社長から教えられたのは、経費や人件費の水増し方法と、架空請求書を駆使した脱税テクニックだった。

そのうち社長が関東六道会の幹部と知遇を得た。新たな顧客が一気に広がった。建設、土木、人材派遣業。表向き稼業の裏帳簿を、やがて淵上が任されるようになった。

二代目社長は元税務署員だった。そのつてを使って税務署の幹部に取り入り、接待攻勢を欠かさなかった。おかげで税務調査の情報が事前に入った。〝お土産〟と呼ばれる少額の計上ミスを用意してやれば、税務署員の面目は立ち、顧客は安全でいられた。

ある飲食チェーンが開くパーティーの会場で、淵上は美玖と出会った。

にぎやかしに呼ばれた女の一人と信じて疑わなかった。あとで噂を聞いて身が震えた。

「安心して。わたしはパパと何の関係もないから。ママはお店を任されてるけど、手切れ金代わりにもらったものなのよ」

会計士の特権で美玖の母親が経営する店の帳簿を見させてもらった。六道会からの出資は巧みに隠されていた。怪しい金の流れもなかった。彼女の話を信じていいようだった。

「あのね、子どもができたみたい」

美玖の言葉を信じて結婚を決めた。互いの友人のみを招待して簡単な式を挙げた。美玖の母親も孫娘の誕生を喜んでくれた。

半年後に医師から重大な宣告を受けた。

麻美《まみ》の心臓に先天性の疾患が見つかったのだ。移植のほかに助かる見こみは、残念ながらない。

美玖は父親に泣きついた。アメリカへ渡って娘が心臓移植を受ける費用を出してくれないか、と。義母も後藤の正妻に頭を下げにいってくれた。淵上も美玖と一緒に初めて後藤と会い、娘を助けてほしいと懇願した。これまで以上に働かせてもらいますから、と。

願いは通じた。後藤は三千万円を用立ててくれた。だが、祈りは通じなかった。アメリカへ渡る直前、麻美の小さな心臓は動きを停めた。

裏カジノや覚醒剤、売春に日雇い労働者からの搾取……。六道会は手広く商売をしていた。人を苦しめることで得た稼ぎをもらって手術を受けて幸福になれるのか。父親が胸に宿した疑問を、あの子も感じ取ったかのような儚《はかな》い最期だった。

美玖は酒に溺れた。淵上は仕事に逃げた。離婚は彼女のほうから切り出してきた。麻美が死んでからベッドをともにしていなかった。もう子どもを作る気にはなれないと言われた。本心はどこにあったのか。

もう組長の娘婿ではない。

周囲の目つきが豹変した。賓客《ひんきゃく》から単なる使用人に転落した。落ちた犬はたたくに限る。淵上は妻の父親を誇って偉ぶったつもりはなかった。が、意趣返しだとばかりに嫌がらせを受けた。

「美玖ちゃんは、ある幹部の子を宿しちまったから、おまえみたいなやつと結婚したんだよ」

「あの子の髪の毛ぐらい残ってるだろ。DNAを調べてみりゃ、一発さ」

噂は信じなかった。初めて麻美を抱き上げた時の感動と温もりは忘れられない。淵上は父を知らずに育った。だから、恥ずかしくない親になりたい。麻美を授かったから、そう自分に誓うことができたのだった。

会計事務所に辞表を出した。横須賀《よこすか》港で麻美の写真を手に夜の海を見つめた。生きる希望はどこを探しても見つからなかった。

あの時、命を絶たずにいたのはなぜか。今も淵上は考える。自分で選び取った人生ではなかった。愛人を作って家に戻らなかった父。愚かな男に金を貢いでいた母。その母を憎みながら、似た男に騙された姉。一家の少ない資産を奪っていった姉の夫。金にまつわる苦労を幼いころから強いられてきた。

命を絶ったら負け犬で終わる。元夫の死を聞かされようと美玖は驚きもせず、したり顔でうなずくだろう。ふてぶてしく狡《ずる》い連中ばかりが得をする。感情に蓋をした者が勝ち誇る。同情、共感、情けといった心の揺れは、弱さと同じ意味しか持たない。

美玖が出ていったマンションへ一人で帰った。多くのゴミをまとめている時、電話が鳴った。深夜二時になっていた。

あの男はどこから淵上の素性を知ったのか。六道会の中枢に近く、金銭的な事情を誰よりも知る者。冷静に考えるなら、相手が望む条件に淵上ほど合う者はいなかった。

携帯電話から聞こえてきたのはコンピューターで合成された音声だった。

「淵上賢誠さんですね、六道会の。ある人にあなたを紹介されました。おれの仕事を知ってもらうには打ってつけの人だ、と」

何を言っているのか、わからなかった。話を聞く気になったのは、〝仕事〟にいくらか興味を覚えたからだったかもしれない。

「手を下していない別の者を犯人として身代わりに出頭させる。昔からあなたたち暴力団が得意とする手口だ。とはいえ、警察の捜査は否が応でも及ぶ。でも、相手が自殺してくれれば、警察も敵対組織も手出しはできない。そうは思いませんかね」

「あんた、何者だ……」

「オガミと言います。あなたなら六道会の組長に話を上げられます。最初のお代はいりません。納得していただいたうえで、よきパートナーになりたいと考えるからです。ただし二回目以降は、それなりの額を請求させていただきます」

「冗談はやめろ、ばかばかしい」

「残念ですね。信じていただけなくては商談にならない。今のあなたなら理解していただけると思ったのですがね」

娘を失い、妻と別れたことを、電話の相手は知っていた。悪戯《いたずら》にしてはたちが悪い。

「どなたか、死んでもらいたい者はいませんか。たとえば……あなたのお姉さんの元旦那とか」

そこまで知っているとは何者なのだ。姉の元夫は、まだしぶとく山師まがいの仕事に手を出していた。地上げ、原野商法、詐欺まがいの商取引。多くの犠牲者が今なお増えている。

「一ヵ月くだされば、お望みの結果をお届けしましょう」

「面白い。やってみてくれ」

失うものは何もなかった。この男は淵上の過去を調べたうえで電話をかけてきている。冗談であるにしても、その真意を知りたかった。

「では、一ヵ月後に」

電話は切れた。あとひと月は死なずにいられそうだ。不思議とそう思えたのは確かだった。

三週間ほどして、ある新聞の山梨県版が速達で送られてきた。差出人は、拝望《おがみのぞみ》。ふざけた偽名だった。

半信半疑で封を開けた。地方面に付箋がついていた。記事を読み、汗が全身からにじみ出た。

『不動産会社社長が自殺』

間違いなく小塚基弘《こづかもとひろ》の名前がそこにはあった。震える指で姉に電話を入れた。

「記事が出てたみたいね。昨日、警察が仕事場に来て、わたしも知ったのよ。よくぞ死んでくれたわよね。どうせ借金で首が回らなくなったんでしょうけど。賢誠にも迷惑かけたけど、もう心配しなくていいみたい。ああ、せいせいした」

淵上は過去に一度、後藤の部下に相談して、姉に二度と近づくなと脅してもらっていた。以来、電話で泣きついてくることはあったが、姉を待ち伏せして金をせびることはなくなっていた。

淵上は甲府《こうふ》まで足を伸ばし、遺体が発見されたマンションを訪ねた。会計事務所の名刺を出せば、金銭問題の調査なのだと思ってくれた。管理人から話が聞けた。

まさしく完璧な仕事だった。部屋の鍵がかかっていたのは、合い鍵を作れば問題はない。だが、やつは死の直前、知り合いに電話をかけていた。もうやっていけない。こうするほかない。死をほのめかす電話だったため、警察もすぐに自殺と断定したのだった。

似た声の者を探したのか。盗聴器でも仕掛けてやつの言葉を録音し、編集と加工をしたのか。周到な準備と音響関連の高度な技術を擁《よう》すれば不可能ではないだろう。

二日後の夜に、拝から電話がかかってきた。電子音で加工された声で彼は笑った。

「あの男は人間のくずでしたね。ああいう男でしたら、いつでもお手伝いをさせていただきます。ただし、下調べをして、ご要望に応えられそうにないとわかれば、お断りをさせていただくケースもありますので、ご注意ください」

警察に守られた政府の要人、海外のＶＩＰ、有名スポーツ選手……。派手に事件が報道されかねない人物はＮＧだった。また、高額の生命保険をかけての依頼も同じ。使い勝手が悪いと言われようが、自身に危険が及ぶと予想される仕事は断らせてもらう。あきれるほど強気の商談だった。

ちょうどそのころ、六道会傘下の産廃業者が大きなミスをしでかした。廃棄物処理場の認可を取りつけようとした土地に問題が起きていた。ライバル業者が親族を脅し、一部の土地を強引に買い取ったのだ。その土地が手に入らないと、処理場の認可が下りない。ライバル業者は多額の借金を抱えていて、最後の大博打を打ってきたのだった。買い取った土地の権利証を手に、中京地区のある組織のもとへ逃げこんだ。

報告を受けて後藤修二郎は激怒した。このままでは示しがつかない。しかし、敵の言い値で荒れ地を買い取るほかに解決策が見つからなかった。

「後藤さん。例の件ですが、知り合いに相談させてください」

淵上は直ちに後藤に連絡した。すべての情報を聞き出し、教えられたメールで拝に伝えた。

二時間後に返事があった。二週間くれ、と。

電話が来たのは十日後だった。代金は一千万円。吹っかけられた土地代金の二十五分の一ですむ。五時間以内に手付けとして半金を海外口座に振り込め。標的が命を絶った場合、土地の相続人は死んだ先妻の息子になる。その男を今すぐ手懐けなさい。有益なアドバイザリー料金こみの金額だった。

後藤のもとへ足を運び、話を通した。責任はわたしが取ります。マンションを売れば、それくらいの額は捻出できた。

「気でも狂ったか」

得体の知れない生き物を見るような目で後藤は言った。娘の飼い犬だった男が、殺しを請け負うと提案してきたのだから当然だったろう。

「わたしを信じてください」

淵上は拝の腕を信じていた。

三日後に、男は組織が用意したマンションの一室を抜け出し、近くのビルの上からダイブした。屋上に靴をそろえたうえで。

拝は十日の間に男の所在を割り出し、脱出させる方法を考えたうえで、値段を提案してきたのだった。驚いたことに、男は先妻との間にできた息子に「あとは頼む」と電話をかけていたともいう。今回も完璧な仕事だった。

渕上の指示どおりに、後藤はその息子を匿《かくま》っていた。相続した土地は問題なく入手できた。

後藤はミスを犯した部下に代金全額を支払わせた。廃棄物処理場は一年後、近隣住民の反対を押し切って、営業をスタートさせた。

「どういう手を使った」

「実はわたしもわからないのです。信じていただきたいのですが、わたしは単なるメッセンジャーにすぎません」

「おれに紹介しろ」

「申し訳ありません。彼はわたし以外の者と話をする気はないと言っています。素性を探ろうとすれば同じ目に遭う、と脅されました」

教えられたメールアドレスや電話をたぐっても、まず間違いなく拝にはたどりつけない。海外の口座も同じだろう。

あれから四人の始末を依頼した。拝は二人を殺害し、残る二人の仕事は受けなかった。なぜ断ったのか理由は不明だ。金に汚い代議士を冥土送りにしながら、敵対組織の幹部に手は下さなかった。こちらにも都合がある。そうとだけ言われた。ほかにも顧客がいたとも考えられる。

自殺大国日本。拝は準備に時間をかけ、完璧な仕事を心がける。

木は森の中に隠せばいい。見事な目のつけどころだった。

亀岡美玖は組の若い者を使用人のようにしたがえて空港カウンターを訪れた。こういう特権を後藤が許してきたから、美玖という疫病神が生まれたのだ。

予約したレストランの個室で淵上は待ち受けた。十分後にヒールの音が近づいた。ドアが開き、個室を用意されて当然と考える女が淵上を見て足を止めた。

後ろで若者が音もなくドアを閉めた。美玖はすべてを察した。オーストリッチのバッグを投げつけることなく、面倒くさそうに顔をしわめた。淵上の向かいに座ると、長い脚を組んで煙草を取り出した。

夫を亡くしたばかりの妻が傷心旅行へ出かける姿ではなかった。パーティードレスばりのワンピースにオレンジ色に輝くパンプス。きっと父親にファーストクラスをねだったのだろう。美玖は天井を見上げて気持ちよさそうに煙を吐いた。

淵上は写真を美玖の前に置いた。愛くるしく笑う生後十ヵ月の麻美の写真だ。

「忘れてるといけないので餞別《せんべつ》代わりに持ってきた。受け取ってくれ」

「忘れるわけないでしょ。ずっと手帳にはさんであるわよ、別の写真を。あんたが写った左っかわを切り取ったお気に入りをね」

写真館で撮ったものだ。娘を抱く美玖は女神のように微笑んでいた。今目をつり上げて睨む女とは似ても似つかぬ別人だった。

「どうしてわたしをやらないのよ」

指にはさむ細い煙草が震えた。揺れた紫煙の奥から恨みのこもった目が見えてくる。

「君は何か勘違いをしてる。後藤さんも君におかしなことを吹きこまれて誤解しかけた。どうにか納得してもらえて助かったけどな」

「そうよね。だから、わたしが今さらブリスベンくんだりまで語学留学に行かなきゃならないんだものね」

「英語をマスターしないと三年は戻ってこられないそうじゃないか」

火のついた煙草が飛んできた。以前は皿やグラスを投げつけられた。胸で受け止め、軽く手で払って微笑み返した。

「どうして誤解したのか理由を教えてほしい」

美玖はわざとらしく横を向き、また細い煙草に火をつけた。

「わたしの最大のあやまちはあんたの子を授かったことよ」

淵上は思いを封じこめるため、口元を引きしめた。

「ほら。やっぱり信じてない。麻美は正真正銘あんたの子よ。疑ってたんなら、どうしてDNA鑑定しなかったのよ」

今でもできるかもしれない。だが、どうでもいいことだった。死んだあの子を侮辱する気がした。そういう淵上の気の弱さを承知したうえでの発言だった。

「話をすり替えないでくれ。どうしておれだと誤解したのか聞きたいんだ」

美玖は歯の隙間からゆっくりと煙を吐いた。

「おかしいじゃない。だって、わたしとは縁が切れたのよ。少しは不正経理に関係してたんでしょうけど、ずっとパパの下で働くことはないでしょ。パパだってあんたが近くにいたら、嫌なこと思い出す。なのにどうしてずっと下に置きたがるのか、謎よね」

「おれはそこそこ優秀な会計士なんだよ。実力を評価してもらったにすぎない。おれも後藤さんには麻美の件でお世話になった恩がある」

「嘘言わないでよ。あんたの義理の兄さん、自殺してるでしょ。知ってんだからね」

予感はあった。小塚基弘は淵上の妻の出自を知り、何度も怪しい取引を持ちかけてきた。美玖に愚痴をこぼした記憶がある。

「彼は事業に失敗して、ずっと無一文だった」

「あんた、本当に知らないのね？」

何を言っているのか。得意そうな顔の美玖を見つめた。

「小塚って男を痛めつけにいったのは……茂雄だったのよ」

どうだ、と誇らしげに美玖は胸を張った。

世間は狭い。美玖は夫となった男から小塚の事情を聞いていたのだ。自分と別れたのに、まだあの男は六道会から離れずにいる。報酬目当てとは思いにくい。何かある。父親にも元夫を手懐けておきたい理由ができたと見える。

淵上は新たに設立された会計事務所に移った。顧客はほぼ表稼業で、不正経理からは手を引いたように見せている。安全地帯に身を置く淵上を父親がいまだ手放さずにいるのはなぜか。きっと大っぴらにできない理由があるのだ。

「どうして茂雄におれを探らせた」

「わたしは何もしてないわよ。あの人が勘づいたの。あいつは癪《しやく》に障る。おまえと別れてもう価値もない男なのに、なぜ自分より稼ぎを保証されてるんだ。おれにだって組の仕事ができる。あの人はずっと歯ぎしりしてた」

女好みの顔という取り柄しかないくせに、自分はできる男なのだと信じたい。能がないから自分を買い被って、現実を直視できない。亀岡茂雄は小塚基弘と同じ穴のムジナだった。

会計士の分際でなぜあいつが厚遇される。自分は後藤の娘を妻に持つ男だ。もっとおれを崇《あが》めろ。自分はバーの店長で終わる男であるものか。

てっきり美玖だと信じていた。茂雄への軽視があった。あの程度の男に何ができるものか。周囲のそういう視線と闘う気概で妻の元夫を探り、組織の中で力を得ようと狙った。おそらくその動機の根には、淵上賢誠という男への軽視があったろう。あんな金勘定しかできない男に何なのだ。

亀岡茂雄は、小塚基弘だけでなく、淵上賢誠とも瓜ふたつだった。そういえば三人とも背が高く、目鼻立ちが際立ち、女に優しかった。それしか取り柄がない。茂雄とは女の趣味まで一緒だったから、同じ女を妻にしたのだった。

「茂雄から何を聞いた。若い者におれを調べさせていたよな」

「もちろん、いろいろ聞いたわね。規則正しく定時に出社して定時に帰る。家に女が待つわけでもないのに。無趣味で酒を飲みにも行かず、何が楽しくて生きてるのかわからない」

淵上はうなずいた。麻美を亡くしてから生き甲斐はなくなった。なぜ生きているのか。死ぬ勇気が持てずにいるからにすぎなかった。

今は、ほんのわずかな喜びに似た感情がある。六道会を支えている。拝の力がある限り、組織はまだ大きくなれる。過信はしない。出しゃばらず、陰に身を置き、采配を振る手伝いをさせてもらう。

「ほかには何を言ってた」

「あんたが殺しを請け負えるはずがない。必ず周辺に実行犯がいる。だから、あの人はあんたの過去を調べたのよ」

姉が一人いて、寄生虫でしかなかった元夫が自殺している。手口が同じだ。茂雄はさらに調査を進めたはずだ。そして何かを見つけた。だから拝に命を絶たれた。

──おれが何者か、調べようとしても無駄だ。銀行口座は毎回替える。あとをたどろうと、おれには絶対たどりつけない。もしおれの素性を探ろうとすれば、君も小塚基弘と同じ道をたどる。

コンピューターで合成された音声で拝は淡々と言った。

──六道会の中で君が最も後藤修二郎に近く、また遠くもある。

拝の調査は行き届いていた。娘の元夫だから、後藤と連絡をつけられる立場にある。が、組織の者は淵上を正規の組員とは見ていない。使用人の一人。もはや部外者となった路傍の石。そういう男が殺しを請け負っていると考える者はいない。

亀岡茂雄は拝の素性を探ろうと動いた。禁を犯した。つまり淵上が拝によって監視されていた、と思われる。さしたる価値もないはずの淵上を探る者がいた。狙いは拝の存在。近づく者は容赦しない。

ひとつの想像が浮かぶ。拝という男は淵上の近くにいるのだ。もとより淵上を知っていたから、仕事のパートナーとして白羽の矢を立てるにいたった。

茂雄は淵上の過去を調査させた。だが、小塚基弘のほかに自殺した者はいない。父も母も病死だった。友人にも自ら命を絶った者はいない。

「おれの過去を調べて、何か出てきたかな」

「ろくでもない義理の兄だけで充分でしょ。あんたが殺させたのよね」

淵上は首を振った。美玖が鼻で笑い飛ばした。

「絶対に尻尾をつかんでやる。そうあの人は言ってた。あんたはほかにもやってるはずだ。だから、自殺した者を調べだしてやるって……」

「見つけたのか」

「とぼけないでよ。見つけたから消されたんでしょ、あんたに」

そう。ほかにもう一人だけ、自殺した知り合いがいた。今の今まですっかり忘れていた。その程度の、わずかな価値もない男だった。淵上は席を立った。

「ありがとう。大いに参考になった。せいぜい語学研修に励んでくれ」

「あんたは死神よ。あんたのせいで麻美も死んだのよ」

鬼女の形相で美玖が叫んだ。意外にも両手で顔を覆った。涙を見せて取り乱したことが悔しくてならない、と歯嚙みでもするような泣き方だった。

お腹を痛めて生んだ子を奪われ、新しい夫も命を絶たれた。その原因はすべて目の前の男にある。けれど、手を出すことはできない。この男は無法の王たる自分の父親に守られている。

「やるならわたしをやってよ。お願いだから！」

本心ではなかった。彼女も守られた存在なのだ。手を下そうものなら、必ず命を取られる。美玖はただ悔しくて泣いたにすぎなかった。捨てた男に憐れまれている。

すすり泣きを背に個室を出た。

もう一人の自殺した男――。今考えれば、あの男も茂雄と似たような状況での自殺だった。

伊勢谷拓磨。

茂雄は彼の死を探ったのではなかったろうか。その行動が死を招き寄せた。

伊勢谷の周辺に、拝がいるのだ。

3

荷物はすべてまとめた。パスポートも用意はできている。祈りながら待っていると、午後十時をすぎて電話が鳴った。

「何があった。また問い合わせが来たのか」

聡の声は冷静だった。五ヵ月ほど前、事務局に富川光範という役人から電話がきたことを告げた時も、慌てずに淡々と事実を受け入れた。

「今度は外務省と警察からだった。どちらも海外での死亡事故を調べてると言ってた。でも、聡を狙い撃ちにしてるのは間違いないと思う」

「そうか……。その時がきたのかもしれないな」

「荷物はまとめてある。早くチケットの手配をしたほうがいいよね」

一刻も早く逃げる先を決めたほうがいい。資金はまだ少し余裕があった。

「場所は任せる。先に行っててくれ」

「だめ。一緒に逃げよう」

「あと少しなんだ」

「逃げるのが先よ」

「心配するな。すぐにあとを追う」

「絶対にだめ。わたしが先に逃げたら素性がばれる。だってそうでしょ。わたしの履歴書は事務局に出してあるのよ。警察はわたしの写真を関係者に見せて調べ回るはずだもの」

履歴書に貼った写真はウィッグと黒縁眼鏡で多少は印象を変えていた。名前も偽っていた。けれど、気づく者が出ないとは言えなかった。

梶尾聡の幼なじみが緑の医師団で働いていた。そうなれば警察は真相を見ぬく。あらゆる手段を講じて、幸の逃亡先を突きとめにかかる。先に逃げるしかないのだった。それくらいは聡も想像がついている。

一人で先に逃げろ。すなわちそれは、二度と幸の前に現れるつもりはない――そう言っているのも同じだった。

「一人で逃げるつもりはないからね。気持ちは同じだから」

聡がまた沈黙した。幸は何度でも言うつもりだった。

「あなたを一人にはしない。この先もずっと一緒よ。たとえどこへ旅立とうとも」

たとえ地獄の果てであろうと。迷いはなかった。自分は一度死んだも同じ身だった。聡がいたから今がある。

「お願いだから、帰ってきて」

聡はまだ黙っていた。このまま姿を消す気でいるとは思わなかった。入念な準備を積んできたのだ。あと少し。その言葉に嘘はなかった。幸にはわかる。演技はできても、本気で嘘をつける人ではなかった。あの幼いころから、聡は変わっていない。

「警察に捕まったら何にもならない。仕切り直しのために少しだけ日本を離れる。あとのことは二人でじっくり考えていけばいいのよ。ねえ、そうでしょ」

「……確かにそうかもしれないな」

やっと返事をしてくれた。幸はその言葉を信じてはいなかった。だから言った。

「お願い。今すぐ帰ってきて」

「バンコクまでのチケットを用意してくれ。それまで君は事務局に顔を出すんだ。できるね」

「大丈夫。まだわたしが本部で働いているなんて気づいてないと思う。今、どこなの?」

「いろいろ準備をしてた。明日には帰れる」

「絶対だからね」

「ああ……信じてくれよ」

聡の顔を見るまで安心はできなかった。

第五章　戦慄の前奏

1

インターポールを通じて地元の警察に協力を求めるには何をすればいいか。

本條大学付属病院を出たあと、井岡は東武東上線の車中で考え続けた。警察庁の幹部に報告を上げるしか手がないのは見えていた。だが、今後はろくに情報が降りてこなくなる。君らは今までどおりの統計調査を続けろ。過去の自殺を洗い直せ。そう言われるのは明らかだった。

結論を見出せないまま池袋に到着した。乗り換えに急ぐと携帯電話が鳴った。沢渡からだった。

「いよいよ来ました。竹中《たけなか》刑事局長から直々の呼び出しです」

沢渡にとっても刑事局長は雲の上の人も同じだった。階級にものを言わせて情報を吐き出させるつもりだろう。

「絶妙のタイミングじゃないか。外務審議官から問い合わせがあったNGOをおれが訪ねた途端だからな」

「おそらく緑の医師団の関係者が、その審議官に報告を上げたんでしょう」

警察からも同じ問い合わせがきた。事後報告になっても、知らせておいたほうがのちのち問題にならないだろう。そう考える小心者がいたに違いなかった。

「おれからは何ひとつ報告を受けてないとでも言って、ごまかしておいてくれ」

「無理ですよ。単独行動を取っていると見なされたら、監察官が井岡さんを迎えにいくでしょうね、間違いなく」

「それでも多少の時間稼ぎはできる」

「なるほど。富川さんにすべて伝える気ですね」

切れる男だ。無論その程度の先読みができなければ、二十五万人を超える警察官を、官僚の一人として率いてはいけない。

「いいか。おれはしばらく連絡を断つ。携帯も切るからな。位置情報を探られたくない。夜には連絡するつもりだ」

「了解です。門間さんにも伝えておいてください。お願いします」

「おまえこそ気をつけろよ。上を怒らせたら出世に響く。現場を理解してくれるキャリアを、おれたち下々は期待してるんだからな」

「その期待に応《こた》えられるよう努力します」

生真面目な言葉を残して電話は切れた。コンコースの隅に移動して門間の携帯を呼び出した。

「こちらも連絡しようと思ってたところです」

「何が出てきた」

「どうも昨日から、富川さんがこっちで活躍中のようです」

さもありなん。梶尾の出身地へ乗りこむとは、恐るべき行動力と闘志を持ち合わせている。

「それだけじゃありません。まだ確認は取れてませんが――梶尾の同級生が四人、不審な死に方をしてるんです」

「……自殺だな」

「三人が自殺。残る一人が交通事故。小学生のころから梶尾をいじめてた連中だそうです。梶尾の呪い。そう地元では言われてるようです」

全身の肌が粟立った。新たに四人が犠牲者リストに名を連ねた。

井岡のけちな想像を遥かに超える事件だった。何者かが外務審議官を動かし、情報を集めたがるのも無理はなかった。自殺に見せかけて殺人を重ねただけでも前代未聞なのだ。

そのうえ、遥かアフリカの地でも大量の安楽死事件があったと予想される。広く知れ渡れば、国の恥辱となる。

井岡たちに情報が降りてこないのは、ある意味、致し方なかった。幹部たちも当惑し、どう対処すべきか迷っているのだ。

「おまえはそっちでの確認を急げ」

「富川さんが先に動いています。話をつけてください」

「沢渡に呼び出しがかかった。念のためだ。しばらく携帯の電源は落としておけよな」

「了解です」

警察庁は、必ず近いうちに井岡たちから事件を取り上げる。残念ながら、多くの殺人を立証するに足る証拠は見つかっていない。すべて状況証拠にすぎなかった。

終わった事件を掘り返せば、責任論が取り沙汰される。そもそも証拠不十分なのだ。臭いものには蓋で、事件を闇に葬ろうと考える者が出るに違いない。

無論、梶尾を野放しにはしないはずだ。ただし、警察ではない組織が捜索を任される。たとえば公安調査庁。または内閣情報調査室。どちらの組織にも優秀な警察官が出向している。警察とは違って番記者が張りつくことはなく、秘密を守りやすい。

密かに梶尾を見つけて逮捕し、別の容疑で収監する。そのうえで精神障害の疑いがあるとして強引に措置入院させてしまえば、事件はなかったことにできる。事実が明らかになれば警察への信頼が大きく揺らぐ。

この読みはまず外れていない。警察ではない組織を使うつもりがあるから、外務審議官に協力を求めたのだとすれば、理屈は通る。

事件を闇に封じこめる。だが、すでに多くの犠牲者が出ている。身内を奪われた被害者家族が存在する。彼らは警察組織の行く末を憂う立場になかった。

腹は決まった。富川真佐子に電話を入れた。調査に没頭しているのか。コール音が続き、留守電機能につながった。

「――梶尾聡の過去が少し見えてきた。彼は緑の医師団の一員としてベファレシアの難民キャンプで働いていた。当時の彼をよく知る医師の名前が聞けた。コーラ・ナバロフ。ウクライナ出身の女性医師だ。残念ながら、我々では手が出せそうにない。詳しい話を知りたければ、いつでも電話をくれ。門間という部下も粟坂市に行っている。彼にもまだ伝えていない情報だ」

電話は必ず来る。時間をつぶしながら警察庁への帰路についた。

おそらく統計調査に専念しろと上から指示がくるだろう。自分たちには各県警から集めた資料がまだ残されている。何も警視庁管内のみで自殺に見せかけた殺人が実行されていたと決まったわけではなかった。

そう考えれば、まだ事件を追う道は残されていた。新たな手がかりを見つけて、幹部たちの鼻を明かしてやればいいのだった。

2

シャルル・ド・ゴール国際空港への到着は定刻より二十分早かった。真佐子は入国審査へ走った。パスポートを受け取ると、空港前のタクシーに飛び乗った。

パリを訪れるとは想像もしていなかった。井岡が言ったように、彼ら刑事が海外へ出張するのはまず不可能だったろう。

――上がどこまで本気か、我々も手探りのところがある。でも、あなたなら自由に動ける。

粟坂市で知りえた事実に、真佐子は戦慄した。ところが、ベファレシアの地にはよりおぞましい真実が封印されていそうだった。その鍵を握る人物がコーラ・ナバロフ。彼女は今どこで何をしているのか。

――生きていてくれればいいですがね。

井岡は希望を託すように言った。試しに彼は、英語のできる若い警察官僚を使い、緑の医師団のパリ本部へ電話をかけさせていた。個人情報の問い合わせには応じていない。当然の答えを返されたという。コーラ・ナバロフの消息をつかむには、誰かがパリ本部へ行くほかはないのだった。

――どうします、富川さん。あなたがパリまで行く気があれば、上への報告はひかえるつもりです。あなたのほかに動ける人は、どう見てもいない。

迷いはなかった。パリへの航空便を手配した。この旅の果てに梶尾聡の真実が隠されている。

時刻は午後四時。このぶんなら間に合いそうだ。あらかじめ緑の医師団には電話で取材を申しこんでおいた。日本からわざわざ来訪するという記者を、世界的なNGOが邪険に扱うことはなかった。広報部の職員を紹介された。

午後四時五十三分。パリの北東部、ラ・ヴィレット地区のオフィス街に到着した。サン・マルタン運河に近い古びた煉瓦造りのビルに、緑の医師団の本部はあった。受付で下手な英語を駆使して名乗りを上げた。

「電話で約束を取りつけた日本の記者です。雑誌の企画で、こちらの活動に参加した日本人看護師の一生を取材しています」

機内で辞書と首っ引きで仕上げた依頼書を提出した。梶尾の経歴とベファレシアでのボランティアに参加した宮原医師から話を聞いた経緯をまとめてあった。

「梶尾聡氏をよく知る人物を捜しています。彼は九年前、ベファレシアの難民キャンプで働いたあと、不幸にも現地で亡くなりました。難民キャンプで彼と一緒に働いたコーラ・

ナバロフ医師から話を聞きたいのです。彼女とチームを組んでいたメンバーがわかれば、その連絡先も教えてください」

アフリカ系の若い職員は書面を手にドアの奥へ消えた。

ロビーに置かれた長椅子に座って待った。コーラ・ナバロフと連絡が取れるように、と祈りを捧げながら。

三分ほどで、三十代とおぼしき白人男性がファイルを手に現れた。紹介された広報職員だった。その沈んだ面持ちを見て、悲しい予測が的中したと知った。

「……大変残念ですが、ミス・コーラ・ナバロフは亡くなっています」

おそらく自殺だ。しかし、彼らが把握していたのは、死亡した日時と親族の連絡先だけだった。緑の医師団では登録メンバーが亡くなった場合、これまでの活動への感謝の証《しるし》として、ささやかな記念のメダルを親族に贈っているのだという。

コーラ・ナバロフが死亡したのは八年前の二月十日。ベファアレシアでの活動を終えた五ヵ月後に当たる。

真佐子は手帳を開いて確認した。羽山守弘の自殺が同じ年の四月。つまり、梶尾聡は二月にコーラ・ナバロフを殺害したあと、再びベファアレシアに戻って羽山を手にかけたのだった。

ひとつの想像が実を結ぶ。梶尾にとって当初、コーラの殺害こそが目的だった。

彼が緑の医師団を辞めてキャンプを離れたのは、おおよそ死の一ヵ月前。同じころ、コーラ・ナバロフも難民キャンプを離れて帰国している。つまり、彼女が帰国したと知り、梶尾は自分の存在を消したうえで追いかけたのだと思われる。

ところが、コーラを手にかけたあと、彼は気が変わって羽山を殺害しにベファレシアへ戻る。その時点で、日本へ帰国して殺すべき者がいると気がついたのだ。生まれ故郷に帰るには、自分が生きているとの可能性を排除しておきたかった。さらに、念のため薬物を使って小金井元大使を病死に見せかけて殺害し、万全を期しておいた。その後、同級生四人を一人ずつ始末していった……。

ボランティアに打ちこむほど看護師としての使命感を梶尾は持っていた。そういう男がいとも容易《たやす》く人を殺せる非道な怪物に変貌を遂げてしまった。それほどに難民キャンプは過酷な場であったのだろう。多くの命が散り、死に囲まれていたと想像はつく。

「親族の連絡先を教えてください」

コーラ・ナバロフはフランスチームの一員としてベファレシアへ旅立っていた。家族も移住していた可能性はある。もちろん次の目的地がウクライナになろうと、足を運ぶ覚悟だった。

「当時の連絡先はパリ市内になっています」

メモにひかえた。彼女の勤務先は市内の総合病院だった。

た。

「どなたか彼女と親しかったメンバーのかたはいないでしょうか」

家族から話を聞けても、ベファレシアで何があったか、話していないことも考えられた。ともにベファレシアで働いた者であれば、当時の苦労を分かち合っていたはずだった。

「残念ですが、我々の団体には個人の意思で登録する者がほとんどです。派遣先が決まれば、そのつど入念なミーティングを重ねて現地へ向かいます。団体を離れた個人の交友関係までは把握しておりません」

「では、彼女と一緒にベファレシアへ向かった医師を教えてください」

決して迷惑をかけるような取材はしない。誓約書を書いてもいい。懇願が実って一人の医師を紹介された。当時のチームリーダーが今もサン・ドニ地区の病院に勤めていた。

礼を言って本部を出ると、大通りでタクシーをつかまえた。病院名はエグゼルマン・サンセール。土地鑑がまったくないため、スマートフォンの地図と首っ引きでサン・ドニ地区を探し、運転手に住所を告げた。

陽の落ちた街並みが途切れた先に、緑に囲まれた近代的なビルが見えてきた。そこが目的地の総合病院だった。

天井の高い待合室に人の姿はまばらだった。受付にいた事務員に下手な英語で訪問理由を説明した。話は通じたが、生憎《あいにく》と水曜日はエドゥアル・マセナ医師の休日に当たっていた。日本から取材に来たと告げてみたが、自宅の住所や連絡先は教えてもらえなかった。取材用パスがあるわけでもなく、パスポートを見せたぐらいでは身分証明にならないと判断されたらしい。出直すしかなかった。

真佐子は病院の中庭からコーラ・ナバロフの家族に電話を入れた。長いコール音に続いて回線がつながり、女性の声が答えた。幸運は続かず、英語がまったく通じなかった。片言で単語を並べ合っても話にはならず、ひとまず「ソーリー」と告げて電話を切らせてもらった。

こういう事態はありえたので、砂山光樹からパリ支局の住所を聞いていた。再びタクシーに乗り、サン・ラザール駅に近い新聞社の支局を訪ねた。

午後七時十二分。受付で砂山の名前を出して用件を伝えた。折悪く日本人の記者は帰宅したあとだった。が、砂山が話を通してくれていたので、英語を話せる女性の契約記者を紹介された。

事情を伝えて、コーラ・ナバロフの家族に電話を入れてもらう。

すぐに話は通じた。電話に出た女性はコーラ・ナバロフの弟の妻だった。

あなたの義姉から話を聞きたくて日本から来た。亡くなっていたと知り驚いている。緑の医師団で働いていた当時のことがわからないだろうか。取材目的を告げると、いつでも自宅に来てくれと返事をもらえた。弟夫婦の自宅は地下鉄を乗り継げば四十分ほどの距離だという。

女性記者にアルバイト代金の交渉をしてから、弟夫婦の家へ向かった。

駅からほど近い古びた集合住宅だった。階段の先に木目の浮き出たドアがあり、部屋番号のタグが埋めこまれていた。姉は医師でも、弟夫婦の暮らしは裕福ではなさそうに感じられた。ところが、部屋に招き入れられて先入観はぐらついた。廊下の先に二階への階段が見え、通されたリビングはまだローンの残る東京の家より遥かに広かった。

住宅事情の違いに戸惑いつつ、アナトリー・ナバロフと握手を交わした。四十前後だろう。セーターにジーパンというラフな姿から仕事は想像もつかなかった。けれど、握手した手に油汚れのようなものがあった。

気さくな笑みとともにソファを勧められた。部屋には家族の写真が飾られていた。真佐子の視線に気づいて、アナトリー・ナバロフが写真立てを示して言った。

「姉です。パリへ留学する前に家族で撮ったもので、姉も気に入っていた一枚です」

真ん中に並ぶ年配夫婦が両親だろう。父親の左に黒縁眼鏡をかけた女性が写っていた。髪はダークブラウン。鼻がやや鷲鼻気味だが、美人と言っていい。難民キャンプで現地の軍人から目をかけられていたというのも納得できる容姿だった。

「お姉様と会えないとわかり、大変残念に思いました」

悔やみの言葉になっているか不安はあった。記者がうまく通訳してくれたのだろう。アナトリー・ナバロフは薄い眉を下げて軽くあごを引いた。

「我々家族も突然のことだったので、当時は喪失感に襲われました。姉のおかげで我々家族は自由になれたようなものでしたから……」

自由になれた――。意味がわからずに問い返した。

アナトリー・ナバロフと通訳の間で会話が続いた。かなりこみ入った話のようだった。五分以上も真佐子は放っておかれた。

「ウクライナの政治情勢が深く関係していたようです」

二〇一四年、ロシアによるクリミア半島の編入がニュースになる前から、ウクライナでは親ヨーロッパ派と親ロシア派による権力闘争が続いていた。二〇〇四年の通称〝オレンジ革命〟によって民主化が実現したが、再び親ロシア派の政権が樹立するなど政権基盤は安定しなかった。

「彼らの父親も医師で、チェルノブイリ原発事故の後遺症に苦しむ人々の治療に携わってきたそうです」

真佐子はにわかに緊張した。もう三十年も前のソビエト連邦時代に発生した事故だったため、チェルノブイリの場所を失念していた。首都キエフの北、ベラルーシとの国境近くに発電所はあった。東日本大震災によってメルトダウンを起こした原発を持つ日本にとって、他人事ではない悲惨な事故だった。

「ちょうど十年前、チェルノブイリ事故による後遺症をテーマにした学術会議がモスクワで開催され、彼らの父親も参加しました。ところが、滞在先のホテルにロシアの軍警察がやって来て、逮捕されたのだといいます」

「ロシアによる嫌がらせです。うちの父はチェルノブイリにまつわるロシア側の不誠実さを絶えず非難してきました。親ヨーロッパ派の活動家と組み、ロシア政府への抗議活動を行ったこともあったんです。だから目をつけられていたんだと思います。彼らはありもしない罪をでっち上げて父を拘束したんです」

アナトリー・ナバロフは憤懣《ふんまん》やるかたないといった風情で身ぶり大きく話を続けた。

「そのころ姉は、留学先のパリに残って医師として働いていました。父がロシアで拘束されたと伝えたのに、姉はどういうわけかウクライナに戻ってこようともしませんでした。それどころか、なぜかNGOに登録すると、アフリカでボランティア活動を始めたんです」

そこで言葉を切り、彼は意味ありげに真佐子たちを見回した。

「ぼくも母も、姉は気が狂ったのかと思いました。でも……姉がアフリカから帰国すると、父がロシアで釈放されたんです」

どうしてだか、わかりますか。彼の小さな目がまたたき、質問を投げかけてきた。

想像もつかなかった。緑の医師団という世界に名を知られたNGOの活動に参加する。

志は見上げたものだが、ロシアで逮捕された父親と関係があるとは思えなかった。

「キエフに戻ってきた父はすぐ姉の住むパリへ出かけたんです。そこで何が話し合われたのか、父も姉も一切語ってはくれませんでした。パリから戻ると、父はもうチェルノブイリ関連の仕事からは離れ、しかも西側に近い街リヴィウの総合病院に新たな仕事を見つけ、転居までしたんです。そのうえ、姉を頼ってパリへ行けとぼくを諭しもしました。おまえは政治に巻きこまれてはならない。この先もまだ当分、親ヨーロッパ派と親ロシア派の紛争が続く、と言ってね」

西の街への移住。少しでもロシアから離れたかったかのようにも思えてならない。彼ら家族もそう考えたはずだ。

「母親にも説得されて、ぼくはパリで暮らすことを決めました。そうしたら……姉が突然、命を絶ってしまったんです。何が何だか、さっぱりわからなかった……」

声に悲嘆の響きはなかった。眉の端と肩を落とし、彼は悲しげに首をわずかに振った。

「自殺する直前……姉は電話をかけてきました。ごめん。あとは頼む、と。どういうことだって訊いても姉は何も言わず、電話を切ってしまいました。不安に駆られて姉のアパートへ駆けつけたところ……」

バスルームの換気口にロープを結び、首を吊っていたのだった。

「母国の両親につらい報告をしたあと、ぼくは父を問いつめました。パリで姉と何を話したのか、と。姉がアフリカへ行ったことと父の釈放に、どういう関係があったのか、と。父は泣きながら言いました。自分にもわからない。なぜアフリカへ行ったのか。そう問いただしたけれど、お父さんが帰ってきてくれて嬉しい、姉はそう言うだけだった、と……」

彼ら家族はロシア側の関与を疑っていた。父親を助けるため、コーラはベファレシアへ向かう必要があったのではないか、と。密かに命じられた任務を果たしたから、父が釈放された。そして、ベファレシアの地で手がけた何かしらの任務に苦しめられて、コーラは死を選んだのではなかったか、と。

でも、違う。彼らは誤解している。コーラは自殺に見せかけて殺されたのだ。梶尾聡の手によって。手口が光範の時とまったく同じだった。

「お姉さんを頼ってパリで暮らしていた時、こういう人物を見かけませんでしたか」

真佐子は梶尾の写真を見せた。

「どういう人なのですか」

「お姉さんと同じ時期にベファレシアの難民キャンプで働いていた日本人看護師です」

「この男性は知りませんが、ほかの日本人とは会っています」

「このパリで、ですね」

新たな日本人が登場してきた。梶尾が日本へ入国する前、整形手術を受けて顔の印象を変えていた可能性はあった。

「いつだったか……もう半年近くになるかな」

彼は後ろのダイニングチェアに座る妻を振り返った。

「もっと前だったわね。大雪が降ったあとだったと思うから、十二月ぐらいじゃなかったかしら」

そんな最近に日本人が……。

「その日本人は、お姉さんの知り合いだったわけですね」

「ええ。パリに留学していた経験があり、その時に姉と親しくなったと言ってました。自殺したことを人づてに聞いて驚き、訪ねてきた、と」

留学時代の知り合い。そういう日本人がいても不思議はなかった。

写真を真佐子に戻しながら、アナトリー・ナバロフが声を低めた。

「でも、あの日本人もあなたと同じで、姉がベファレシアへ行ったことを知っていて、かなりしつこく質問をしてきました。緑の医師団には以前から登録していたのか。自殺の動機は何だったのか……」

「あなたのお父さんがモスクワで逮捕されたことも話したのですか」

「ええ、もちろん。多くを訊かれましたからね」

コーラの過去を調べに来たとしか思えなかった。事件と関係する者なのだ。去年の十二月。まだ真佐子が極東薬品の記事を書いてもいない時期だった。どういう人物なのか……。


「その日本人の名前を覚えていますか」

「いいえ、外国人の名前は耳馴染みがないので、残念ながら」

「その人物は、日本から来たと言っていたのですか」

「ええ。緑の医師団のメンバーだった医師から姉が自殺したことを聞いた。そう言っていた覚えがあります」

確認をしておくべきだった。光範が事件に着目する前からコーラ・ナバロフの死について訊きに来た日本人がいた。その事実は気になる。

「年齢や体格など身体的特徴を教えてください」

三十歳前後。日本人は若く見られやすいので、もう少し上かもしれない。身長は百七十センチほど。痩せ気味の丸顔。

どこにでもいる日本人男性の容姿だった。

3

午前七時。携帯電話が鳴った。井岡はベッドから跳ね起きた。富川真佐子からの国際電話だった。

「お早うございます。と言っても、こちらは夜の十一時ですが」

「その声を聞くと、調査ははかどってるようですね。こっちは上からぐいぐい釘を刺されてデスクワークに戻されてしまった」

あの日の夜、沢渡に続いて井岡も呼び出しを受けた。洗いざらい報告しろ。副総監と背広姿の官僚に言われたが、コーラ・ナバロフの名は意地でも出さなかった。今後は余計な調査はせずに、関東近県の自殺を総点検しろ、と厳命された。さらに翌日からは、直属の上司に当たる高槻警視が何度も部屋を訪れ、睨みを利かせていく入念さだった。

「こちらも予想どおりの結果を報告しなければなりません」

やはりコーラ・ナバロフは自殺に見せかけて殺害されていたのだった。

「コーラの弟から話を聞き、そちらで確認していただきたいことが出てきました」

井岡はメモを取り、髭《ひげ》の浮いたあごをさすった。父親がモスクワで逮捕され、その一件がベファレシアへ旅立つ要因になったのではないか。そう家族は考えているのだという。

国際情勢が関係していそうなため、外務審議官が調査に協力していたのだとすれば、まさしく一介の刑事が扱える事件ではなくなってくる。しかも、怪しげな日本人が新たに登場してきている。

「了解した。宮原秀一に確認を取り次第メールを送ろう」

「お願いします。わたしは明日の朝一番で、コーラと一緒にベファレシアで働いた医師に会ってきます」

定時に刑事企画課統計係に登庁した。二人の部下はデスクで資料の読みこみに入っていた。それが仕事なのだから仕方なかった。十時には例によって高槻警視が監視のために現れた。自ら栃木県警の資料を探し、いくつかを持ち去っていった。

井岡はトイレに出たついでに宮原医師に電話を入れた。

「……それはおかしいですね。わたしのあとでベファレシアへ出向いた中原君とは、東京本部で何度も打ち合わせをしたので面識があるんです。でも、彼と梶尾君の話をした時、ドクター・ナバロフの話題は出ませんでした」

しかも、彼らのほかに日本からベファレシアの活動に参加した医師はいなかった。では、パリを訪れた日本人は誰からコーラの自殺を聞いたわけなのか。

宮原は、念のために中原医師に電話で確認してみようと言ってくれた。

十分ほどで折り返しの電話がきた。やはり中原医師はコーラ・ナバロフの存在を知らなかった。謎だ。どこからコーラの自殺を知ったのか。なぜベファレシアで働いた仲間から聞いた、などと嘘をついたのか。

もう一人の日本人とは何者で、なぜパリに現れたのか。しかも、去年の十二月なのだ。

まだ富川光範は殺されてもいない時期だった。

嘘をついた理由は想像がつく。その人物が日本人であったからだ。日本の医師から話を聞いた。相手が最も納得しやすい理由を選んだにすぎないだろう。つまり、情報源を正直に語る気は最初からなかったのだ。

緑の医師団の関係者から話を聞いたのなら、別に隠す必要はない。情報の出どころを隠したからには、正直に告げられない相手から入手した、と考えられる。

富川夫妻がベファレシアに関心を抱く前から事件に着目していた者が存在するのだ。しかも、パリまで足を運び、コーラの自殺を調査している。彼女が何者かに殺害された、と最初から予測をつけていたかのようにも思えてしまう。

もしそうであれば……。

井岡の脳裏に突拍子もない推測が組み上がってくる。

コーラ・ナバロフはロシアの軍警察によって逮捕された父を助けるためにベファレシアへ向かった。現地で何らかの任務を果たしたので、父は釈放された。とすれば、彼女は難民キャンプで何をしたのか……。

キャンプで医療活動に携わった宮原医師は言った。毎日多くの者が命を落としていった、と。苦しむ仲間を楽にしてやるため、薬を盗み出す者がいた、と。薬品庫の鍵の管理を梶尾が任されていたため、犯人視されたようだ、と。

全身の肌が粟立った。暗い廊下に隙間風が駆けぬけていく。

梶尾はコーラ・ナバロフと行動をともにすることが多かった。その彼に薬品横流しの嫌疑がかかり、キャンプで多くの者が死亡している。

コーラは現地で何者かを殺害したのではなかったろうか。医師であれば、医療行為に見せかけて患者に薬物を投与できる。その時に使用した薬は梶尾が薬品庫から密かに盗み出したものだった……。

井岡は統計係の部屋に背を向け、裏の階段を駆け下りた。


通用口をぬけて合同庁舎を出た。通りを横切り、外務省まで走った。受付で警察手帳を見せ、三日前にも話を聞いた樫原良三を呼び出した。強引に約束を取りつけ、中東アフリカ局のフロアで話を聞いた。

「当時の状況を教えていただきたいのです。隣のオビアニアで始まっていた内戦にロシアが関与してはいなかったでしょうか」

突然押しかけて前置きもなく国際情勢を問いかける刑事を前に、樫原良三はしばらく言葉に迷っていた。

「ロシアと深いかかわりを持つウクライナ人医師が難民キャンプで不可解な行動を見せていた形跡があり、羽山さんとのつながりが浮上してきたんです」

当たらずといえども遠からずの方便を告げて、言葉を待った。

「……確かに、ロシアが一部の反政府軍に武器を供与していた、という報道がありました」

思ったとおりだ。第三世界の紛争には大国の思惑がからみ合っている。オビアニアの内戦も例外ではなかったのだ。

井岡は手帳のページをさかのぼりながら言った。

「ロシアの関与はあったわけですよね。しかし——オビアニアのゲリラがアメリカ製のヘリコプターを使っていたという記事が、どこかに出ていたと思うのですが」

富川真佐子がネットで見つけたサイトの書きこみだった。ゲリラがロシアからの援助を受けていながら、アメリカ製の攻撃ヘリを使うものなのか。

素人の疑問を一蹴するように、樫原があっさりとうなずいた。

「何も珍しいケースではありません。資金を得るため、ケシやコカノキなどを栽培するゲリラ組織は多いんです。たまたま買いつけ先の組織がアメリカ製のヘリを転売した、とも考えられますし」

使用する武器の製造元を気にしたところで始まらない。戦闘での費用対効果が問題なのだ。アメリカは共産ゲリラを叩くために資金を提供し、ロシアはまた別の組織を背後から支援する。オビアニアの内戦も例外ではなかったのである。

「そうなると、当時のベファレシア政府も、隣の国で起きた内戦に何らかの関与をしていたのでしょうね」

「多くの難民が国内に流入し、治安は悪化する一方でした。ですので、軍事介入すべきという意見が強くあったようです。しかし、当時のベファレシア政府に戦争を始める資金の余裕はまったくなかったはずです。なので国連に助けを求めて難民キャンプの設立に動いたわけです」

「つかぬことをうかがいますが、当時の難民キャンプにロシアと関係の深い人物がいて、現地で亡くなるか、病に倒れたりしたことはなかったでしょうか」

何かあったはずなのだ。多くの状況が裏づけている。井岡が質問を投げかけると、樫原が目を見張った。彼にも質問の意図がわかったと思われる。

「ロシアとの関係はわかりません。ですが、いろいろ噂の多かったベファレシア陸軍の少佐が、難民キャンプの警護任務に当たっていた際、急死したとの報道があったと思います」

井岡は深く息を吸った。表情が顔に出ないよう拳《こぶし》を握りしめた。

宮原医師が言っていた。コーラ・ナバロフは地元軍との打ち合わせにも梶尾を同行させていた、と——。

「その少佐には、どういう噂があったのでしょう」

急死したベファレシア陸軍少佐の名はギルマ・アザリ。死因は急性心不全だったという。筋弛緩剤を打たれでもすれば、心臓は動きを停める。

「現地の雑誌が面白おかしく記事を書き、かなり話題になっていました。オビアニアの内戦に乗じて、ベファレシア国軍にもクーデターの動きがあった。その首謀者と見なされた少佐が、国境の辺境へ左遷になった。いや、違う。自ら国境へ赴任し、オビアニアのゲリラと連絡を取り合ってクーデターを起こす気なのだ。そういった、ありもしない噂でした」

ゴシップ誌がいたずらに書き立てた記事にすぎなかったのだろうか。それとも、少しは信憑性のある話が軍関係者から洩《も》れてきていたのか。

いずれにせよ、アザリという少佐は難民キャンプを警護する任務の最中に急死した。そのキャンプでコーラ・ナバロフが働き、軍との打ち合わせにも梶尾聡をともなっていたのだった。

統計係の部屋に戻ると、門間と沢渡が同時に席を立った。

「どこに雲隠れしてたんです、井岡さん。電話にも出ないなんて何してたんですか」

いきり立つ門間を手で制してデスクに戻った。

「頭を冷やしに散歩へ行ってたんだよ」

「冗談はあとにしてください。またひとつ見つけました。見てくださいよ、これを」

門間がファイルを突きつけた。沢渡も神妙そうな顔で歩み寄る。睨むような二人にうながされてファイルを受け取った。素早く目を通していく。

十月二十九日。おおよそ一ヵ月前のことだ。川崎区本町《ほんちょう》一丁目の龍王会館ビル五階に入るバー「沈丁花《じんちょうげ》」のトイレで、雇われ店長が首を吊って自殺していた。亀岡茂雄、三十五歳。

その妻の素性が次のページに書かれていた。読み進めて動悸が跳ねた。後藤修二郎が愛人に生ませて認知した娘だったのだ。

マル暴の刑事でなくとも後藤の名は知っていた。関東に六千人の構成員を持つ広域指定暴力団〝六道会〟の三代目組長だった。

亀岡の死に不審な点があるとして、神奈川県警は三ヵ所の組事務所に家宅捜索を強行した。が、殺人の証拠は発見できずに終わっている。

視線を戻すと、沢渡が言った。

「神奈川県警に問い合わせました。薬物や銃も見つからず、まったくの空振りだったそうです。おそらく第一発見者のバーテンが組の幹部に報告して、ガサ入れもあると予想をつけたのではないか。そう言ってました」

「自殺の動機は、仕事の悩み、とあるな」

ファイルをデスクに置いて訊いた。門間が素早くうなずいた。

「妻が組長の娘なので、逆玉と言っていいでしょう。ところが、自慢は顔と背の高さぐらいで、組の仕事は何ひとつ任されていなかったようです。店も赤字続きで、本人はかなり焦っていた。何人もの従業員がそう語っています」

井岡はファイルの後ろに添えられた供述調書をめくった。バーの従業員とはいえ、六道会の息のかかった男たちと見ていい。となれば、真実を語っているかどうかは疑わしい。

なるほど、確かに怪しくも取れる自殺だった。が、相手が暴力団の身内となれば、話は違ってくる。自殺に見せかけての殺害は、彼らの常套手段のひとつと言えた。その証拠に、梶尾の仕業と違って、亀岡は死の直前に自殺をほのめかす電話を身内にかけてはいない。遺書も残されてはいないのだった。

「単なるヤクザ者の自殺じゃない、そう考える根拠はどこにある」

「もう忘れたんですか、井岡さん。品川署に無理を言って手に入れた遺書があったじゃないですか」

忘れてなどいなかった。スキャンダルが浮上し、静岡県選出の代議士がホテルで自殺していた。その遺書を品川署の刑事課が鑑定に回したから、井岡たちの新たな部署が設置される運びになったのだった。思い当たって二人に視線を走らせた。

「おい……そういうことなのか」

あの代議士が自殺した理由。ひとつは政治資金収支報告書に不正があると指摘を受けた。もうひとつは暴力団関係者との黒い交際だった。

門間が表情を固めて言った。

「週刊誌の記事を確認しました。間違いありません。坂城《さかき》徹《とおる》と並んで写真に収まっていた相手は、六道会の幹部でした」

つながった――。

遺書を残して自殺した代議士。その男と交際のあった暴力団。その暴力団組長の娘婿《むすめむこ》までが自殺している。

代議士の自殺は去年の十一月。パリに住むコーラ・ナバロフの弟のもとに日本人男性がやって来た時期とも符合する。

関東六道会。その周辺に梶尾聡が身を隠しているのだ。

4

メールの着信音で目が覚めた。窓の外はまだ薄暗い。午前五時。サイドテーブルに手を伸ばすと、やはり井岡からのメールだった。

読み進めて真佐子は寒気を感じた。安ホテルの小さな部屋でも空調は効いている。ついに事件の全容が見えてきた。一刻も早くエグゼルマン・サンセール病院へ行き、エドゥアル・マセナ医師から話を聞かねばならなかった。

時間の余裕はあったが、朝食もとらずにホテルを出た。病院には約束の三十分前に到着した。日本だと早朝から患者が待合室に群れをなすのが普通だが、フランスは違っていた。正面玄関はまだ開いてもいなかった。通訳と合流して通用口へ回り、警備員に事情を伝えた。

約束どおり、マセナ医師は早くも出勤していた。朝の回診後であれば時間が取れると言われた。わざわざ日本から来たと力説した甲斐があったというものだった。事務室に通されて窓際の応接コーナーで医師を待った。

午前九時十五分。白衣を着た二メートル近い長身のアフリカ系男性が歩いてきた。その人がエドゥアル・マセナ医師だった。

「コーラのことは今でもよく思い出します。何かに追われでもしてたみたいに、自分はベファレシアへ行くしかない、そう本部を説得して我々のチームに合流したんです」

その熱意が仇《あだ》になったと言いたげに、マセナ医師は目を伏せてみせた。

予想は的中した。やはり彼女はベファレシアの難民キャンプへ向かう目的で緑の医師団に加わったのである。

母国で父とともに、チェルノブイリの後遺症に苦しむ患者の治療をボランティアで行ってきた実績が彼女にはあった。その際、緑の医師団から派遣されたチームとも一緒に仕事をしていたのだという。

「勤務先の病院を辞めてでもベファレシアへ行くつもりだ。そう言う彼女の熱意に負けて、本部も参加を承認したと聞きました。彼女は現地でも本当に熱心でした。自ら進んでベファレシア国軍や警察官の健康診断も受け持ち、睡眠時間を削って治療に当たっていました」

モスクワで逮捕された父を救うには、ベファレシア陸軍の少佐に近づく必要があった。彼女は必死だったはずなのだ。

「当時、アザリという少佐が難民キャンプの警備を指揮していたと聞きました。ご存じだったでしょうか」

腐臭を嗅《か》がされでもしたように、マセナ医師は顔の真ん中に皺を寄せた。

「覚えていますとも。キャンプの混乱が抑えきれなくて国連に泣きついておきながら、態度の大きな軍人でしたね。我々が取り寄せた医薬品を軍にも回せと言ってきたり、ゲリラが紛れているとの情報があるからと言って重症者のテントに押しかけたり……。絶えず騒動を引き起こしていました。国連軍のトップも彼の言動には手を焼いていたはずです」

ギルマ・アザリ少佐。隣国で勃発した内戦に乗じて、自国の軍を掌握しようと画策した。政府要人の目から逃れるため、自ら国境地帯への赴任を志願し、逃げてきたともいう。

「しかし、アザリ少佐は難民キャンプの駐屯地で亡くなったのでしたよね」

「ええ。軍人でさえ体調を崩すほどの厳しい環境でした。地獄に最も近い場所だという者さえいたほどです。朝晩の寒暖差は五十度を超え、感染症も蔓延していました。国連軍の兵士には、疲労が溜まっていながらもろくに眠れず、睡眠薬をくれと言う者が続出していました。あの少佐の場合は、肥満体質でもあり、心臓に問題を抱えていたと聞きました」

「軍医は帯同していなかったのでしょうか」

「医師はすべてキャンプで働いていたと思います。ですので、我々緑の医師団で軍の健康管理にも協力をすることになったんです」

「コーラ・ナバロフ医師の発案だったと聞きました」

マセナ医師は神妙そうにうなずいてみせた。

「本当に尊敬できる医師でした、彼女は……。誰からも頼りにされていました。あの少佐に気に入られてしまい、ベファレシア軍との打ち合わせを引き受けてもいたんです」

「その際、日本人の看護師をともなってはいなかったでしょうか」

マセナ医師の表情が固まった。あなたは何を問いたいのか。非難まじりの目が向けられた。真佐子は黙って答えを待った。

「……そうでしたね。サトシ・カジオも素晴らしい看護師でした。フランス語も学んでいたし、キャンプの患者たちにも慕われていた。深夜でも重症者のテントに足を運び、患者のケアを欠かさなかった。コーラも彼を信頼していました」

「わたしたちもそう聞きました。しかし、よくない噂もあったようですね」

真佐子は無表情に徹してマセナ医師を見返した。

「盗みが横行していたんです。彼が薬の横流しをするわけがない」

「でも、こういう可能性はなかったでしょうか。苦しむ多くの患者を見ていられずに、筋弛緩剤のようなものを密かに手渡していた……」

マセナ医師が視線をそらし、静かに首を横に振った。何度もくり返して。医師が仲間を信じないでどうする。そう我が身に言い聞かせでもするような態度に見えた。

「我々は空爆や銃撃戦に巻きこまれて苦しむ罪なき人々を手助けするため、力を合わせて働いてきました、あの過酷なキャンプで。力の限り働いてきたと胸を張って言えます」

彼らのボランティア精神には心から頭が下がる。アフリカになど行かず、その半年間を医師として働いていれば、多額の報酬を手にできたはずなのだ。戦火に巻きこまれる危険性も高い。現に緑の医師団には派遣先の地で命を落とした医師が何人もいた。看護師やバックアップ・スタッフも同様だった。

しかし、過酷な地に置かれた結果、精神に変調を来してしまう者が出たとしても納得はできる。

真佐子は質問を変えた。

「オビアニアのゲリラに、一時期ロシアが武器を供与していたという話もあったようですね」

「紛争地帯にはどんなことだって起こりえます。あなたも当時の新聞記事をもっと調べてみることだ。圧政を敷く軍に対抗すべく、オビアニア国内にはゲリラ組織がいくつも結成されていた。共産主義を掲げる者らもいたし、イスラムの宗派ごとにゲリラも細分化されていたという報道もありました。それぞれに勝手な思惑から大国が陰で支援し、戦闘を長期化させていた。犠牲になるのは、いつも罪なき市民なんです」

多くの者が知る現実だった。ひとつの国の政治体制が変われば、周辺国にも混乱は広がる。同盟国に経済的な影響も出る。思想と宗教を道連れにした椅子取り合戦は終わりを見せない。

おそらくベファレシアでも紛争の火種はあったと思われる。大国ロシアはオビアニアのゲリラを支援するのみでなく、ベファレシアにも触手を伸ばしていたのだろう。その相手がギルマ・アザリ少佐だった。が、彼は大国の言いなりにはならず、ベファレシアでの覇権を握ろうと独自に動きだした。ロシアとは考えを異にする国に接近を図ろうとしたのかもしれない。

何があったのか、詳細は不明だ。おそらくアザリ少佐はロシアへの背信行為を企て、国連軍の守る国境地帯へ逃げ去った。激怒したロシア側は、裏切り者を処罰にかかった。難民キャンプに潜入できる者を探し、コーラ・ナバロフに目をつけた。父親が拘束され、脅しに屈服したコーラは、ベファレシアでの援助活動に参加した。

この先は想像するしかない。

コーラは狙いどおり、ギルマ・アザリ少佐に接触できた。が、自ら殺人を犯すことはできなかった。彼女は一人の信頼できる看護師に悩みを打ち明けた。近くで仕事をしていたため、彼のほうが彼女の変調に気づけた、とも考えられる。

おそらく梶尾聡はコーラ・ナバロフに手を貸したのだ。

彼女に代わって彼がギルマ・アザリに薬物を投与した。なぜなら彼は、キャンプの重症患者に同じ行為をくり返していたからだ。彼は幼いころからずっと、病に苦しむ者に手を差し伸べてきた。地獄に近い地で苦痛に苛まれる人々を見ていられず、その家族が望むとおりにしてやっていたのではなかったか。だから、彼は難民たちから絶大な信頼を得ていた。そう考えられる。

悩み苦しむコーラを見て、梶尾は決断した。キャンプで働いていれば、アザリ少佐の横暴ぶりは知れた。しかも大国と手を結び、自国民をさらに苦しめる戦いを始める気でいるとも聞く。いずれ彼は同胞に命を奪われる運命にある。多くの犠牲者が出る前に、悪性腫瘍となった男を切除したところで心の痛みは生じもしない。

アザリ少佐がキャンプで倒れたとなれば、緑の医師団に連絡が入る。軍医とともにコーラが駆けつけ、検屍に当たる。だから死因は絶対に暴かれることはない。

梶尾は見事にアザリ少佐の命を奪ってみせた。

しかし、やがて薬の横流しが噂になり、彼は緑の医師団を辞めざるをえなくなった。その際、何かが彼にあったのだと思われる。だから梶尾は自分の存在を消そうと考え、事故死を演出した。同じ時期に、ベファレシア国内で一人のアジア系労働者が失踪しているはずだ。体型が似ていて血液型が同じ男を見つけ、殺害する。

そうまでして自分を消したかった理由——。

真佐子は訊いた。

「ナバロフ医師は、任期をまっとうしてフランスに戻ったのでしょうか」

「いえ……。第三キャンプがゲリラ軍の空襲を受けたあとで、彼女は体調を崩し、仕事ができなくなりました。後任の者が決まると、一人で先に帰国したんです。彼女は全力で働きすぎたのだと思います」

そうではない。絶対に違う。彼女は梶尾を裏切り、一人でパリへ逃げ去ったのだ。

真佐子は思う。二人の間には何かしらの約束があったのだろう。梶尾はコーラを信じ、彼女のためにアザリ少佐を殺害した。

想像でしかない。けれど、真相に近いと真佐子は考える。コーラは手管を擁《よう》して梶尾を手懐けた。彼はウクライナの女性医師に惑わされ、彼女を愛したのではなかったか。地獄に近い地で出会った女神のような存在。彼女のためになら、たとえ人の生き血であろうと飲みほせる。難民やベファレシア国民のためにもなることなのだ。梶尾は固く信じてアザリ少佐を殺してみせた。

ところが――コーラは一人で早々に帰国した。

梶尾から見れば、裏切り以外の何ものでもなかったろう。彼女のために人を殺した梶尾は、さらに自分を闇の中へ追いつめていった。多くの死に囲まれた地獄のような地で汗を流すうち、何かの箍《たが》が彼の心の中で外れ、怨念に近い感情がふくらみ、呑みこまれていったのだろう。復讐を誓い、新たな犠牲者を探して命を奪い、自分を消し去った末、彼はコーラが住むパリへ向かった。

梶尾聡という連続殺人犯をこの世に生み落とした元凶は、コーラ・ナバロフにあったのではないか。

「パリへ戻ってから、ナバロフ医師と連絡を取ることはなかったのでしょうか」

「彼女はなぜかわたしたちをさけてました。先に一人で帰国したことに引け目を感じていたんだと思います。緑の医師団も辞めると言っていたそうです。そこまで思いつめることはなかったのに……」

苦しげに言葉を継ぎ、唇を嚙みしめた。彼らは今もコーラが自ら死を選んだと信じているのだった。多くの状況が裏づけていた。彼女には悩みがあった。死の直前、弟に電話をかけてもいた。殺されたと思う者がいるはずもない。

「今日のわたしのように、ナバロフ医師または梶尾看護師の話を聞きに来た日本人はいなかったでしょうか」

視線を上げたマセナ医師が首を横に大きく振った。

「いいえ、日本人は来ていません。ですが——国連の職員に呼ばれて、彼らの話をしたことはあります」

手帳をしまいかけて、真佐子は医師に目を戻した。

「もしかすると東洋人だったのでしょうか」

予感を覚えながら訊いた。外国人の目から見れば、日本人も韓国人も中国人も、おそらく見分けはつかない。

「中国系カナダ人だと言っていたような記憶があります」

「国連の職員だというのは確かなのでしょうか」

「身分証を呈示されました。緑の医師団の本部で紹介された。そう言っていたと思います。ボランティア活動の最中に健康被害や事故にあったケースを調べているので協力してほしい、という話でした」

過去の事例の調査……。井岡たちも似た名目を使える部署に異動し、捜査を進めていた。国連による正式な調査かどうかは疑わしい。ごく普通の民間人に、国連の身分証が本物かどうか、見極めるすべはなかった。

「実は、ナバロフ医師の家族も東洋人から似た質問をされたと言ってました。去年の十二月ごろの話ですよね」

「ええ、そのころでしたね。ホテル・ラファイエットのロビーに呼ばれて話をしました」

年齢は三十歳前後。身長は百七十センチ前後。痩せ型の丸顔。銀縁眼鏡。

何が国連職員なものか。アナトリー・ナバロフの前に現れた男と同一人物に違いなかった。

5

午後十時五分前。井岡は神奈川県警本部の通用口で、制服警官に名前を告げた。

奥から年配の私服が出てきて、地下の小部屋に案内された。取調室に似たり寄ったりの汚い部屋だった。歓迎される身ではないと自覚はあった。警察庁の名を振りかざして強引に約束を取りつけたのだ。

十分ほど待たされた。暴力団対策課の管理官が二名の部下を率いて現れた。乗りこんできたのが警部補風情だと知り、管理官の栗原《くりはら》警視は困惑げに眉間《みけん》を寄せた。

「教えてもらえますか。警察庁の統計係が、なぜ六道会の動きに興味を持つのか。警察庁には報告をいつも上げているはずですよ」

「今はまだお答えできない、と森下《もりした》警視監を通じてお伝えさせていただいたはずです」

当然の策として、井岡はキャリア幹部の名前を出した。文句があるなら警察庁に言ったらいい。その度胸があるなら。視線と態度でわからせるしかなかった。

「資料はそろえていただけましたね」

栗原警視がこめかみを悔しげにうねらせ、後ろの男に合図を送った。分厚いファイルの束がデスクに置かれた。

井岡はページを開いた。あらためて事件を確認していく。

亀岡茂雄の遺体が発見されたのは、十月二十九日の午前九時ごろ。掃除当番だった若い従業員が店に出て、遺体を発見した。解剖の結果、外傷はなし。が、血中アルコール濃度が高く、酩酊状態に近かったと見なされる。

亀岡は二年前に藤崎《ふじさき》美玖と結婚。美玖の父親が六道会の三代目組長、後藤修二郎である。

六道会の事務所をガサ入れした名目は、幹部による亀岡への傷害と店の不正経理。添えられた従業員の供述調書は、捜査員による手慣れた作文だと推察できる。

「実は、こちらも興味深い事件の資料を持ってきました」

井岡は交換条件とするコピーを差し出した。去年の十一月、静岡六区選出の衆議院議員、坂城徹が品川区内のホテルで自殺した際の死体検案書だった。

栗原警視が受け取り、物問いたげな表情になった。彼らはまったく気づいてもいないのだった。

「覚えておられませんか。この坂城代議士が自殺する直前、ある暴力団幹部と一緒に笑顔で収まる写真が週刊誌に掲載されましたよね」

後ろの若い男が身を揺らした。上司の耳元に慌てたようにささやきかけた。

「三ツ和会の三津田《みつだ》晋也《しんや》です」

やっと顔色が変わるのだから、現場経験の少ない管理職だと思われる。彼のためにも井岡は解説を入れた。

「傘下で最も多くの構成員を持つ下部団体の組長で、六道会最高幹部の一人です」

写真は十年近く前に撮ったものと言われていた。坂城は地元で県議を長く務め、そのころ三津田はまだ若頭の一人だったらしい。

「さらにもう一点、もっと興味深い事実を、うちの部下が掘り起こしまして」

もう一枚のコピーをデスクの上にすべらせた。

静岡県下の新聞記事だった。計三枚。沢渡が当たりをつけてネット検索したところ、苦もなく的中した。県西部の山間部に、地元の反対を押し切る形で産業廃棄物処理場の新設認可が自治体から下りたという記事だ。

「皆さんはご存じないと思いますが、この認可が下りた久保山《くぼやま》地区は、自殺した坂城徹の地元です。いろいろ噂のある土地だったらしく、地元の暴力団が背後で動いたと言う者もいるようです。ただ、詳しい土地取引の状況はまだ我々も調べてはいません」

県警の男たちが互いの顔を見合わせた。何を言われているのか、まだ察しがついていないとは畏れ入る。

「何も出てこないかもしれません。しかし気になるのは、産廃施設の認可が下りた三ヵ月後に坂城と六道会幹部の記念写真が流出したことです。しかも、その直後に今度は坂城が自殺する。偶然にしては少しできすぎているとは思いませんか」

この事実を知り、門間は自分で静岡に出向くと言って聞かなかった。が、下手な動きを見せて悟られれば、井岡たちがつかんだ情報はすべて上に吸い上げられてしまう。

「あなたがた神奈川県警で興味が持てないというのであれば仕方ありません。静岡県警に相談するほかはないでしょうね」

両県警を競い合わせて大丈夫なのか。沢渡も井岡のアイディアを聞き、不安を口にした。だが、よその県警を利用でもしない限り、事件は闇に封じられてしまいかねない気がした。井岡たちでは調査に限界がある。最終的な責任は井岡一人がかぶればいいことだった。

「しかし、どうして我々に……」

静岡県下の事件を教える裏に、何があるのか。警戒したくなるのは当然だ。

「残念ながらわたしどもの部署は、その名前のとおりに統計を取るのが仕事です。現場での捜査権はありません。となれば、最も事件をよく知る身内にあとを託すほかはない。とはいえ、新たな捜査によって浮かんできた事実はすべて報告していただきたいのです。統計を取りつつ、過去の事件を掘り起こす狙いも我々にはあるからです」

半信半疑の目で見つめられた。だが、ここまで状況証拠がそろっているのだ。みすみす手柄を見逃すほど欲のない刑事がいるはずもない。

あとは彼らのやる気にかかっている。信じて結果を待つほかはなかった。

翌朝七時。今日も携帯電話が鳴った。パリで調査を続ける富川真佐子からの報告だった。

「どうにも納得できない話が出てきました。コーラと一緒にベファレシアへ渡ったフランス人医師のもとにも、例の東洋人が訪れていたんです」

しかも今度は国連職員を騙《かた》ったというのだから手がこんでいた。

昨年の十一月に坂城徹が自殺する。十二月にはコーラの弟と同僚医師の前に東洋人が現れている。

「少なくともその男は日本で何かに気づいたからパリへ行き、コーラの関係者から話を聞いた。そう考えたくなってきます」

すべて一本の線でつながっている。先入観にとらわれた見方なのだろうか。謎の東洋人がパリに現れる前には、坂城という代議士が自殺しているだけなのだ。

その坂城の地元で認可の下りた産廃施設の裏で、土地取得に地元暴力団の争いがあったと言われる。六道会が勝利し、負けた組織が腹いせに坂城の昔の写真を週刊誌に売った。腹を立てた六道会の者が写真の出どころを突きとめるべく動きだしたわけか……。

筋は通りそうな気はするが、疑問が口をついて出た。

「どうもよくわからないな」

「何がでしょうか」

「坂城が自殺ではなく殺されたのだとすれば、その犯人は六道会の近くにいて当然だ。何しろ坂城は六道会の側に荷担し、地元自治体に圧力をかけ、認可を与えてやった可能性が高い」

「そこに写真が出てしまい、政治資金にも疑惑の目が向けられた。このままでは坂城と六道会の関係が暴かれかねない」

「疑問はそこにもあると思わないかな。坂城にとっては、暴力団と深い関係にあったと知れ渡れば、政治家として致命的な醜聞になる。でも、六道会の側からすると、わざわざ自殺に見せかけて殺すまでの必要があるだろうか……」

「もっと裏があるんですよ。坂城が真相を打ち明けるようなことになれば、組長などの最高幹部につながる悪事が暴かれかねない」

「となると、主犯は六道会であり、一人の国会議員を自殺に見せかけて殺したことになる。その実行犯は梶尾聡。六道会が梶尾に指示を出しておきながら、坂城が殺された直後に、わざわざパリまで人を送って、コーラ・ナバロフとの関係をあらためて調べさせる意味がどこにあるんだろうか……」

「こういう可能性はないでしょうか。六道会は梶尾を使い、坂城を殺させた。けれど梶尾は、六道会と一定の距離を置くフリーの立場にあった。そこで六道会は梶尾の身辺を調査し、凄腕の殺し屋をもっと自由に操れる手はないか、と真相を探りだした……」

可能性のひとつとしてなら、あるかもしれない。だが、なぜ坂城の死の直後に動きだしたのか。たまたまその時、六道会と梶尾の間で何らかのトラブルが起き、両者の間に亀裂が生じた。そのため六道会が調査に動きだした……。

いずれにせよ、まだ裏の事情が存在するのだ。神奈川県警がどこまで真実に迫ってくれるか。全容を見通す手がかりがまだ不足していた。

「もう少しこちらでコーラの友人を捜してみます」

「念のため、身辺には気をつけてくださいよ。梶尾が今も日本にいるという保証はない」

「何かわかれば連絡します。そちらもお願いします」

くだくだと依頼人が何か言っていた。

6

「淵上さんの噂は南武《なんぶ》信用金庫の営業マンからうかがいました。こちらの事務所に任せておけば、経営アドバイスはもちろん、税務署にも顔が利く。すべて安心だと……」

二週間前と同じ台詞《せりふ》を口にして何度も頭を下げる。低姿勢でありながら、欲の皮を突っ張らせた愛想笑いが見え隠れする。

「うちはご覧のとおりの小さな事務所ですから。税務署に顔の利く会計士をお探しなら、ほかを当たってください」

そもそも淵上は、この小倉山《おぐらやま》会計事務所の代表ですらなかった。前の事務所から顧客を抱えてきたが、代表職は別の者に任せている。すべては後藤の指示によるものだった。

この男は淵上が六道会系企業の会計を一手に引き受けていると見当をつけ、自分もおこぼれに与りたいと考えているのだ。過去に税務調査が入り、追徴税などを課された苦い経験があるのだろう。

淵上は席を立ち、奥に向かって手を上げた。客でもない男の世話をしている暇はなかった。まだすがろうとする男に背を向けた。

後始末を若い者に託して、一人で事務所を出た。国道一号線の角にハイヤーを呼んであった。

「品川へ向かってくれ」

運転手に命じてからモバイル端末を開き、メールを読んだ。

六道会の若い者は使えなかった。後藤に筒抜けとなる。大手の興信所から独立した口の堅い男に仕事を発注した。伊勢谷拓磨の縁者を隈無く調べ出せ、と。

伊勢谷は宇都宮あたりの出身だったか。淵上は彼の昔をまったく知らない。蒲田《かまた》にあった六道会系のバーで雇われ店長を務めていた縁で知り合い、向こうから懐いてきたのだった。

宇都宮で六道会の傘下に当たる組織の仕事を手伝い、その縁を頼って東京へ出てきたと聞いた。が、正式に盃をもらうほどの度胸はなく、店を切り回す才覚もなかった。女と博打に手を出し、借金を重ねた末に、ビルの非常階段で首を吊ったのだった。

亀岡茂雄の死に様とそっくりだった。暴力団に憧れを持ちながら正式な組員ではなく、酒場のひとつを任されていた。あげくに首を吊っての自殺だ。

忘れもしない。六道会の幹部に命じられて、淵上が伊勢谷の妻に借金の返済を迫りに足を運んだ。が、強《したた》かな女で、すでに弁護士を雇い、相続放棄の手続きを進めていた。確か宇都宮の組織が伊勢谷の親族の住む家を強引に売り払い、借金を清算させたはずだ。——あんたはほかにもやってるはずだ。

茂雄は何に目をつけたのか。美玖は言っていた。

だから、自殺した者を調べだしてやる——と。

その言葉どおりに、淵上の周辺で自殺した者を捜したのであれば、当然、伊勢谷の名が出てきたはずだ。さらなる調査を進めた結果、拝の尻尾をつかみかけた——のではなかったろうか。

午後五時。品川のホテルに到着した。メールの指示にあった偽名でチェックインする。七階の部屋に上がった。廊下に誰もいないことを確認した。カードキーでドアを開け、部屋にすべりこむ。

カーテンは開けずに照明を灯した。ナイトテーブルの上に青い角封筒が置いてあった。

何者かがまたも伊勢谷の親族を調査している。拝の目に留まろうものなら、命が危うくなる。

念には念を入れ、知り合いを介して調査を依頼した。集めた資料は別の者に受け取らせ、さらに封筒をすり替えたうえで、このホテルに運ばせた。二重三重の偽装を施さねば安心はできなかった。

ベッドに腰を落として封を開けた。隠し撮りの写真と戸籍謄本が収められていた。

伊勢谷の両親はともに死亡している。どちらも病死とあった。家を奪われた伊勢谷の弟は、福島県下で健在だった。今は配送会社でトラックの運転手をしている。妻とは六年前に離婚。妻子と別れたのは、暴力団に家を奪われた不甲斐ない男だったからだろう。

伊勢谷の妻は、夫の死後に籍をぬいていた。今宮幸。三年前に、謝英文《しゃえいぶん》という中国籍の男と再婚し、東京都狛江市内のマンションに住む。夫は結婚を機に日本国籍を取得している。ほかにめぼしい親族はなし。

資料と報告書をナイトテーブルに置いた。

茂雄はまず間違いなく、伊勢谷の親族に目をつけたはずだ。その場合、弟と元妻ぐらいしか、調査するに相応しい親族はいないことになる。

気になるのは、今宮幸が中国人の男と結婚していたことだ。籍を入れたのは三年前でも、伊勢谷が自殺したころから関係があったとも考えられる。

さらに、今宮英文となった男の顔写真が撮れていなかった。少なくともこの五日間、狛江のマンションには戻っていない、と報告書にはある。

淵上はナイトテーブルの受話器をつかみ、ダイヤルボタンを押した。二度のコールで相手が出た。

「例の資料は受け取らせてもらった」

「ご期待に応えられたでしょうか。そこそこ仕事はできる男だと聞いています」

「できればもう少し詳しく調べてもらいたい。今宮夫妻だけでいい。勤務先や近所での評判。金銭面の情報があればベストだ。金に困ってはいないか。もしくは逆に、金回りが急によくなってはいないか。できるな」

「ある程度は調べられると思います」

「三日で頼む」

「やらせてみますが、時間が短いため、中間報告という形になる場合もあるとおふくみおきください」

通話を終えると、別の調査会社に電話を入れた。以前にも仕事で人を追わせたことのある会社だった。

「アイアスリサーチという調査会社を知っているか」

「かなり危ない調査も金次第で手がけるところだと聞いた覚えがあります」

「その会社にある調査を依頼した。これからファクシミリで調査対象者の氏名と住所を送る。アイアスリサーチの社員がどういう調査をしているかを見極め、報告してくれ」

「かなり難しい調査を依頼されたのですね」

「危険な調査になるかもしれない。もちろんアイアスリサーチにとって、だ」

「なるほど。もしその者らに危険が及びそうになった場合、その様子を写真なり映像なりに収めろ、とおっしゃるわけですね」

さすがはプロで、実に物わかりが早かった。敵対組織に罠を仕掛け、反撃に出させて、その証拠を押さえる。そう考えてくれれば問題はなかった。

「面倒な仕事になるが、礼は弾ませてもらう。頼んだぞ」

受話器を置いた。これで下準備はできた。あとは拝本人に次の依頼を発注すればいい。

もし今宮夫妻の周辺に拝がいるのであれば、何らかの反応が必ずどこかに出る。

自分の周辺を探る者がまたいるとわかれば、言い訳を作って依頼を断ってくるだろう。

アイアスリサーチの社員が襲われることはないかもしれない。だが、彼らの裏で何者かが動いている。そう考えた場合、アイアスリサーチの周辺を嗅ぎ回ろうとする者が出てくる可能性があった。

鬼が出るか、蛇《じゃ》が出るか。

ダミーのターゲットには、一度しか会ったことのない男を選んだ。知る人ぞ知る総会屋の重鎮だ。焦臭《きなくさ》い噂は数多く、恨みを抱く者は掃いて捨てるほどにいる。命を狙われるには不足のない男だった。

さあ、拝はどう出るか。

淵上はフロントからファクシミリを送るために７０５号室をあとにした。

第六章　闇にささやく者

1

待てども電話は鳴らない。神奈川県警は何をしているのか。価値ある情報を与えたのに何ひとつ報告が来なかった。半日もあれば土地取引の裏は取れる。地元業者を脅せば、暴力団の動きもつかめるはずだった。

「井岡さん。下手すると、上同士でつながってるとは考えられませんかね」

門間が資料の束を押しやり、井岡のデスクに迫ってきた。沢渡も向かいの席から視線で同意を示してくる。

「現場が急におかしな動きを見せ始めた。幹部の恫喝《どうかつ》に屈して、ネタの出どころを吐いたやつがいたんじゃないでしょうか」

警官の中にも役人気質に染まった腑抜けはいた。上司に気に入られたほうが出世できると見て、密告側に回る者が出ても驚きはしない。だが、上に阿《おもね》るより、大きなホシを挙げたほうが刑事としての勲章になる。

「我々の仕事は統計調査ですよね。まだ資料が足りないと言えば、向こうの本部に足を運んだところで、誰にとがめられる謂《いわ》れもありません」

「おまえが行ったところで、追い返されるのが落ちだ」

「何のために沢渡警部がいるんですかね」

門間の悪態を聞いて、当の沢渡までが椅子から立った。

「あくまで補足資料を求めましょう。その際に相談があれば乗る、と誘い水をかける。今後の連携をスムーズに進めるためだと言うんです」

井岡は若い二人を見比べた。

「いいか。静岡県下の産廃施設がからんでる。坂城が自殺したのは東京だ。いずれ警視庁や静岡との合同捜査に発展する。その主導権を握るためにも、決定的な証拠をつかむまでは頬被りを決めこむ気だよ。おれが指揮官でも、そう考えて動く」

二人もわかってはいる。捜査権もなく、上から睨まれている身のもどかしさに耐えるのはつらい。梶尾聡という実行犯の背中は、もう目の前に見え始めているのだった。

仕事に戻れと目で命じた。二人が渋々とデスクに戻る。

井岡も資料に目を戻した。栃木県警から提供されたものだ。梶尾聡の同級生四人。藤春耕太。医師の清水谷昌臣。

すべて梶尾の仕業と見て間違いはないだろう。同級生のうち一件は交通事故だが、ガードレールが途切れた場所で起きていた。路面にスリップ痕はなし。道路脇の資材置き場を突っ切り、崖下に転落している。例によって血中アルコール濃度は高く、酩酊状態に近かったと推察される。

おそらく小林勇には自殺の動機となる不始末がなかったのだろう。同級生の自殺が三件も続いたのでは、残る田中俊英が警戒する。梶尾は四人の身辺を探りつくしたうえで殺害する順番を考え、冷静に実行していったのだ。

梶尾の母の弟である藤春耕太。金にルーズで借金があったため、自殺と断定されていた。その兄夫婦の最期を梶尾が看取ったにもかかわらず、彼は家を追われている。十五年にわたって同居し、看病を続けてきたが、養子になってはおらず相続権がなかったからだ。近所の者の話では、梶尾を家から追い出す際、殴りつけることさえしていたという。

犠牲者はまだいた。自宅マンションで首を吊った清水谷昌臣。彼に関しては、遺書も親族への電話もなかった。窓や玄関が施錠されており、自殺と判断された。が、合い鍵さえ作ってしまえば密室にもならない。防犯カメラはエレベーター内と正面玄関付近にのみ設置されていた。非常階段を通れば、記録にも残らず出入りができた。

聡が宇都宮で勤務していた病院の後輩看護師、新庄祐未《しんじょうゆみ》も自殺していた。が、彼女の死は、病院を辞めて実家に戻った直後のことで、今から十六年も前になる。聡はその後、青年海外協力隊の一員となってカンボジアへ旅立っている。新庄祐未の自殺は本人の意思によるもの、と見られた。この時の恨みを晴らすため、清水谷昌臣を殺害したのだ。

そう考えていくと、これらの殺人には明確な動機が存在する。

いじめの首謀者たちで町の鼻つまみ者。病身の兄夫婦に近づかず、その家を当然のような顔で相続して売り渡した冷血漢。看護師をもてあそんで死に追いやった傲岸不遜《ごうがんふそん》な医師。自分を裏切ったコーラ・ナバロフ。

羽山守弘と小金井統。二人の外交官は、自分の身元を隠すための口封じだ。梶尾にはパリと日本に息の根を止めるべき者たちがいた。

富川光範も、外交官二人と同じ動機だったと考えられる。自分の存在が暴かれかねない事態になった。だから口封じのために殺すほかはなかった。

しかし……残る二人の動機が見えてこない。

静岡六区選出の衆議院議員、坂城徹。六道会組長の娘婿《むすめむこ》である亀岡茂雄。二人を殺害する必要がどこにあったわけなのか。特に坂城は政治家であり、その死には注目が集まる。接近するのも難しかったのではないだろうか。

状況から見て、梶尾の仕業だとしか思えない。坂城は六道会の幹部と記念写真を撮るほどの深い仲だった。産廃施設のほかにも、六道会系企業との関連があった可能性は高い。

となれば、梶尾にも六道会と何かしらの因縁があったわけか。そう考えるほかに、坂城と亀岡を殺害したことに納得がいかなくなる。

「警視庁の顔色をうかがってくる」

井岡は詳しい行き先を告げずに部屋を出た。背中に二人の視線を強く感じた。逃げるように足を速め、階段を駆け下りた。

通りを渡り、通用口へ走った。立ち番の警官に身分を明かし、ありもしない打ち合わせを騙《かた》り、刑事部のフロアへ上がった。組織犯罪対策課を訪ねて顔見知りを探した。

一人見つけた。四年ほど前、暴力団員が殺害された事件で組んだことのある男が、今では課長代理にまで昇進していた。

「噂は聞いているぞ。隠密捜査を任されてるらしいじゃないか」

「誤解ですよ。統計調査の数字をただ集めるのが任務で、捜査権はない部署ですから。なので、少し知恵を貸してください。難波《なんば》警視が快く協力してくれたと上の者にはしっかり報告しておきますので。お願いします」

上層部も関知する事件なのだ。そう伝えるために言った。現金なもので無表情を気取りながらも話に耳を貸してくれた。

「六道会ぐらいになれば、栃木方面にも強力な下部組織を持ってるんでしょうね」

「当然だろ。関東甲信越から東海の一部まで、総勢六千人近い構成員を持つと言われてる。六道会の関係者で誰か自殺でもしてたかな」

鋭い意見を聞き流し、頭を下げた。

「栃木方面の情報に詳しい人を教えてください。向こうの県警に訊くしかないにしても、心当たりがまったくないものでして」

梶尾による殺人の多くには納得できる動機が存在する。坂城や亀岡のケースにも、まだ見えざる動機がある、とは考えられないか。もし接点がないとなれば、梶尾は六道会という暴力団と組んで殺害を続けている可能性が出てくる。

「警察庁なら広域指定暴力団の情報を吸い上げてるはずだろ」

「難波警視しか頼るすべがないんです」

多くを答えず情けにすがった。警察庁内の部署を頼れば、幹部に井岡の動きが伝わる。難波が見すえてきた。この男に協力して問題はないか。損得勘定の算盤を胸で弾き、井岡の目つきから手がかりを得たいと考えている。

「実は、すでに神奈川の知り合いにも相談はしています」

難波の目が動いた。すでに手を貸した者がいる。それほど大きな事件なのだ。

「個人のつてを頼る理由は聞かせてもらえないのか」

「上はまだ腹を固められずにいる。けど、一部のブン屋がすでに嗅ぎつけてる。正式なゴーサインをもらうためだと理解してください」

嘘はなかった。上の動きは読みにくい。仕事のできる刑事ほど周囲に隠して動きたがるものでもある。

「心当たりはなくもない。そいつに迷惑はかからないだろうな」

「あくまで統計調査の補足資料を求める形を取ります」

安請け合いして井岡は言った。

午後五時。井岡は一人で警察庁を出た。地下鉄で東京駅に出て、新幹線に乗った。宇都宮までは五十分。栃木県警本部には七時すぎに到着できた。

難波から紹介された組対課の刑事は、井岡と同年配の警部だった。西永史郎《にしながしろう》。細身ながらも目つきは鋭く、暴力団と渡り合ってきた経験の長さを感じさせた。

「こちらの捜一にも、自殺関連の資料を提供していただいてます。今回は、わたしどもで気になった自殺に、六道会との関係がなかったかどうかを見極めたいと考えました」

井岡は用意してきたリストを渡した。梶尾聡の周辺で自殺した者を並べてある。このどこかに六道会との関連が隠されているとすれば……。

「終わった事件なので、動機の面は捜一で確認ずみだと思います。しかし、仕事や人間関係の面からもう少し探っていく必要があると思うのです」

「これらの自殺の裏に六道会が関与していた、と……」

「その可能性が高いと我々は見ています。ご協力を願えないでしょうか」

2

コーラ・ナバロフとベファァレシアで仕事をしたフランス人医師はもう一人いた。アントニ・エマール、四十四歳。今はフランス第二の都市リヨンの大学で主任講師を務めているという。

マセナ医師が連絡を取ってくれたため、その日の夜にエマール医師から電話をもらえた。が、目新しい話は聞けなかった。彼はコーラの死を知らず、国連職員を名乗る東洋人も訪ねてきてはいなかったのだ。

翌朝、真佐子は自分を納得させるため、再び緑の医師団の本部を訪ねた。世界的なNGO組織は国連機関と協力関係にある。これまでにも国連の呼びかけによって、NGOを集めた世界会議が開かれてもいた。

「去年の暮れに、国連職員がこちらを訪ねてきてはいなかったでしょうか」

二日前と同じ広報職員に事情を伝えた。紹介されたマセナ医師が、ボランティア活動中の健康被害や事故についての調査に協力を求められていた、と。

「コーラ・ナバロフとサトシ・カジオについても質問されたそうなんです。こちらで国連職員にマセナ医師を紹介したのではありませんか」

「いいえ。わざわざ国連の関係者が訪ねてくるケースは滅多にありません。国際部に担当者がいますので、通常はそこに連絡が入るはずです」

国際部にも確認を取ってもらった。が、国連からの問い合わせはなかったという。つまり、国連職員を名乗る東洋人は緑の医師団に確認も取らず、マセナ医師の経歴と連絡先を知ったことになる。

井岡の報告によれば、去年の十一月、六道会の幹部と関係する代議士が自殺した。直後に国連職員を名乗る東洋人がパリに現れる。その目的はコーラ・ナバロフの死を調べるためだった、としか思えない。もし代議士の死が梶尾の仕業であったなら、その時点で国連職員を名乗る男は梶尾が犯人だと目星をつけていたとも思えるのだ。

日本のヤクザがパリまで足を伸ばし、国連職員を騙るだろうか。疑問を感じざるをえなかった。まだ見えざる真相がどこかに隠されている。

次の訪問先は、かつてコーラが勤務していた病院だった。ボランティア活動で命を散らした日本人看護師をコーラは篤《あつ》く信頼し、ベファレシアで絶えず行動をともにしていた。友人に彼のことを何か話していなかったろうか。梶尾の不幸な死を強調して伝え、コーラの自殺理由も彼の死と関係していたかもしれない、そう泣き落としと好奇心に訴えて協力を願い出た。

　ここでも日本から取材に来たことが幸いした。一人の女性医師を紹介された。アンジェ・オルダニー。コーラとは同年代の内科医だった。昼休みの時間に話を聞けた。

「友人と言えるのかどうか……。緑の医師団に参加することについて、わたしは彼女から何も聞かされていませんでした」

　彼女の死と同じほどに、その事実が悲しくてならない。そう言いたげにアンジェ・オルダニー医師は唇を噛みしめてみせた。

「……本当に突然のことでした。コーラは病院に辞表を出すなり、緑の医師団に登録したんです。院長を説得してのことだったと聞きました」

「彼女の父親がロシアで拘束されていたことはご存じでしたか」

「あとで弟のアナトリーから聞きました」

　コーラが予定より早く帰国した事実を知ったのは、自殺の二週間ほど前だという。知り合いの看護師から、別の病院で働き始めたらしいと聞かされたのだった。彼女は驚き、コーラに電話を入れた。

「久しぶりなので会おう。そう彼女を誘いましたが……。難民キャンプで経験したことは思い出したくもない。満足に医療活動を続けられる状況になかった。ボランティアの限界を知った。そう彼女は沈みがちに言ったんです。あの時、わたしがもっと彼女の話を親身に聞いていればよかったのかもしれません。でも、すぐに電話を切られてしまい……。わたしのことをさけたがっているようにも思えて、それきり連絡は取りませんでした」

コーラは悩みを抱えていたのだ。父親を救い出すため、ベファレシアの軍人を殺害したのだとすれば、その煩悶《はんもん》は計り知れない。医師としてはもちろん、人としても許される行為ではなかった。しかも、自らの手で薬物を投与はできず、一人の熱意ある看護師の力を借りた可能性が高い。その梶尾は薬物横流しの疑いをかけられて、難民キャンプを追われた。同じころに、彼女は予定を繰り上げて帰国している。梶尾を置いて先に一人で逃げたかのように──だった。

「あなたが取材を進めている看護師の男性と、コーラは深い仲にあったのでしょうか」

反対に質問された。そこに何かの救いを求めたがっているかのような目で、オルダニー医師が見つめてくる。

「……わかりません。難民キャンプはかなり過酷な環境だったようです。同じ志を抱く者同士、互いに支え合うことから、何かしらの感情が芽生えることはあったかもしれません」

「コーラは恋に苦しんでいました。だから、病院を辞めたかったのか、と思ってました」

うつむきがちに小声が洩《も》れた。その言葉で多くが想像できた。

おそらくコーラは妻子ある男性と交際していたのだろう。その将来性に希望が持てず、病院を離れてボランティアに志願した。そう周囲が見ていたのであれば、帰国を知らせなかったことにもうなずける。さらには、自殺の動機にも。

　事実は違った。彼女は断じて自殺ではない。

　真佐子は最後の質問を投げかけた。昨年の十二月ごろ、コーラの件で東洋人があなたを訪ねてはこなかったろうか。

「ええ、来ました。国連の職員でした」

　身体的な特徴からも同じ人物だと思われた。国連職員を名乗る男は、コーラの勤務先と友人まで調べだしていたのだった。

「その男性の名前を覚えてはいませんでしょうか」

　期待せずに質問した。意外にも、オルダニー医師がうなずいた。

「身分証を見せてもらいました。わたしの知り合いとファミリーネームが同じだったので覚えています。ローランド。ファーストネームのほうは、ジョーだったか、ジョージだったか……」

　ありふれた名前に思えた。まず間違いなく偽名だろう。

　ほかに覚えていることはない、と言われた。東洋人の顔は似た印象になる。たとえ写真を見せられても特定する自信はない。それほどに特徴の薄い顔立ちだったらしい。

　彼ら白人からすれば東洋人は、素性を隠して情報を聞き回るに打ってつけの人種なのだった。

「やはり国連に確認を取るべきでしょうね」

病院のロビーへ降りると、通訳を頼んだフランス人記者が言った。報道に携わる者としては当然とも言える仕事の進め方だった。

真佐子が浮かない顔でいると、女性記者が眉を寄せた。

「無駄と思える確認でも万全をつくせ。そう教えを受けてきました。日本も同じだと支局長からは聞いています」

なぜここで労を惜しむのだ、と若い記者は言っていた。新聞社であれば、相手が国連でも取材ルートは持っているからだった。

週刊誌の記者は、記事にしたい方向へ取材を誘導していく。真実の報道は大切だが、読者の興味をかき立て、売れる記事を作っていくことが優先されがちだった。

「例の東洋人が国連職員である可能性は低いでしょう。でも、身分証を呈示しています。我々記者でも、国連職員の身分証を見たことがある人は少ないと思います。もし本物に近い偽造であったなら、身近に国連職員の知り合いがいたのかもしれません」

あきらめてはならない。最後まで食らいつけ。ジャーナリストとしての教育が徹底されていた。そういう環境で仕事のできる彼女たちが羨ましく思えた。日本には真のジャーナリストがいない。そう外国人記者が言いたがるのも無理はなかった。

真佐子は記者と支局へ戻った。日本人の記者にも事情を伝え、国連へ問い合わせができるだろうかと訊いた。ルートはあるらしい。だが、詳しい事情を話すと記者の顔色が変わった。

事故死した日本人看護師と自殺した女性医師。ともに難民キャンプで働き、なぜか国連職員が事情を訊き回っている。充分すぎるほどに怪しい状況がそろっていた。

「手は打ってみます。たとえ偽者であっても、職員を騙る者がいたという事実は、国連の関係者も興味を抱くでしょうからね」

彼はデスクの受話器をつかみ、次々と電話をかけ始めた。そちらの職員が調査に来た件で、パリ在住の医師が話をしたいと言っている。調査に来た職員の名前はローランド。ファーストネームはジョーかジョージに似ていたという。何度も同じ説明をくり返しては、またダイヤルボタンを押していった。

十分後に支局の代表電話が鳴った。国連からの正式な回答だった。

記者が興奮気味に話しだし、目つきを変えた。送話口を覆って素早く言った。

「瓢簞《ひょうたん》から駒が出たのかもしれませんよ」

意味がわからずに首をかしげた。メモを取りながら電話を終えた記者が、真佐子と通訳を務めた同僚を交互に見てから言った。

「緑の医師団は国連機関と公式な連絡を取り合うNGOのひとつでした。ですので、国連広報局が連絡用のルートを確保していたそうです。なので、正式な調査であれば、広報局で情報をまとめてから連絡を取るはずだというんです」

「要するに、国連職員がパリまで出向く調査はなかった、と……」

「ええ、ありませんでした。ところが――いたんですよ。ジョージ・ローランドという職員が。それも国連広報局の中に」

意味がわからなかった。広報局ではパリに出向いての調査はしていないのだ。ところが、パリで身分証を見せた人物と同じ名前の男が国連に在籍していた。

「向こうもわけがわからないと言っています。そのジョージ・ローランドという広報局の職員は、今年三月に退職しています。東洋系の顔立ちではなく、白人だそうですが」

やはり別人なのだ。国連広報局にジョージ・ローランドという職員がいることを知る何者かが、その身分を名乗ったと思われる。

「退職の理由は何だったのでしょう」

「もとの職場に戻ったそうです。それというのも、アメリカの政府機関から派遣されてきた人物だったというので」

国連には多くの下部組織がある。その職員には加盟主要国から公務員が派遣されている。しかし……。

コーラの父親はロシアの軍警察に拘束され、彼女は密命を帯びてベファレシアへ向かった可能性が高い。その彼女の死を探る男が名乗ったのは、アメリカの政府機関から送られてきた人物だった。話が少しできすぎてはいないだろうか。まるでアメリカがロシアの動きを察知し、調査に動いたとしか思えなくなってくる。

「その人物が戻った職場はどこなんですか」

「サンディエゴ港湾局だそうです」

国連に派遣される優秀な職員が、地方都市の公務員に戻される。通常では考えにくい異動ではないだろうか。

ここまで来ると、本来の所属先を隠しておきたいがために、わざと港湾局を経由させたのでは、と考えたくなる。緑の医師団とコーラ・ナバロフを調べるために国連広報局へ人を派遣し、その身分証を使って調査員をパリへ送る。

ベファレシアの隣国オビアニアでは内戦が続き、その背後に大国の思惑がからんでいたとも言われる。コーラ・ナバロフの背後にも、ロシアとアメリカの影がちらつきだしていた。

この先どこまで事件を追えるか。真佐子は窓の外に沈む夕陽を見つめた。

3

国連職員。アメリカとロシアの影……。予想外に事件を取り巻く世界が広がりすぎていた。

「サンディエゴへの航空便を取りました。無駄足に終わっても行くつもりです」

決意の声が耳に届いた。何を言おうと、彼女は自らの信じる道を行くのだろう。

「井岡さん。そろそろ認めてください」

「何をでしょうかね」

「女の件です。夫の交際相手は、羽山守弘の妻ですよね」

当然とも言える推論だった。夫は、自分の書いた記事からベファレシアに興味を抱いた。ここまで調査を進めてきても、木場重工業とアエロスカイ社の関係者は登場してきていない。夫は、その二社を通じてベファレシアという国で起きた何事かを調べようとしたとしか考えられない。

そのベファレシアで梶尾聡が死に、その死を確認に出向いた羽山守弘が自殺を遂げている。夫の関心は、羽山の死にこそあったのではないか。一外交官の死を調べたがる理由――女の存在。ほかには考えられない。

「認めはしませんよ。相手が誰であろうと、会わないほうがいいんだ。手痛い目にあった経験者が言うんだから間違いはない」

「わたしには想像もつかないんです。妻子ある男と長く関係を持ち、その男が死んだというのに何もしない女の気持ちが」

彼女は悔しがっているのだ。男が不審な自殺をしたというのに、女は妻の前に姿を見せなかった。男に愛情を抱いていたのなら、何があったのか知りたくなって当然なのに。女にとって、夫はその程度の男であったのか。しかも、自分の夫が過去に自殺した件を調べていたかもしれないのだ。何も聞いていなかったはずはない。なのに、何もなかったかのように息をつめて普段と変わりない生活を続けている。

「だから、羽山守弘の妻だった女性じゃないんですよ。その人は何も知らない。警察発表を信じて茫然《ぼうぜん》自失の日々を送っている。そう考えてください」

「嘘が下手ですね。だから奥さんにも気づかれたんでしょうね」

「面目ない。その通りですよ。恥ずかしくてあなたにはろくな意見もできやしない。でも、嘘ですますほうが相手を傷つけず、お互いが楽になれる時もあるんですよ」

おそらく加奈子は事実を見つめすぎたために正気をなくしたのだ。刑事のように真実を見出すことに慣れてはいなかった。何かを追い求めるあまり、自分を追いつめていった。

「わたしは何があっても認めませんよ。あなたには心から感謝している。でも、認めはしない」

「必ず梶尾を捕まえてください」

当然そのつもりでいた。が、彼女が抱いているのと同じ予感が井岡にもあった。

コーラ・ナバロフを調べる東洋人の背後には、アメリカという大国の影が感じられた。

さらには、外務審議官を動かす者が日本政府の近くにもいる。その人物は、もしかするとアメリカの意向を受けて動いた可能性さえあるかもしれない。

警察庁に新たな部署が作られ、今こうして井岡がその任にあるのも、同じ人物の指示ではなかったろうか。疑いだせばきりがないほど、この事件の背後には、あばききれない真実が隠されていそうに思えた。

切れた電話に向かって井岡は言った。できる限りのことをするつもりだ、と。

その言葉に応《こた》えるため、登録しておいた名前を表示させた。栗原警視。発信ボタンを押した。

「こんな時間に何ですかね。また何か新たな情報でもありましたか」

はなから催促を警戒する口調だった。

「このたび栃木県警にも協力をいただけることになりました。その報告をしておいたほうがいいと思いましたもので」

「ほう……。それはまたどうしてですかね」

予測をつけていながらも、栗原は言った。いくらか言葉尻に余裕が感じられた。つまりは有力な手がかりをつかみつつあるわけか。

「連絡がまったくないので、別方面からも調査すべきと、うちの警部が決断したんです」

「なるほど。どういう方向からでしょう」

「ほかにも栃木出身の者が何人か自殺してるんです。となれば、どこかに六道会との関係がなくてはおかしい。うちのとびきり優秀な警部でなくとも、誰もがそう考えるでしょうから」

あんたらが情報を出し惜しみしている間に、栃木が先に証拠をつかむかもしれないぞ。当然ながら手柄はすべて向こうのものになると思え。

「そろそろ静岡にも協力を求める時期に来ていそうだ。そうも警部は言ってました。わたしとしては、もう少し神奈川の皆さんを信じてみたいと思い、電話を差し上げた次第です」

当初の約束を守るつもりがないなら、静岡県警も動き出すことになる。当てこすりと恫喝に、井岡は声をとがらせた。

「うちの警部はまだ若いせいもあって、腰が据わっていないところがあります。ただ、わたしは少し経験を持ってるんで、神奈川県警の実力は充分にわかってるつもりなんです。吉報を待っております」

現場を預かる立場でも、彼一人の判断では動けないだろう。猶予《ゆうよ》を与えるためにも、井岡は返事を聞かずに通話を切った。

仕事の手が止まる。連絡はどこからも来なかった。神奈川からも、栃木からも。

狡知《こうち》に長けた幹部が先読みして、両県警を抑えにかかったわけか。だが、被害者の身内で、週刊誌の記者も追いかけている。彼女に納得してもらう手を幹部も思案したうえで動くはずであり、強引なもみ消しに出るとは考えにくい。両県警の現場にも不満はくすぶってしまう。真っ当な刑事であれば罪を憎み、仲間にバトンを託そうとするのが本当なのだ。必ず情報はもたらされる。

「栃木にも脅しをかけたほうがいいんじゃないでしょうか」

トイレに出ると、沢渡が横に並んだ。

「おまえは動くな。言ったはずだぞ。現場に理解ある男に出世してもらわないと、未来はない。おれも少しは恩を売っておきたいからな」

「無理ですよ。井岡派に寝返ったと見なされて、現場は遠のくばかりでしょうから」

笑い話にしながらも、沢渡の目は醒めていた。だからこそ、一歩でも真相に近づいておく意味があるのだった。少しは上との取引材料に使える。二人の若い警官の将来を断つ結果にはしたくなかった。

「無駄口はいいから、資料を当たれよ。栃木県内で六道会が起こした事件のどこかに、梶尾がからんでいたはずだ。でないと、双方のつながりようが見えてこない。徹底的に洗い出すほかないだろ」

梶尾は六道会の近くにいる。産廃処理場を予定する土地の持ち主。地元業者と癒着する代議士。さらに六道会組長の娘婿。三人もが立て続けに自殺していた。どれも梶尾の仕業としか思えなかった。

地権者の死により、予定地は六道会系の業者が取得した。坂城徹は六道会の意向を受けて、産廃施設の認可を自治体に認めさせた。が、両者の関係を匂わせる写真が週刊誌に出た。政治資金に還流させて、六道会系の企業から金が流れてもいたのだろう。ところが、坂城との間で謝礼金を巡るトラブルが発生でもしたと思われる。警察や検察が動く前に、造反の動きを見せた政治家を切るしかなくなったのだ。

六道会の側から見れば、望むべき自殺だった。明らかに梶尾は六道会の側についている。

残る亀岡茂雄も、六道会にとって邪魔な存在になったのだと思われる。が、なぜ組長の娘婿を始末する必要があったのか。

単なる夫婦仲の問題ではなかっただろう。寝返り、多額の借金、巨額の損害……。生きていてもらっては困るほどの理由が必ず存在する。神奈川もそう考えて捜査を進めているはずなのだ。

梶尾はなぜ六道会のために殺しを続けているのか。

井岡は思う。彼は単なる殺人狂ではない。難民キャンプで病に苦しむ人々を安楽死させる。人として見るに見かねての行動だったろう。コーラ・ナバロフに手を貸して軍の少佐を殺したのも、ある種の正義感がゆがんだ形で噴出したと考えられる。その気持ちを利用し、一人で逃げたコーラ・ナバロフ。同級生四人は地元の嫌われ者だった。兄夫婦に手を貸さず、家を売却した親族。女性看護師を自殺に追いやった医師。彼らを殺害した理由は想像がつく。復讐だ。

羽山守弘、小金井統、富川光範。この三人は自分の身を守るためだったろう。迫りくる危険を早期に排除すべく手を打ったのだ。

ところが、六道会の側に与した殺人には、切実な動機が見えてこない。仕事としての殺人に手を染めたとしか見えないのだ。六道会から指示を受けての殺人であれば……。梶尾と六道会の関係を見出すことで、真相が必ず明らかになってくると思えてならなかった。捜査の方向は間違っていないはずなのだ。

午後四時をすぎて、待ち望んでいた電話が鳴った。着信表示は、栗原。神奈川の管理官が警電を使わずにかけてきたのだった。

「遅くなりました。ようやく報告できそうな事実が見えてきましたよ」

「何が出ましたか」

井岡が短く言うと、門間と沢渡が視線を向けた。

「亀岡の店に出入りしてた六道会の若い者を別件で挙げました。そしたら——亀岡がある人物を密かに探らせていたと言うんです。淵上賢誠。亀岡の妻の元旦那で三年前に離婚した男です」

自分の妻が結婚していた相手を探る――。

「そいつも組員なわけですよね」

「半堅気といったところです。渕上自身は三年前に設立された〝小倉山会計事務所〟に所属する一公認会計士です。組関係の集まりに呼ばれることは一切ありません。しかし、傘下の表企業の会計コンサル業務を一手に担っているという話があります。つまり、六道会の金庫番の一人なんでしょう」

組長の娘婿が、妻の元夫であり表企業の金庫番でもある男を探らせていた。

「ということは、その渕上に組への背信行為としか思えない何かがあった……」

「そう我々も考えました。ところが、仕事はできる男で、金遣いが荒いわけでもない。そもそも会計事務所のトップは別の男で、つまり組の監視下で働かされているも同じ。そういう便利な子飼いの犬を密かに探らせる理由がまるで見えてこない。そこで渕上個人の周辺を少し探ってみたところ――出てきましたよ、また別の自殺が」

井岡は手帳を開いた。

「詳しく教えてください」

「小塚基弘。渕上の姉の元旦那で、甲府で不動産業を手がけていた男です。自宅マンションで首をくくる当日、知人の金融業者に電話をかけてるんです。もうやっていけない、こうするほかない、という自殺をほのめかす電話を」

手口が同じだった。梶尾の仕業だ。

「淵上の姉と離婚したのは借金が原因だったようです。仕事が回らず、相談もなしに妻の実家の土地を担保に金を借りたそうで。淵上が手を回して、どうにか実家は明け渡さずにすんだみたいですがね。別れたあとも金をせびりに淵上の親族のもとをたびたび訪れていたとか……。借金と予告の電話があったので、山梨県警も自殺と断定したんでしょう」

似ている気がする。藤春耕太のケースと。彼は相続した土地から梶尾を追い出し、すぐに売却した。金を手にするためであれば親族の感情など顧みず、騙すことも厭《いと》わない。小塚基弘も藤春耕太と同じ穴のムジナだ。万死に値する。そう梶尾が考えたとしてもうなずけた。

しかし、小塚基弘は六道会の金庫番を務める男にとっての邪魔者だった。ここでも梶尾は六道会の側に立ち、犯行を重ねている。

「後藤の娘から事情は聞きましたよね」

「いいえ、無理でした。というのも、日本にいないんですよ」

夫が殺されたと知り、海外へ逃げたのだろう。

「後藤の指示があったのかもしれませんね。夫が自殺したばかりなのに、オーストラリアに英語を学びに行くだなんて不自然すぎる」

警察が嗅ぎつければ、必ず娘を聴取する。夫を亡くしてショックを受けている娘を守るためもあるのだろうが、もっと裏の事情を考えたくなる。

亀岡は妻の元夫を探るうち、何かに気づいたのではないだろうか。だから口封じに殺された。富川光範のケースと同じだった可能性が考えられる。梶尾の存在を守り通すための、やむなき殺害。その予測が当たっていたなら、梶尾の居場所がしぼられてくる。

淵上だ。彼が梶尾とつながっている。

「別件逮捕でしょっ引くべきだ。そういう強行論が出てます。ただ、一公認会計士にすぎず、組の仕事にかかわっているわけではない。そこで今、脱税や背任などの容疑で逮捕状を取る手はないかを調べさせてます」

かつてアメリカの禁酒法時代にシカゴの暗黒街で名を轟《とどろ》かせたアル・カポネも、脱税容疑で逮捕され、そこから多くの犯罪が暴かれていった。同じ手を使って六道会にメスを入れていく腹を固めたらしい。

いい兆候だ。ここまで神奈川がやる気になってくれるとは頼もしい。

淵上を追いつめた先に、必ず梶尾聡が身を隠している。

4

「少しおかしなことになってきましたよ、淵上さん」

電話の声は張りつめていた。今宮幸の周辺を探らせていたリサーチ会社の役員だった。

淵上は携帯電話を手に廊下へ出た。非常階段から横浜の港を見下ろしながら言った。

「尾行に失敗したのか」

「申し訳ありません。駅の人混みで見失いまして。なので、帰宅を待ち受けていたんですが……帰ってこないんですよ」

気づかれたのだ。女だと見て油断したにせよ、相手はプロの調査員だった。今宮幸という女の素性に怪しさが増す。

「勤務先に電話したところ、身内の葬儀に出るため三日休む、と緑の医師団に連絡があったそうなんです」

「当然、親戚筋は調べたな」

「もちろんです。栃木の実家に電話を入れました。けど、誰も死んじゃいませんでした」

淵上は階段の手摺りを蹴飛ばした。もはや手遅れだった。逃げたからには、やはり今宮幸が拝とつながっていたに違いない。

「おい、例の夫のほうはどうなんだ」

「一度もマンションには寄りついてません。というより、マンションの住民はほぼ今宮幸に夫がいたことを知りません。誰も見ていないんです」

こいつだ。どこかの食いつめた中国人から戸籍を手に入れ、自らの素性を隠していたとしか思えなかった。手に入れた別人の戸籍を使い、よそに生活拠点を構えているとも考えられる。

伊勢谷の元妻――今宮幸。姿を見せない夫、今宮英文。二人はどこへ消えたのか。

この先は正規のリサーチ会社では追跡できないだろう。手がかりを得るには、今宮幸のマンションを徹底的に調べるしかない。六道会の力を借りれば、大家を脅して鍵を手に入れることはできる。

「この失態は必ず落とし前をつけさせるからな」

脅しを利かせて電話を切った。猶予はなかった。渕上はオフィスに戻った。廊下の先に立ち、こちらの様子をうかがっていた松岡に歩み寄った。

「悪いが早退させてもらう。仕事関連でトラブルが起きた。大事《おおごと》になる前に処理しておきたい。親会社の手を借りようと思う」

「どういうトラブルですか」

「今はまだ詳しく話せない。ただし、後藤さんも気にしておられる件だと言っていい」

松岡が目を見すえてきた。後藤の名を出されては問いつめにくい。監視役を黙らせるための口実。そう疑っている目だった。

「多角経営を進めろと言われてるのは知ってるだろ。その一社の資金繰りに問題が出てきた。東原さんに声をかけるつもりだ。あとは頼む」

荷物をまとめて鞄をつかんだ。ドアへ歩くと、廊下で人影が動いた。開いた自動ドアの先から、黒ずくめの男たちが一斉になだれこんできた。

横で松岡が身がまえる。淵上も目を疑った。が、敵対組織の殴りこみではありえなかった。体格が違いすぎた。誰もが細身でサラリーマン然とした男たちだった。

先頭に立つ眼鏡の男が、白い紙を見せながら言った。

「国税庁査察部の者です。法人税法違反の容疑で強制調査をいたします」

オフィスの誰もが動きを止めた。ありえなかった。手懐けた税務署員から情報は来ていない。つまり地元署に情報提供の依頼もなかったことになる。身内に裏切り者が出たのか。ほかには考えにくい事態だった。

「待ってくれ。弁護士を呼ぶ」

松岡が叫ぶように言い、男たちの前に進み出た。

「勝手に呼んだらいい。どこの弁護士だろうと、我々の仕事を邪魔する法律上の権利はない」

男が冷静に言い放つと、彼らの後ろから制服警官が走りこんできた。総勢八人。そのうち四人がジュラルミン製の盾を、二人が刺股《さすまた》を、残る二人が警棒を手にしていた。年配の警官が額に青筋を立てて叫んだ。

「動くな。そのままでいなさい。おかしな動きを見せれば、公務執行妨害の現行犯で逮捕する」

淵上は警官に囲まれて、オフィスの壁際へ押し戻された。国税庁の査察官は、手当たり次第にあらゆる資料を段ボール箱に納め始めた。パソコンの中のデータもそっくりコピーしていくに違いなかった。

松岡がそれとなく目を向けてきた。淵上は小さく首を振り返した。傘下企業の裏帳簿はオフィスのどこを探られようと心配はなかった。今や知恵の回る税理士は、サーバー上で帳簿の保管を行っている。三重のセキュリティーをかけてあるので、外部からの侵入は、淵上が口を割らない限り不可能だった。パソコンを解析しようと、サーバーへのアクセスが判明するだけ。彼らが探し出せるのは、ダミーとした表向きの帳簿と契約書に限られている。

監査法人がいくら目を光らせても、会計処理に小さなミスは出る。こういう事態に備えて、少額の隠し金をいくつかの傘下企業に残してあった。見かけ上は経費として処理をしたため、悪質な脱税とは断定できなくなっている。

もし査察が長引くようであれば、ころ合いを見て、〝手土産〟に誘導するまでだった。組の根幹に影響の出ない範囲で追徴税を払ってやれば、国税庁の面目も立つ。脱税を指摘された時には、事務所の税理士を一人、生《い》け贄《にえ》に出せば、それでことはすむ。

しかし、今なぜ事務所に査察が入るのか。

亀岡茂雄が自殺し、組の関係先に家宅捜索が入った。その際、大量の現金が見つかっていたのであれば、淵上に報告がくる。契約書の類は各企業から持ち出してはいない。家宅捜索で会計上の書類が押収されてもいないのだ。

何か警察に弱みを握られた者が、内部の噂を流したことは考えられる。

この時期に目をつけられたとなれば、静岡県下の産廃施設か。

土地の所有者。代議士。関係した二人が自殺を遂げた。土地を横取りされた上総《じょうそう》連合のやつらが警察に情報を与えたとも考えられる。だが、土地取引に不備はなかった。正当な金額を支払ってもいた。国税庁であろうと、あの取引に難癖をつけることはできなかった。

ほかに何が考えられる……。

国税庁の連中はたっぷり三時間をかけて、事務所から一切合切を持ち去った。

「ここ数日は横浜を離れずにいることだ。必ず呼び出しがかかるだろうからね」

裏帳簿は見つかっていない。脅し文句にすぎないとわかる。ただ、彼らの狙いが読めないため、高をくってもいられなかった。子飼いの税務署員に探らせるほかはなさそうだった。今宮幸の行方も追わねばならない。

松岡にあとを託してオフィスを出た。ところが、ドアをぬけた先で、またも黒服の男たちが待っていた。

「どこへ逃げるつもりかな」

坊主頭の男が立ちはだかった。後ろには三人の若い男が睨みを利かせている。顔は忘れもしない。つい三週間ほど前にも、問答無用で淵上を連行していった男たちだった。

「今さら来るなんて遅すぎるぞ。強制捜査はもう終わったよ。おれはどこにも逃げやしない。仕事に行くんだ。その助っ人として、東原さんに手配を頼もうと思ってたところだ」

エレベーターを呼ぼうと手を伸ばした。が、坊主頭が握り拳《こぶし》で手首を打ちつけてきた。容赦ない一撃に痛みが走りぬける。

「今度こそ騙されやしないぞ」

坊主頭が拳を後ろに引いた。逃げるのが遅れた。かわしきれずに腹を殴られた。息がつまった。苦痛に耐えて壁に背をつけ、体を支えた。

若い男たちが左右を固めた。坊主頭が進み出た。

「後藤さんは気も狂わんばかりに怒ってるよ。茂雄風情とはわけが違うからな」

何を言っているのかわからなかった。死んだ男の名を出されて、嫌な予感が背中を冷やす。

「何があった……教えてくれ」

「ふざけんな。てめえの仕業だろが」

襟元を絞め上げられた。茂雄が死ぬより、後藤の怒りを買う何かがあった。淵上はあえぎながら息を継いだ。

「まさか……美玖なのか」

「とぼけんじゃねえよ。ブリスベンで美玖さんが——首をくって死んだのよ」

5

新たに浮かんできた男、淵上賢誠。出身地は山梨県甲府市。横浜の大学を卒業した年に公認会計士の資格を取得している。家族は両親と姉。その姉の夫であった小塚基弘が三年前に自殺。

淵上は藤崎美玖との結婚歴があった。三年前に娘の麻美が二歳で病死したのちに離婚。その二年後に、美玖は亀岡茂雄と再婚している。

神奈川県警の調査によれば、淵上が最初に就職した会計事務所で、六道会系の飲食店をいくつか担当していたという。その縁から藤崎美玖と知り合い、結婚にいたった。その後、淵上が六道会の表企業の会計業務を任されるようになる。

今の会計事務所は、美玖との離婚後に設立されている。淵上は経営陣に名を連ねてはいなかった。事務所と契約する公認会計士にすぎないのだ。

「組長の娘婿ではなくなったことと、新たな事務所の設立がどう関係してるのか……」

門間が資料を手に疑問を口にした。

「そうですね。相変わらず表企業を顧客にしてるというし。役員の素性からして、設立資金は六道会が出したと見ていいでしょう」

「な。謎だろ」

「案外、今の事務所はダミーで、もっと多くの店や会社を淵上が見ている。その可能性はあるかもしれません」

全国の警察では、税務署の力を借りて、暴力団の資金源を断つため関連企業に目を光らせている。そこでダミーの経営陣を立てて新たな会社を興す手法が使われる。実質的な経営と会計処理が別の者によって行われていた場合、提出された書類上から、暴力団の関係企業と見ぬくことは難しくなる。

淵上はフリーの会計士であり、事務所に毎日出てくる必要はない。今や会計処理はコンピューターで管理される。ネットを使えば、企業のオフィスに出向くことなく、すべての数字を把握できる。会計処理のアドバイスは電話ですむし、ネット・バンクも充実している。表面上の会計処理は別の事務所が請け負うので、警察や税務署の目は欺ける。優秀な会計士がネットを駆使して巧みにマネーロンダリングを行うことも不可能ではない時代なのだ。

この男が梶尾とつながっているとすれば……。まだほかにも自殺に見せかけた殺人が隠されているかもしれない。

小塚基弘の自殺が三年前。産廃処理場の地権者は二年九ヵ月前。坂城徹は去年の十一月。関東近県での自殺者はすでにリストアップずみだった。

「もう一度過去の自殺を洗い直すぞ。淵上がフリーの会計士でいるのと同じで、一見すると六道会の関与があるとは見えないよう、自殺の背後関係もカモフラージュされていると思え。沢渡。神奈川県警と連絡を取り合い、六道会系の企業を洩れなく報告させろ」

「了解です」

「門間。我々はヤクザが手を出していそうな業種にからむ自殺を選び出すぞ。不動産、建設土木、飲食、人材派遣といったところだ」

靴底をすり減らし、汗を流した先に、犯人の足跡が見えてくる。自分たちにも闘うすべがまだ残されていた。

三万件に迫る自殺の陰に身を隠す。梶尾の手口は完成の域に達している。まだほかに犯行を重ねている可能性はあった。梶尾が六道会の側にあるのは疑いない。その関係性から事件を絞りこむのだ。

自殺した者の職業から粗選びをしていった。次が手口だ。酩酊状態。家族への電話。遺書……。

ひとつの事件に目が留まる。

四年前の九月。蒲田署の管内でバーの雇われ店長が自殺していた。伊勢谷拓磨、当時三十五歳。店が入る雑居ビルの非常階段で首を吊っていた。

驚くほどに状況が亀岡茂雄のケースと同じだった。雇われ店長。一方が店内で、もう一方がビル裏の非常階段。ともに借金があり、店の経営は苦しく赤字続きだった。

捜査資料には、伊勢谷の本籍地も記されていた。――栃木県大貫《おおぬき》町。

日本地図を引っぱり出した。興奮のためにページをめくる指が震えた。大貫町はどこにある。たぶん近くだ。地図上の文字に指を当て確認していく。

見つけた。思ったとおりだ。梶尾が生まれ育った粟坂市の西隣に位置する町だった。

「これだ……」

梶尾は地元の同級生四人を殺害している。年齢も近い。中学や高校が同じだった可能性はありそうだった。

椅子から立ち上がっていた。門間と沢渡が目で尋ねてくる。答えているのももどかしく受話器を取った。先日、情報を伝えた栃木県警の警部を呼び出した。

催促の電話だと思われたらしい。

「ああ、連絡できずにすみません。少しずつですが、状況が見えてきたというか……」

「メモの用意を願います」

「は？」

「四年前に自殺した男の素性を調べてもらいたい」

有無を言わさず、一方的に事情を伝えた。六道会の関係者と似た状況で自殺している。

偶然であるわけがない。今すぐ親戚知人を突きとめて、六道会との関係を調べてくれ。

「今日中に必ず報告を願います。連絡がない場合は、うちの上司がそちらに乗りこむと言ってます。大至急、動いてください」

ただじっと報告を待ってはいられなかった。井岡は資料をつかむと、見つめる二人に言った。

「悪いがちょっと出てくる。あとは頼むぞ」

タクシーを飛ばして西蒲田七丁目の雑居ビルを訪ねた。一階に入っていた化粧品店で警察手帳を振りかざし、ビルの管理会社を確認した。蒲田駅前に本社を構える不動産会社だった。その足で駅前の店舗へ直行して担当者を呼び出した。

「四年前、おたくが管理してる第三真鍋ビルの四階に、〝沈丁花〟というバーが入ってたはずだ。その雇われ店長が自殺したのは覚えているな」

「あ、はい。本当に迷惑な話でした……」

「その店の経営者は六道会の者だったはずだ。そうだよな」

決めつけて言い、中年男を睨みつけた。おどおどと目が泳ぎだした。

「隠すとためにならないぞ。あんたの会社も明日から暴対法の適用を受けるようになると思えよな」

「いや、もちろん隠すなんてことは……。本当に六道会とは関係のないかたが契約者でした。ただ……自殺したあの店長は、やたらと六道会との関係を吹聴したがってたような覚えがあります」

「当時の契約書はまだ置いてあるよな。商法か何かの保存期間内だったと思うから」

「あ、はい……」

男が棚から抜き出したファイルを奪った。ページをめくり、書類を確認していく。

見つけた。契約者は芦本寛一《あしもとかんいち》。株式会社芦本産業の代表取締役とある。初めて登場する名前だった。だが、保証人の欄に期待していた男の署名があった。

──淵上賢誠。

つながった。こんなところに名前を残しておくとは迂闊《うかつ》な男だ。いいや、違う。伊勢谷の自殺は四年前。契約の時点ではまだ梶尾との関係ができていなかった、と考えられる。だから、今までどおりのやり方で、六道会とは縁のないダミーの経営者を立て、自分は保証人に収まっていた。

すぐさま神奈川県警の栗原警視に電話を入れた。こういう時に限って、出ようとしない。また嫌味を言われると思い、居留守を使っているのだ。伝言メッセージに切り替わった。

「……警察庁の井岡です。亀岡と瓜ふたつの自殺が見つかりました。西蒲田にあったバーの店長で、名前は伊勢谷拓磨。たった今バーの契約書を確認したところ、面白い事実が出てきたんです。保証人の一人が淵上賢誠だった。どんな手を使ってでも、やつをしょっ引いてください。お願いします」

沢渡からも神奈川県警の上層部に伝えてもらったほうがいい。電話を入れて新たな事実を説明すると、沢渡が声をかすれさせた。

「待ってください。そうなると、伊勢谷も亀岡と同様に、淵上の周辺を探らせていたんでしょうかね。だから消された……」

言いたいことはわかる。バーの雇われ店長風情を、六道会が手のこんだ手口を使って暗殺する理由などないからだ。

しかし、まだその時点で、淵上にとって疫病神にも等しい小塚基弘は殺されていない。

六道会と淵上に都合のいい自殺は、小塚が殺されて以降に起きているのだ。

淵上からすれば、伊勢谷は単なる使用人の一人にすぎなかったろう。脅して痛めつければ、どうにでもなる。それがヤクザのやり口だった。

「いい目のつけどころだぞ。だからこそ、伊勢谷という男が重要なんだ。なぜ梶尾の手によって命を奪われたのか。そこを探っていけば、梶尾と淵上の関係につながってくる。しかも伊勢谷は栃木の出身だ。こいつの背後に梶尾がいたのかもしれない」

「直ちに栃木県警にも伝えてみます」

「頼む。尻をたたけ。梶尾はもう近くにいるぞ」

電話を切った。契約書をコピーさせて、沢渡にファクシミリで送った。これで神奈川と栃木も本格的に動き出す。

井岡はあらためて契約書を見つめ直した。店の契約者は芦本寛一。六道会とは無縁だと言い張るだろうが、話を聞くまでだった。芦本産業の住所は、川崎市川崎区本町二丁目。

井岡は表通りに駆け出した。

6

美玖が自殺……。誰が何を言おうと絶対に違う。人を呪い殺す執念深さは持っていても、絶望して自ら命を絶つ女ではなかった。後藤も娘の性格はよく知っている。自殺がありえないとなれば、答えはひとつしか考えられなかった。

拝の仕業だ。

のどもとを絞め上げる手に、また力が加わった。

「何を驚いたような顔してやがんだ。おら、おめえは今からブタ小屋行きだ」

坊主頭が口汚く何か言っていた。二人の若い男が両脇から腕を取ってきた。淵上は抵抗しなかった。真実を見つめるほうが先だった。なぜ拝が美玖を殺すのだ。その意味がわからない。しかもブリスベンまで足を運んで。

茂雄は淵上の周辺を嗅ぎ回り、伊勢谷の死を突きとめた。その事実を妻の美玖にも話していたと思われる。しかし、美玖は淵上の助言によって日本から追われた。

いや……。あいつのことだ。オーストラリアから組の若い者に指示を出し、伊勢谷の周辺をさらに探らせた可能性はある。その場合、調査を進める末端の組員を始末するのでは手間がかかる。元を絶たねばこの先も厄介になる。ブリスベンで美玖を殺せば、淵上や後藤への脅しにもなる。

それほど拝は追いつめられた……。つまり、今宮幸がやはり拝と関係しているのだ。ほかには考えられない。

「後藤さんはどうしてる」

ビルの前に黒塗りのバンが停まっていた。三週間前と同じく押しこめられた。おとなしく席に座り、横の坊主頭に小声で訊いた。

「だから怒り狂ってるよ。当然だろが」

「今どこにいる。後藤さんに伝えなきゃならないことがある」

「おめえの知ったことか」

「連絡をつけてくれ。美玖さんまで茂雄と同じことをした可能性がある。そう言えば、わかってもらえるはずだ」

「黙れ」

拳を腹にたたきこまれた。だが、口をつぐんでいるわけにはいかない。苦痛に耐えて息を継ぐ。

「二人を手にかけた男を見つけ出す方法がある。そう伝えてくれ」

「まだ言うか」

事態を理解できない石頭がまた拳を固めた。痛みをこらえて一気に告げる。

「知ってるだろ、拝のことだ。おれが連絡係だった。けど、茂雄が嗅ぎ回った。だからやつは殺された。美玖も同じことをしたんだ。そう言えば、おまえでもわかるだろ」

坊主頭の目に迷いが生じた。彼も噂は聞いている。淵上と後藤が拝の件で言い合いをした現場にも立ち会っていたのだ。

「考えてみろ。二人が殺されたってことは、かなり拝に近づいてた証拠だぞ。やつは逃げる気なんだよ。すでに女が消えてる。本当だ。おれの鞄を見ろ。リサーチ会社の報告書がある」

命じられたことを忠実に果たすしかできない彼らは、淵上の鞄を持ってきていなかった。三階のエレベーターホールに残してきたままなのだ。

「嘘だったら、この先メシがまともにのどを通らなくなるぞ」

「おまえこそ命をなくすぞ。早く鞄を取ってこい」

坊主頭が睨みを利かせてから、助手席に向けてあごを振った。若い男がうなずき、ドアを開けた。が、彼は路上に足を下ろせなかった。開けたドアの先に男が待ちかまえていた。

「何だ、てめえは」

若者が後先も考えずに声を上げた。

男は四十代。短髪で安物のスーツによれたネクタイ。見るからにマル暴の刑事だった。男が厳《いか》つい顔をつき出してきた。

「雑魚《ざこ》はすっこんでろ」

刑事が言うなり、助手席のドアを力任せに押した。降り立とうとした若者の足がはさまれ、悲鳴が上がった。

「てめえ!」

運転席の男がドアを開けて降り立った。どうして馬鹿な若い連中を連れてきたのか。淵上は笑った。

男が回ろうとした路上の先に、黒塗りのセダンが路地から現れ、前方をふさぐように停まった。覆面パトカーだった。

安いスーツを着た刑事がバンのスライドドアを開けた。

「どうして周りを見なかったのかな、長島《ながしま》よ」

「貴様……」

坊主頭が手をこまねいている。となれば、そこそこ顔と名を知られた刑事なのだろう。

「フロントガラスを透《とお》して丸見えだったぞ。おまえがそこの会計士さんの腹に一撃を食らわしたシーンが、な」

淵上は深く息を吸い、平静を装って言った。

「何かの見間違いですよ、刑事さん。わたしは殴られてなんかいません。刑事さんのほうが、そこの若い者の足を痛めつけたじゃありませんか」

刑事が四角い顔を和ませた。

「見上げた忠誠心だな。でも、淵上さんよ、あんた、両手を取られて押しこめられたろ。このまま連れ去られたら、二度と戻ってこられなくなるんじゃねえのかな」

「おかしなことを言わないでくださいよ。体調が悪かったから、支えてもらったまでです。刑事さん、わたしは殴られてなどいない。あなたがドアを閉めて、この若者の足をはさんだことは、うちの弁護士に相談させてもらいます。よろしいですよね」

「殴られてもいない。誘拐でも監禁でもない。本当にそれでいいんだな」

「もちろんです。彼らは皆わたしの元妻の知り合いなんだ」

「ああ、知ってるよ。オーストラリアに逃げた女だよな。後藤が妾《めかけ》に生ませたじゃじゃ馬で、旦那が自殺に見せかけて殺されてる。とんでもなく物騒な一家だよ」

「おい、車を出してくれ」

淵上は運転席に戻った男に言った。坊主頭の長島が機を見て素早くスライドドアを閉めた。

「出せ。ほら、急げ」

淵上は運転席のシートを蹴った。男がエンジンをかけ、ギアをつないだ。タイヤを鳴らすほどの勢いでバンがスタートした。路上をふさぐセダンをよけるため、急ハンドルでUターンを決めた。そのまま横の路地へ折れた。あとは制限速度を超えずに大通りへ向かう。

後ろをうかがっていた長島が淵上を見つめ直した。

「あいつら、つけて来やがる」

「とにかく車を走らせろ。ただしスピード違反は犯すなよ。どこでもいいから、アジトのひとつへ向かえ。──後藤さんに連絡はつくよな」

坊主頭に目を戻すと、首が振られた。淵上はシートをたたきつけた。

「大至急ほかの幹部に話をつけろ。後藤さんに知らせないとまずい。ぐずぐずするな、急げ」

目で坊主頭を焚きつけた。刑事に助けを求めることもできた。けれど、淵上は組織の結束を優先させた。その意思は伝わったはずだ。携帯電話を握った長島がどこかへ連絡を入れ始める。

「警察がマークしてるのは、たぶんおれだ」

淵上も後ろを確認した。今も覆面パトカーらしきセダンが追いかけてくる。

「どうしてだよ」

「わからないのか。茂雄が下手な動きをして口を封じられたからだ。やつはおれを探ってた。警察だって馬鹿じゃない。六道会にとって都合の悪い者が次々と自殺していった事実はつかんでる。おれが殺人の実行犯に連絡をつけてる。そう勘づいてのことに決まってるだろ」

「やっぱり、おめえだったのか……」

「それ以上は訊くな。今は一刻も早く後藤さんに連絡をつけろ」

長島の握る電話に相手が出たようだった。打って変わった低姿勢で事情を話しだした。

「はい、淵上を車に乗せました。けど、マル暴が張ってて、今も尾行されてます。……ええ、その件で淵上がどうしても後藤さんに話したいことがあると」

長島の目が淵上に向けられた。

「後藤さんはブリスベンに向かってる」

自ら遺体を引き取りに行く気なのだ。オーストラリア行きの便は午後遅くに成田を発つものが多い。急げば充分に間に合うだろう。

「すぐ連絡をつけてもらうんだ。おれたちも成田へ向かうぞ。急げ」

7

契約書にあった住所のビルに、すでに芦本産業の看板は出ていなかった。転居したか、見せかけの店舗だったか、廃業したか。また管理会社を探さねばならなかった。

一階に入っていた輸入雑貨店の主人から話を聞いていると、電話が鳴った。神奈川県警の栗原警視からだった。

「電話に出られず申し訳ない。我々も大急ぎで情報を集めていたもので」

「何があったんですか」

「とぼけないでほしい。後藤修二郎の娘が自殺したのは、もうつかんでるくせに……」

井岡は声を失った。夫に続き、その妻までが口を封じられた。しかし、亀岡美玖はオーストラリアに逃げたはずではなかったのか。

「詳しい情報はつかめていないんです。いつのことですか」

驚きを悟られないよう心がけて、訊いた。

「昨夜のうちでしょうね。今日の昼すぎになって、ホテルの従業員が発見したらしい。まだ確認は取れてません。六道会の事務所が急に慌ただしくなり、動きがつかめずに焦れていたところ、向こうの大使館職員から、うちの幹部に連絡がきたんですよ。現地の警察が情報をほしがっている、と」

広域指定暴力団のトップの座にある男の娘なのだ。一人で滞在していたわけがない。おつきの者が地元の警察に素性を打ち明け、殺された可能性があるとでも訴えたに違いなかった。すでに夫も首を吊って死んでいるのだ。

亀岡美玖までが梶尾の手にかかった、とすれば……。

夫の遺志を継いで淵上の周辺を嗅ぎ回らせていた。その可能性が高い。しかし、だからといって淵上が美玖まで殺そうとするものか。夫に続いて妻まで自殺したのでは、六道会の内部でも騒ぎになる。

淵上が美玖を始末するとは考えにくい。となると、梶尾の独断――だったのか。

梶尾は六道会と手を組んでいたはずだ。両者の間で仲間割れに近いもめ事が起きたのかもしれない。後藤組長の娘を殺したとなれば、両者の亀裂は決定的になったと見ていい。

「どんな手を使ってもいい。淵上を逮捕してください」

「今うちの者に尾行させてます。どうも淵上は、六道会の者に暴行を受けて連れ去られそうになったようです。なので、声をかけさせたんだが、淵上は暴行されたことを認めず、今も六道会の者と行動をともにし、どこかへ向かっている」

暴行しての連行。やはり淵上が梶尾と深く結びついていたのだ。娘を殺された後藤が淵上を連れて来いと命じた。が、刑事に助けを求めるわけにもいかず、ひとまずは六道会の連中にしたがっている。

間違いない。淵上がすべての事情を知っている。

「逮捕状は取れますよね」

「今いろいろと手を考えているところで……」

「淵上が実行犯とつながっていたのは、まず間違いない。追いつめる材料が出てきてるんです。聴取の際には、すべての情報を提供します」

「何とかやってみましょう」

悠長な言い方に苛立《いらだ》ちが腹で渦巻いた。まだ事件の大きさが彼らには見えていないのだ。井岡は言った。

「至急そちらにうかがいます。とにかく急いでください」

返事を聞かずに通話を切った。通りへ飛び出し、タクシーを停めた。後部シートに身をすべりこませると、電話が鳴った。警察庁に残してきた門間からだった。行き先を運転手に伝えながら、通話ボタンを押した。

「出ましたよ。栃木から大収穫の報告です」

「何が出た」

「伊勢谷の妻が粟坂市の出身でした。今宮幸。しかもその実家が、梶尾の住んでいた家のすぐ近くだそうで。それどころか、小学校と中学校が同じなんです」

またもつながった。

梶尾と同郷の女が、伊勢谷と結婚していた。同郷となれば、梶尾の呪いについても知っていたと思われる。さらに、その夫の伊勢谷までが首を吊っている……。

「今宮幸の住所はどこだ」

「中国人と再婚し、狛江に住んでます。今向かってるところです」

動きが速い。しかし、中国人というのが気になった。向こうで偽造パスポートを手に入れたと考えられる。自分の身を消したあと、梶尾は他人名義で日本に入国したはずなのだ。

どこまでその中国人を追えるか。法務省と外務省に協力を求めなければ、詳しい情報は引き出せないだろう。沢渡はまだ警部にすぎない。省庁間の垣根を越えて記録を開示させるほどの力はなかった。

もし今宮幸の夫が梶尾であれば、ろくな職には就いていないはずだ。昔の顔写真は手に入れてある。近隣住民に尋ねることで、いくらか手がかりは得られるか……。

「頼むぞ。勘づかれたら、確実に逃げられる」

「わかってます。セールスマンを演じます。万が一の場合は、仕方ありません、所轄に協力を求めます」

やむをえないだろう。ただ、なぜ事前に報告しなかったと幹部に問責される。沢渡まで将来をふいにしかねなかった。それはまずい。

いったん電話を切った。警察庁の沢渡にかけ直した。

「誰でもいいから、上に報告しろ。時間稼ぎをしながらだ。井岡が勝手な動きを見せている。そこに神奈川と栃木から情報がもたらされた。どちらも井岡の独断でしたことだ、そう言うんだぞ」

「しかし……」

「遠慮するな。おまえには見どころがある。門間も活躍できる男だ。責任はおれが取る。いいな」

通話を終えた。これでいい。時間稼ぎが何分できるか。

井岡は考えた。事態は急変している。自分も女のマンションへ向かうべきか。淵上を逮捕できても、当面は黙秘を通すだろう。梶尾と六道会の間に亀裂が生じた気配も濃厚だった。

後藤の娘を殺害する。六道会という日本有数の暴力団に喧嘩を売るに等しい。しかも、亀岡夫妻が殺された理由は、淵上の周辺を探り、伊勢谷とその妻の存在に気づかれたから、と考えられる。

門間が向かっているが、もう遅いのかもしれない。暴力団の実行力は侮れない。六道会に叛旗を翻したとなれば、自分らの痕跡を消しにかかったと見ていいだろう。すでに梶尾は、ベファレシアの地で自分を消している。二人で日本を出国した可能性はある。何しろブリスベンで後藤の娘が死んだのだ。そのまま逃亡にかかった公算は高い。

もはや手遅れか……。

また携帯電話が鳴った。見覚えのない番号だった。嫌な予感がした。早くも沢渡が上司に報告を上げ、その確認のためとも考えられた。

電源を切ろうとすると、呼び出し音が止まり、メールが届いた。見ると、沢渡からだとわかる。

――また栃木から連絡がありました。電話番号を教えました。

井岡のほうで一方的に通話を切ったあとなので、沢渡から電話を入れても反論だと思われかねない。そう判断したのだろう。井岡は折り返し発信を表示させてボタンを押した。

「忙しいところ、すみません。西永です」

「伊勢谷の妻の情報をありがとうございました」

「うちの部下が、もっとんでもない情報を探り当てました」

「六道会とのつながりですね」

「ええ。例のリストの中にあった人物の自殺動機に、六道会傘下の組織が関係していたようなんです」

「誰です」

予感を覚えながら、井岡は訊いた。

「――梶尾勤《つとむ》」

梶尾聡の父親だった。

念のためリストの中に入れておいたにすぎなかった。その狙いが的中した。

「自動車修理工場を営んでいた男ですが、首を吊って死んだ直後、その工場跡を六道会系の不動産屋が取得してました。その後は大手デベロッパーに転売されてます」

「ひょっとすると……」

「そうなんですよ。地元で噂があったらしいんです。梶尾勤は騙されて借金を抱えこみ、自殺した。いや、六道会に殺されたんだ、とね」

　すべての発端は、梶尾の父親の自殺だったのだ……。

「しかもですよ。その命令は、当時、群馬のほうで派手に組織を拡大させていた傘下の地《ち》神《じん》会で幹部を務めていた後藤修二郎が出したものだったというんです。ただ、この情報は敵対組織の古株が言ってただけで、証拠はまだつかめてませんが……」

　後藤修二郎。六道会の三代目組長。亀岡美玖の父親。一時期は淵上の義父でもあった男。すべてが一本の糸で結ばれた。

「そういうことか……」

　事件の全容が根底から覆された。今まで井岡が見つめてきたのは、白と黒が逆になったネガの景色だったらしい。

　だから梶尾は日本に戻ってきたのだ。だから六道会の側に与する殺人を犯してきた……。

　井岡は我に返った。

　娘がオーストラリアで殺されたと知り、後藤修二郎がどうする気でいるか。大組織のトップなので、後藤は普段から多くの組員に守られている。武器を携帯した者が絶えず警護に張りついていたとしても不思議はなかった。しかし、海外へ行く際には、金属探知機のゲートを越えねばならない。井岡は運転手に叫んだ。

「行き先の変更だ。成田空港へ向かってくれ」

8

搭乗案内を告げるアナウンスが響く。成田空港第二ターミナル、出発ロビー。午後七時をすぎたが、カウンターにはまだ搭乗客の列があった。

幸は早めに出国審査を終えた。

パスポートの名義はフィリピン人だった。ウィッグと眼鏡で変装した写真を貼ってある。すでに一度、韓国旅行に出かけて通用するのはわかっていた。休暇でインドネシアにも旅行へ行く。つたない英語で係官に告げた。怪しまれることなくパスポートは戻された。

免税店の前で立ち止まり、それとなく出国ゲートを見回した。スマートフォン片手に、ゆっくりと店内を歩く。あちこちに防犯カメラがあるので、ゲートのほうを見てばかりもいられなかった。

そろそろ来るはずだった。空港に到着したところは確認してある。彼らはぞろぞろと団体でカンタス航空のカウンターに向かった。出発まではVIPラウンジで時間をつぶす気なのだろう。いくら暴力団員でも、武器を隠し持ってセキュリティーチェックを受けるほど愚かではないはずだった。

来た――。

サングラスに短髪の男がゲートを越え、周囲に視線をめぐらせた。見るからにわかりやすい男たちがゲートを越えてくる。総勢九人。あきれた大所帯だ。小太りの男を四人が取り巻いている。その前方には、目つきの悪い若い男二人が睨みを利かせる。後ろに化粧の濃い中年女と茶髪の女。

幸は壁際に下がり、スマートフォンの画面に写真を映し出した。週刊誌にも載ってはいたが、この日のために聡が望遠レンズで隠し撮りをしたものだ。後藤修二郎本人に間違いはなかった。後ろの二人は美玖の母親とその妹だった。

普段は持ち慣れているナイフや拳銃を置いてきたので、さぞかし心細いことだろう。男たちの表情は皆張りつめていた。警護役の男たちにすれば、迷惑このうえない旅だった。が、組長の娘が死んだのでは、あきらめるしかない。

あの男にとっては、たった一人の娘だった。罪もない人々から吸い上げた大金を惜しげもなく与え、我が儘放題に育ててきた。その夫が、狙いどおりに淵上の周辺を嗅ぎ回ってくれた。プライドが高く、頭の悪い男と後藤の娘が結婚してくれていたという幸運がなければ、まだ調査の時間を要していただろう。

組織の中枢にかかわっていながら、公認会計士の立場にあるため、六道会とは一線を画した外部にいる男。しかも、後藤の元娘婿で連絡ルートを持つ。淵上賢誠。

幸は以前に一度だけ会ったことがある。その話を打ち明けた時、聡の目つきが変わった。あの男を介せば、必ず後藤修二郎に接近できる。その足がかりが得られたのだから、自分が拓磨というろくでもない男に裏切られ、聡と再会できたのは〝運命〟なのだと確信できた。

過去の傷が二人を引き合わせたに違いなかった。

聡は入念な調査を進めた。予想はしていたが、後藤のガードは堅かった。要塞のような組本部に住み、二十四時間もれなく組織の者が張りついていた。移動は防弾ガラスに覆われた車を使い、前後を似た黒塗りが固める。

何年か前、敵対組織に狙撃された過去があるため、アメリカ大統領なみの警護態勢を採っていた。たとえ愛人のマンションへ行くにも、ぞろぞろ男たちをともなう警戒ぶりだった。組織犯罪対策課の刑事でも、後藤と一対一で会える者はいないという。ましてや一民間人では、絶対に近づくことのできない男だった。

だが、ギリシャ最強の戦士といわれたアキレスにも弱点はあった。

後藤修二郎も世間なみに人の親としての感情を持ち合わせていた。罪もない人々を苦しめ、罠にかけて財産をむしり取り、暴力にものを言わせて人心を操ってきた人でなしのくせに、親心を持つとは笑わせる。

聡が計画を練り上げ、慎重に事を進めていった。

――淵上が怪しい。あいつがいまだに後藤の信を得ているのは、やつが拝という殺し屋を使っているからだ。

そう正体を隠して亀岡茂雄に吹きこんだ。昔、淵上の下で働いていたのでわかる。なぜなら、淵上の義兄と、部下だった伊勢谷という男が、同じような自殺を遂げているからだ。調べてみろ。

目論見どおりに亀岡茂雄が動きだしたところで、彼を始末した。当然、妻にも淵上への疑惑は打ち明けていたろう。けれど、後藤の娘をすぐに始末はしなかった。拝の存在を隠したい六道会としては、傷心の娘を海外にでも出すしかなくなる。

狙いは当たった。亀岡美玖はブリスベンへと旅立った。そして今、娘の遺体を引き取るために、後藤がオーストラリアへ発とうとしている。いつもと変わらず屈強な男たちに守られていたが、連中は武器を持ってはいない。

後藤修二郎を囲むようにして、男たちがサテライトへ歩いていく。幸はスマートフォンのメールで合図を送った。

今日まで長い時間が経過していた。けれど、あと少しで終わる。

暴力を武器に大衆をひれ伏させ、不当な稼ぎを搾取する反社会勢力の中枢にある男。世間もあの男が組長だと承知しながら、警察でさえ手を出せない相手。法治国家の中で、自分らは治外法権にあるのだと言わんばかりに大手を振って街中を闊歩し、開き直る者。あの男の命令ひとつで、罪なき市民の命が吹き飛ばされることさえあった。

ひとまず今日で終わる。絶対に失敗はしない。聡ならやりとげる。

後藤修二郎が不機嫌な顔をしたまま肩を揺すり、目の前を歩いていった。サテライトへの通路は、搭乗ゲートへ急ぐ客で賑わっている。が、黒ずくめの異様な男たちに気づいて、人々が壁際へよけていく。だから、幸が足を止めたまま後藤たちを見ていても、不自然ではない。

これで終わる。愛娘の死を知り、あいつは嘆き悲しんだろうか。怒り狂い、周囲に当たり散らしたことだろう。けれど、あいつの命令で殺された者の家族も、同じ苦汁をなめたのだ。本心では、爪を一枚ずつえぐって剝がし、骨という骨を一本残らず砕き、血の涙を流させてやりたかった。それでも足りないほどの悪事を重ねてきた男なのだ。

あいつの率いる暴力団の力を借りて、田中俊英たちは好き放題をしていた。あいつら四人に泣かされた者は多かった。田中は一時期、薬物の密売にも手を出していたとの噂があった。聡の同僚で自殺した看護師も、愚劣な医師によって薬を打たれ、もてあそばれた。聡は医師の部屋から六道会につながる連絡先を見つけだしていたのだった。多くの犠牲者が命を散らした。その上に胡座《あぐら》をかく者、後藤修二郎。

幸は見つめた。後藤の背中が遠ざかっていく。あと数秒で死が舞い降りる。あいつ一人を殺したところで組織は存続していく。けれど、聡はあきらめず、この先も密かな闘いを続けていく気でいる。幸も手を貸していくつもりだった。

ドン、と派手な音が響き、空気が震えた。

遅れて叫び声がサテライトに響き渡った。

空港の手荷物検査は穴だらけといえる。液体は持ちこめないことになっていた。が、X線を通さない金属の筒や箱に隠せば、気づかれはしないのだ。カメラの望遠レンズ。改造して中身をくりぬいた電動髭《ひげ》剃《そ》り機。化学薬品の持ちこみは不可能ではない。錠剤はもっと簡単だ。そもそもX線で感知はできない。セキュリティーチェックをパスしてしまえば、トイレの個室で発煙装置を組み立てられる。聡の手にかかれば楽なものだ。

通路の先で、六道会の男たちが身がまえた。白い煙を噴き出し始めたトイレを見て、多くの客がパニックを起こし、闇雲に走りだした。その中に聡も加わっている。

「テロだ。逃げろ。また爆発するぞ！」

人々をあおるために聡が叫んだ。悲鳴が続く。出国ゲートめがけて我先に人々が走ってくる。

警護役の男が後藤を壁際に下がらせた。搭乗客は旅客機一機で五百人を超える。サテライトを目指していた者が雪崩を打つように逃げてきた。取り乱して他人をつき飛ばす者。老婆が倒れ、子どもが泣きだす。

幸も驚く演技を心がけた。この通路に設置された防犯カメラの位置は確認ずみだ。

半身になりながら、後藤を囲む男たちを観察した。必死になって逃げようとする客の波に呑まれていった。あとになって防犯カメラの映像を誰が見ようと、後藤修二郎に接触した者を特定するのは絶対に不可能だった。

幸は走った。聡も走っている。彼は望遠レンズの中に隠して注射器を持ちこんだ。指紋のついた証拠物件を現場に残すわけにはいかない。聡なら問題なくやってのける。

この非常事態なのだ。空港はしばらく閉鎖される。出国審査を受けた者であろうと、悠長に入国審査を受けてからロビーに出すはずはない。第二ターミナルの入国審査は下の到着階にある。まずは避難が先なのだった。

「危ない、逃げろ。爆弾だ！」

どこからか続々と警備員が駆けつけた。が、半狂乱になった人々の流れを押しとどめられはしなかった。制服警官がゲートの前に走ってくる。

「ここから出してくれ。開けろ！」

誰かが叫ぶ。パニックを起こした人々がゲートに群がる。制止しようとする職員はいなかった。流れに押されて、幸もゲートを走り出た。どこかで警報サイレンが鳴っていた。

心臓が爆発しそうなほど激しく打っていたのは、走って逃げたせいではなかった。約束した宅配カウンターの横に、早くも聡の姿があった。目でうなずいてきた。首尾にぬかりはなかったとわかる。

聡が走りだした。一刻も早く空港から離れるため、彼の背中を追って幸も走った。

終章

会議室のドアが開いた。二十分も待たされたあげく、顔を見せたのは高槻警視一人だった。

井岡は笑った。二ヵ月前、この部屋に呼び出された時は警視総監ら幹部が雁首《がんくび》そろえていた。今は直属の上司が一人。すでに井岡たちは用なしなのだ。

「不謹慎だぞ、井岡」

「笑わせてくださいよ、高槻さん。あまりにも虚しくて今は笑うしかない」

「君たちの働きぶりは、総監はもちろん公安委員長の耳にも伝えられている。次の異動はおそらく警部への昇進とセットになる。ただし刑事局長の面接をパスしてからだ」

早速、餌をぶら下げてきた。褒美は与える。だが、上に忠誠を誓えばの話だ。もし真相にこだわるのであれば席はない。面接とは名ばかりの通告だった。

「我々を黙らせろ、というのは公安委員会どころかもっと上からの命令でしょうね」

高槻警視は答えなかった。首を振りもしなかった。彼にも真実は伝えられていない。

井岡は言った。

「梶尾の調査に外務審議官が動きましたよね。パリまで足を伸ばした国連職員までいる。その男はおそらくアメリカ政府の関係者であったと思われます。警視もお聞きにはなってますよね」

富川真佐子は真相を突きとめるため、サンディエゴへの航空券を手配した。ところが、出版社の上層部から直々にストップがかけられた。政府筋からの圧力があったのだ。同時に甘いささやきもされたと思われる。噂では来年以降、国際スポーツ関連の書籍を出版する独占契約が進められているという。大きな利権を与えることで、手打ちが図られたと見える。

「君はまだ納得ができていないようだが、正式な鑑定結果がすでに出ている」

警視が封筒を差し出してきた。中は見なくてもわかる。

「東大工学部科学分析研究センターによるお墨付きだ」

坂城徹を始めとする自殺者の遺書は印刷ではない。公的機関の証明など、政府が動けばどうにでもなった。せっかくの物証は彼らが押さえ、二度と現場に戻ってはこない。

「アメリカが何をきっかけに、梶尾聡の存在に気づいたのかは想像するしかありません。しかし、ベファレシア陸軍で不穏な動きを見せていた少佐が殺害され、その背後にロシアの暗躍があった。そう真相を見ぬいていたと思われます。しかも、当時の難民キャンプで働いていた日本人看護師が現地で事故死し、その男と組んで医療活動に打ちこんでいた医師がパリで自殺を遂げていた」

「井岡君……」

警視が首を横に振った。否定の言葉をさえぎるために、井岡は続けた。

「おそらくアメリカの情報機関は、日本にも専門の調査員を送ってきていたんでしょう。調べを進めるうちに、ベファレシアで働いた二人の外交官までが不審な死を遂げていたとわかり、梶尾聡にたどりついた。もし自殺に見せかけた殺人を続けているのであれば、見逃すわけにはいかない。殺人鬼を野放しにできない、と考えたのではなかった。梶尾の持つ技術を利用できないものか。だから、アメリカ側は密かに梶尾を追い始めた……」

「君まで妄想がすぎる」

「そのとおりです。今は妄想になってしまいました。なぜなら、当初の目的を果たした梶尾と今宮幸が行方を消してしまったからです」

彼らは最後の仕上げを成田空港第二ターミナルで実行した。

サテライトを埋めた白い煙は、女性トイレから出たものだった。個室のひとつから、携帯電話を改造した発火装置とビニール袋が見つかっていた。ただし、殺傷能力は皆無だったため、悪質な悪戯《いたずら》だと結論づけられた。

その騒ぎで、搭乗案内を待っていた客がパニックを起こしてターミナルは混乱に陥った。出国ゲート目指して逃げる人々が将棋倒しになり、二十名を超える怪我人が出た。骨折者が三名。すり傷を負った者は十八名。八名が救急車で病院に搬送された。そのうち一名が、心臓麻痺を起こしたために死亡している。

死者の名前は後藤修二郎。オーストラリアで自殺した娘の遺体を引き取るため、ブリスベンへ向かおうとしたところで騒動に巻きこまれた。

後藤の名が発表され、メディアは色めき立った。誰もが知る広域指定暴力団、六道会の三代目組長だったからだ。遺体は解剖に回されたが、不審な点は見つかっていない。病死だと正式に発表された。今でも一部の週刊誌では、殺害説が盛んに取り沙汰されている。

空港のセキュリティーチェックを受ける以上、銃などの武器は機内に持ちこめなかった。サテライトで爆破騒ぎを起こせば、パニックになった客に紛れて後藤に近づける。その際、筋弛緩剤などの心臓を停止させる薬物を、何者かが注射したのではなかったか。騒ぎに巻きこまれた際、後藤は手に擦過傷を負っていたが、注射針を刺すと同時に、その痕跡を隠すために傷を負わせた可能性は考えられる。

警察は、空港内に設置された防犯カメラの映像を解析した。

発煙装置は個室トイレに置かれた小型のゴミ箱の中に仕掛けられていた。個室の利用者には、鬘《かつら》をかぶって変装したような女性もいたが、不審人物の特定にはいたっていない。後藤の周囲は逃げてきた客が何重にも取り巻いていた。その中に、怪しい動きを見せた者も見つかってはいなかった。見事な計画性と行動力だった。

今宮幸の住まいは徹底的に捜索された。だが、梶尾聡が生存していた痕跡は発見されていない。夫である中国人の行方も不明のままだ。インターポールを通じて中国当局に協力を依頼したが、多くを期待できる状況にはないという。

後藤の死後、淵上賢誠は任意で聴取を受けた。警察の期待はしぼんだ。梶尾や今宮との接点は浮かんでこなかったのだ。それどころか淵上は、元部下であった伊勢谷の自殺を不審に思い、独自に彼の妻だった今宮幸を探らせていた。自分ではない何者かが、暗殺者を雇って邪魔者を消していったのではないか。そう疑っての行動だと証言したのである。

彼の会計処理はすべて合法で、国税庁も脱税容疑での起訴を見送っている。淵上が口をつぐむ限り、多くの罪は立証できないのだった。

まったくもって皮肉な話だ。アメリカの意向を汲んだ政府と広域指定暴力団の六道会、その両者の思惑は一致していた。事件は存在などしていなかった。梶尾聡が九年前にベフアレシアで事故死した事実は動かない。ほかの関係者もすべて自殺で解決ずみ。週刊誌がおかしな疑惑をいくら書き立てようと、事故と自殺を裏づける証拠しか存在しない。まれに見る歴史的な大量殺人事件も、多くの自殺の陰に埋もれていく運命なのだ。

おそらくアメリカは、あらゆる情報機関を動かし、今なお梶尾聡と今宮幸を追跡しているだろう。あるいは、すでに二人を拘束したのかもしれない。そして今日もまたどこかで、自分に見切りをつけて命を絶つ者が続くのだ。日本の自殺者はいまだ年間二万人を超える。世界で何万人が自ら命を絶っているのか、国連も正式な数字をつかんでいないのだった。

「来週中に、君たちには面接を受けてもらう。それまでに自分の意思を固めておきなさい。いいね」

この先も警察官として働く気があるのかどうか。

自宅に戻って加奈子の写真を見つめ、胸に問い返すほかはなさそうだった。

†

その少年は、母親によく似ていた。

有名私立高校に通う二年生。受験は来年だが、彼の手には束になったカードが握られている。通勤客のひしめく私鉄駅のホームで英単語の習得に余念がない。

真佐子は息を整え、少年の後ろへ近づいた。

胸にはまだ迷いがあった。こんなことをして何になるのか。井岡によれば、警察が梶尾の生存を認めることは永遠にないという。梶尾はベファレシアで死に、羽山守弘と富川光範はともに自殺。後藤修二郎も病死と発表された。梶尾の同級生も事故と自殺で解決ずみ。常軌を逸した連続殺人などは、世界有数の治安のよさを誇るこの日本では起こるはずもない。

警察の力は本当に侮れなかった。なぜか今になって、光範が潔白であったと、警視庁と経済産業省から発表されていた。

口座に現金を振り込んだ者の正体はつかめていない。が、振込元の口座を捜査した結果、かつてIT企業の幹部に現金を振り込んできた会社のものだと判明したのだった。そのIT企業は、総会屋に現金を渡していた事実を週刊誌にすっぱぬかれていた。幹部に振り込まれた現金について、株主総会で追及する。そう事前に総会屋から脅されていたためだった。

当時、総会屋が現金を振り込ませたのかどうか証拠は見つかっておらず、立件は見送られていた。今回もその時と似たケースだった可能性が高い。

実は、経済産業省内のパソコンに、一件のメールが残されていた。経産省が発行する印刷物を引き受けたい。仕事を任せてもらえない場合は、業者との癒着を追及する。そう富川光範を脅すに等しいメールが発見されたのだ。

妻の真佐子が何度も光範の上司を訪問したことがきっかけだった。夫の無実を信じる妻の行動に感じ入り、省内の再調査が進められた結果、隠しファイルの中に保存されたメールが見つかったという。

よくできた作り話だった。光範は何者かから執拗な嫌がらせを受けながら、誰にも相談できず、発作的に自殺をした可能性もある——そういう筋書きなのだ。しかも、自殺には不審な点があり、殺人の可能性も出てきている。事実ではありえなかった。が、警視庁と経済産業省による正式な発表だった。

娘と義母は泣いて喜んだ。父は——息子は——罪を犯していなかった。妻が信じたからこそ、真実が突きとめられた。

「ありがとね、真佐子さん。息子の名誉を守ってくれて」

「お母さんって、本当に凄腕の記者だったんだね。友だちもみんな驚いてた」

まったくの茶番だ。真実とはほど遠い。

しかし、すべての外堀は埋められていた。警察発表を覆すに足る証拠はまったくなかった。真佐子が梶尾聡による殺人だと主張しようものなら、頭がおかしくなったのかと疑われるのが落ちだった。井岡たち警察の内部の者でさえ、これ以上は手出しできない状況が見事なまでに調えられていた。

怒りは感じなかった。アメリカの意向があるとすれば、警察も逆らえるわけがない。少なくとも光範への不当な嫌疑は晴れている。奪われた命は戻らずとも、家族にとっての最低限の名誉は守られたと言えた。

——おそらく、総会屋関係の男が死にでもすれば、その時になって犯人と推定される証拠が見つかるんでしょうね。

井岡は冷めた口調で言った。たとえ作られたものでも証拠が存在し、捜査の手続きが真っ当に処理されれば、真実となる。

不思議な感慨が、胸の中でわいていた。光範を殺した犯人は梶尾聡に疑いない。彼は何十人もの命を奪った。その反面、カンボジアやベファレシアで献身的に働き、多くの命を救ってもきたのだ。梶尾の歩んだ人生のすべてを知ったわけではなかった。重ねた犯行を決して許してはならないとも思っている。けれど、梶尾への怒りを、なぜなのか感じられずにいるのだった。

戦場で撃てと命じられてやむなく敵を葬った兵士を恨むのは難しい。それと似た感覚なのだろう。梶尾自身は誰からも命じられたわけではないが、そんなふうに思えてならないのだった。

梶尾聡と今宮幸は今どこにいるのか。

一昨日の夜、横浜の運河で一人の男の遺体が発見された。橋の上に革靴がそろえて置いてあったという。身元は苦もなく判明したと聞いた。淵上賢誠。自殺か、六道会による口封じか。それとも……。

駅のホームにアナウンスが流れた。白線の後ろに下がってください。真佐子は我に返り、少年の後ろ姿を見つめた。

昨日の午後だった。ある夕刊紙の記者と名乗る男が編集部に電話をしてきた。

「羽山依子さんをご存じですよね」

どういう女なのか。興味はあったが、会ってはいない。もう夫は遠い地に旅立っている。その事実は動かなかった。

「彼女の旦那さんは、単身赴任をしていた海外の地で自殺されています。あなたの旦那さんと妻の関係に気づき、悩んでおられたと聞きましたが、事実なのでしょうか」

真佐子は電話を切った。

男はしつこくまた電話をかけてきた。真佐子が居留守を使うと、スマートフォンにメールが送られてきた。

光範と羽山依子は学生時代に交際していた。依子が身ごもった時、羽山は長期の出張で日本を離れていた。経済産業省のパソコンに残されていたメールには、羽山依子との関係を匂わす記述もあったらしい。どこまで妻であるあなたは聞かされているのか、教えてほしい。

真佐子は即刻メールを消した。

真相を知る何者かが事実ではない情報をそれらしく流したのか。二人の男は明白な自殺だった。その理由は羽山依子と富川光範の関係にあった。真佐子がおかしな行動を取らないよう、何かしらの布石を打っておくべし、と考える者がいたのかもしれない。

耳を貸すだけ無駄だった。あなたがおとなしくしていれば、嫌がらせはすぐに終わりますよ。井岡は言った。そのとおりだと思う。けれど、相手の狙いは女の心理をついてもいた。

もし二人の関係が、もっと以前から続いていたのだとすれば……。

あの光範に、妻ではない女に子を生ませるほどの度胸があったとは思えなかった。でも、女が二人の男を騙していた可能性は考えられる。日本有数の名門大学に通う男に見切りをつけ、外交官の妻の座を選んだ女なのだ。夫が日本を離れている間に何をしでかそうと驚きはしない。

いや……。あの女は、夫が死を選んだあと、息子と実家に戻っている。息子はまだ十六歳。結婚から長く子が生まれていなかったのだ。不妊治療。男のほうに子種がなかったことさえあるかもしれない。

親子関係を調査すれば、事実は判明する。髪の毛一本でＤＮＡ鑑定はできる。

真佐子は少年の後ろにまた一歩近寄った。もう少しで学生服の肩に落ちた髪の毛に手が届く。

電車がホームにすべりこんできた。駅員のアナウンスが響き、ドアが開いた。

これでは相手の思う壺だった。真佐子の矛先をそらすためのリークに踊らされてどうする気なのか。事実を突きとめた先に待つのは、果てしない闇かもしれない。

発車のベルが耳を打った。少年の背中が乗客の中へと消えた。

真佐子一人をホームに残して、私鉄電車のドアが閉まった。

†

半年間の気楽な休暇をもらったようなものだった。

上司から紹介された男に、自分の身分証をたった一日だけ貸し与えた。その直後に、やっと本国への帰還が決まった。しかも、新たな赴任先はサンディエゴ港湾局の気楽なデスクワークだった。

国連広報局では目が回るほどに働かされた。十年ほど前、オビアニアとかいうアフリカの一国で内戦が始まり、多くの難民が発生した。国連の主導で隣のベファレシアにキャンプが設営され、緑の医師団がボランティア活動をスタートさせた。通常の勤務をこなしながら、当時の詳しい情報を可能な限り集めろ。当初はまったく理解できない命令だった。

ところが、関係者を探して話を聞くうち、本部の狙いが読めてきた。薬物の横流し。陸軍少佐の突然死。難民キャンプでは重症者が大量に死亡していた。

一人の女性医師の名前が浮かび上がった。ウクライナ人で、かつてチェルノブイリの後遺症に苦しむ患者に、親子で手を貸していたとも聞いた。日本人の男性看護師を手懐け、ベファレシア陸軍の駐屯地にも出入りしていた女。

何とも興味深い話だった。だが、自分に任された調査はそこまでだった。本部に報告を上げれば、国連広報局での任務は終わったも同然だった。

サンディエゴ港湾局での仕事は半年間だと言われていた。時期がくれば、前の時と同じく家族の事情だと理由をつけて退職すればいい。その後、本部に戻れば少しは出世もできるのだろう。

今日も早々に仕事を切り上げ、ジョージ・ローランドは港湾局のオフィスを出た。

港町なのでシーフードが旨い。ロブスターをたらふく味わい、一人住まいのマンションに帰宅した。本部への帰還が決まったら、そろそろ結婚相手を探してもいい。身分と給料は保証されている。事務職採用なので、秘匿事項さえ守れば、エージェント職のように危険がつきまとうことはなかった。

「失礼ですが、ミスター・ローランドに間違いありませんよね」

マンション前の路上で後ろから声をかけられた。

振り返ると、眼鏡をかけた男が立っていた。東洋人のようだ。アジア系の連中は年齢がわかりづらい。三十代の半ばか。男が急に両手を広げて人懐こい笑顔になった。

「ああ、やはりそうだ。国連広報局にいたジョージ・ローランド。わたしを覚えていますよね」

「いや……」

どこの誰だか、まったくわからなかった。男はさらに親しげな笑みを浮かべ、握手を求めてきた。

その手を握った瞬間、全身に痺れが駆けぬけ、あとは何もわからなくなった。

本書は二〇一七年七月、ＫＡＤＯＫＡＷＡより単行本として刊行されました。

この作品はあくまでも小説であり、作品内に描かれていることはすべてフィクションです。なお、ウクライナの地名は、執筆当時の呼称になっています。ご了承下さい。

|著者|真保裕一　1961年東京都生まれ。'91年に『連鎖』で江戸川乱歩賞を受賞。'96年に『ホワイトアウト』で吉川英治文学新人賞、'97年に『奪取』で山本周五郎賞と日本推理作家協会賞長編部門をダブル受賞、2006年『灰色の北壁』で新田次郎文学賞を受賞。他の著書に『アマルフィ』『天使の報酬』『アンダルシア』の「外交官シリーズ」や『デパートへ行こう!』『ローカル線で行こう!』『遊園地に行こう!』『オリンピックへ行こう!』の「行こう!シリーズ」、『ダーク・ブルー』『シークレット・エクスプレス』『真・慶安太平記』などがある。

暗闇《くらやみ》のアリア

真保裕一《しんぽゆういち》

講談社文庫

定価はカバーに
表示してあります

2022年8月10日第1刷発行

KODANSHA

発行者──鈴木章一
発行所──株式会社　講談社
東京都文京区音羽2-12-21　〒112-8001
電話　出版（03）5395-3510
　　　販売（03）5395-5817
　　　業務（03）5395-3615

デザイン─菊地信義
本文データ制作─講談社デジタル製作
印刷───中央精版印刷株式会社
製本───中央精版印刷株式会社

Printed in Japan

ISBN978-4-06-528950-1

講談社文庫刊行の辞

二十一世紀の到来を目睫に望みながら、われわれはいま、人類史上かつて例を見ない巨大な転換期をむかえようとしている。

世界も、日本も、激動の予兆に対する期待とおののきを内に蔵して、未知の時代に歩み入ろうとしている。このときにあたり、創業の人野間清治の「ナショナル・エデュケイター」への志を現代に甦らせようと意図して、われわれはここに古今の文芸作品はいうまでもなく、ひろく人文・社会・自然の諸科学から東西の名著を網羅する、新しい綜合文庫の発刊を決意した。

激動の転換期はまた断絶の時代である。われわれは戦後二十五年間の出版文化のありかたへの深い反省をこめて、この断絶の時代にあえて人間的な持続を求めようとする。いたずらに浮薄な商業主義のあだ花を追い求めることなく、長期にわたって良書に生命をあたえようとつとめるところにしか、今後の出版文化の真の繁栄はあり得ないと信じるからである。

同時にわれわれはこの綜合文庫の刊行を通じて、人文・社会・自然の諸科学が、結局人間の学にほかならないことを立証しようと願っている。かつて知識とは、「汝自身を知る」ことにつきていた。現代社会の瑣末な情報の氾濫のなかから、力強い知識の源泉を掘り起し、技術文明のただなかに、生きた人間の姿を復活させること。それこそわれわれの切なる希求である。

われわれは権威に盲従せず、俗流に媚びることなく、渾然一体となって日本の「草の根」をかたちづくる若く新しい世代の人々に、心をこめてこの新しい綜合文庫をおくり届けたい。それは知識の泉であるとともに感受性のふるさとであり、もっとも有機的に組織され、社会に開かれた万人のための大学をめざしている。大方の支援と協力を衷心より切望してやまない。

一九七一年七月

野間省一